普通高等院校"十二五"规划教材

# Visual Basic 程序设计

主　编　王　涛　邓德鸿

副主编　齐晓娜　臧丽娜　张宇敬　霍　亮　信伟华

主　审　安志远

中国水利水电出版社
www.waterpub.com.cn

## 内 容 提 要

本书从实用角度出发，对面向对象程序设计的基本概念、可视化程序设计的基本方法、Visual Basic 6.0 中最常用的有关窗体和各种控件的应用、菜单、工具栏、状态栏、对话框的设计以及 MDI 多窗体界面设计、文件操作等技术，进行了详细的分析和讲述。同时，还对 Visual Basic 应用程序开发中广泛应用的使用 ActiveX 数据对象（ADO）访问数据库的技术、应用 Visual Basic 开发多媒体应用程序等基础知识作了重点介绍。

全书共分 8 章，文字叙述简单明了、通俗易懂，注重实际应用，设计了一个计算器程序和具有编辑功能的写字板系统，并安排了大量短小精练、典型、实用的例题，使学习能事半功倍。每章后面都有大量的习题，利于复习、巩固所学的知识。

本书既可以作为高等职业院校的计算机专业教材，也可以作为本科、专科学生学习 Visual Basic 应用程序开发相关课程的教材，同时还可以作为广大用户自学的参考书。

**本书所配电子教案及相关教学资源可以从中国水利水电出版社网站和万水书苑上下载，网址为：http://www.waterpub.com.cn/softdown/和 http://www.wsbookshow.com。**

图书在版编目（CIP）数据

Visual Basic程序设计 / 王涛，邓德鸿主编. -- 北京 : 中国水利水电出版社，2012.1
普通高等院校"十二五"规划教材
ISBN 978-7-5084-9255-1

Ⅰ. ①V… Ⅱ. ①王… ②邓… Ⅲ. ①BASIC语言－程序设计－高等学校－教材 Ⅳ. ①TP312

中国版本图书馆CIP数据核字(2011)第261691号

策划编辑：杨 谷 责任编辑：李 炎 加工编辑：李 刚 封面设计：李 佳

| 书 名 | 普通高等院校"十二五"规划教材<br>Visual Basic 程序设计 |
|---|---|
| 作 者 | 主 编 王 涛 邓德鸿 |
| 出版发行 | 中国水利水电出版社<br>（北京市海淀区玉渊潭南路 1 号 D 座　100038）<br>网址：www.waterpub.com.cn<br>E-mail：mchannel@263.net（万水）<br>　　　　sales@waterpub.com.cn<br>电话：（010）68367658（发行部）、82562819（万水） |
| 经 售 | 北京科水图书销售中心（零售）<br>电话：（010）88383994、63202643、68545874<br>全国各地新华书店和相关出版物销售网点 |
| 排 版 | 北京万水电子信息有限公司 |
| 印 刷 | 北京泽宇印刷有限公司 |
| 规 格 | 184mm×260mm　16 开本　15.5 印张　380 千字 |
| 版 次 | 2012 年 1 月第 1 版　2012 年 1 月第 1 次印刷 |
| 印 数 | 0001—3000 册 |
| 定 价 | 29.00 元 |

凡购买我社图书，如有缺页、倒页、脱页的，本社发行部负责调换

# 前　　言

　　Visual Basic 是在原来 Basic 语言的基础上研制而成的，因此它具有原 Basic 语言简单、易学易用的优点，同时它又增加了结构化和可视化程序设计语言的功能。它既是一种具有良好图形用户界面的程序设计语言，又是一种支持面向对象程序设计的语言，摆脱了面向过程语言的许多细节，将主要精力集中在解决实际问题和设计友好界面上，使编程工作变得轻松快捷。

　　我们本着高职高专教学突出基础理论知识的应用和实践能力的培养，基础理论以"必需、够用"为度，专业教学加强针对性和实用性等原则，为了帮助高职高专学生学习，本书以 Visual Basic 6.0 中文版为平台，主要包括 Visual Basic 6.0 概述、Visual Basic 6.0 中的基本概念与操作、Visual Basic 语言基础、程序调试、基本控件的使用、窗体的设计、对话框设计、菜单与多文档界面的设计、基本图形程序的设计、文件管理及操作、数据库编程技术、课程设计等内容。本书的最大特点是结合大量生动的实例进行阐述，并通过实战演练和课程设计，使读者对所学知识得到进一步巩固和提高。通过本书的学习，能够使读者基本掌握用 Visual Basic 开发实际应用系统的能力。

　　本书可作为普通高等院校、高职高专、软件技术学院等学校的教材，也可作为 Visual Basic 培训班的培训教材，还可供对 Visual Basic 6.0 感兴趣的读者自学参考。

　　本书由王涛、邓德鸿任主编，齐晓娜、臧丽娜、张宇敬、霍亮、信伟华任副主编，安志远审阅全稿。由于编者水平有限，加之时间仓促，书中疏漏之处在所难免，恳请广大读者批评指正，以期再版时修订。

编　者

2011 年 9 月

# 目　　录

# 第 1 章　Visual Basic 概述

没学过编程的人常常会问，编程难不难，这个问题很难回答。难，的确很难，要编一个好的程序尤其是这样，并且有些程序还要用到一些其他专业的知识，比如说一个图形处理程序，就要对图像的格式有所了解，甚至一些美术知识；但编程也很容易，就拿 Visual Basic 来说，编一个自娱自乐的小工具还是一件相当容易的事情。

Visual Basic 易学易用，最适合没有接触过计算机和没有计算机理论基础的人士，无须太多理论知识就可轻松上手。如果你是属于下面几种类型的人，请选择 Visual Basic，它绝对能满足你的要求。

- 电脑初学者而且没有学习过"数据结构"等计算机专业课程。
- 想在较短时间内掌握一种可视化开发工具。
- 主要编写中小型 MIS 类程序。

## 1.1　Visual Basic 简介

### 1.1.1　Visual Basic 的发展

在高级语言的家族中，Basic 语言占有重要的地位，Basic 是英文 Beginner's All-purpose Symbolic Instruction Code 的缩写（初学者通用符号指令代码），它是专门为初学者设计的计算机语言。

- 第一代 Basic 于 1964 年问世，最初只有十几条语句，通常称为基本 Basic，由于其简单易学而受到用户的欢迎，很快就得到了广泛的应用。
- 第二代 Basic 是在 20 世纪 70 年代中期到 80 年代中期出现的，其功能有了较大扩充，应用范围更加广泛，主要有 GW-Basic 和 Microsoft 公司的 Basic（MS-Basic）。
- 第三代 Basic 是在 20 世纪 80 年代中期出现的结构化的 True Basic、Quick Basic、Turbo Basic、QBasic。
- 第四代就是 Visual Basic（以下简称 VB），是 1991 年 Microsoft 公司推出的。它的诞生标志着软件设计和开发的一个新时代的开始。在以后的几年里，VB 经历了 1.0 版、2.0 版、……、6.0 版几次升级，它的功能也更加强大，更加完善，最新版本为 VB.net。从 1.0 到 4.0 版，VB 只有英文版，而 5.0 以后为了方便中国用户同时推出了中、英文版。

现在，我们要学习的就是 VB 6.0。它包括 3 种版本，分别为学习版、专业版和企业版。这些版本是在相同的基础上建立起来的，因此大多数应用程序可在 3 种版本中通用，3 种版本适合于不同的用户层次。

1. 学习版

VB 的基本版本，可用来开发 Windows 应用程序，该版本包括所有的内部控件（标准控件）、网格（Grid）控件、Tab 对象以及数据绑定控件。

2．专业版

该版本为专业编程人员提供了一套用于软件开发的功能完备的工具，它包括学习版的全部功能，同时包括 ActiveX 控件、Internet 控件、Crystal Report Writer 和报表控件。

3．企业版

可供专业编程人员开发功能强大的组内分布式应用程序。该版本包括专业版的全部功能，同时具有自动化管理器、部件管理器、数据库管理工具、Microsoft Visual SourceSafe 面向工程版的控制系统等。

VB 6.0 是专为 Microsoft 的 32 位操作系统设计的，在 Windows 9x、Windows NT 或 Windows 2000 环境下，用 VB 编译器可以自动生成 32 位的应用程序。

### 1.1.2　Visual Basic 特点

VB 是一种可视化的、面向对象和采用事件驱动方式的结构化高级程序设计语言，可用于开发 Windows 环境下的各类应用程序。它简单易学、效率高，且功能强大。VB 有以下主要功能特点：

1．具有面向对象的可视化设计工具

在 VB 中，应用面向对象的程序设计方法 OOP（Object-Oriented Programming），把程序和数据封装起来视为一个对象，每个对象都是可视的。程序员在设计时只需用现有工具，根据界面设计的要求，直接在屏幕上"画"出窗口、菜单、命令按钮等各种"部件"，即不同类型的图形对象，并为每个对象设置属性。VB 自动产生界面设计代码，程序员仅编写针对对象要完成的事件过程的代码，因而程序设计的效率可提高许多。

打个比方说：就好比有一个篮子，你想放一个苹果，那就把一个苹果拿进来；想放两个苹果，就拿两个苹果；想放几个就放几个；如果我不想放苹果，我想放香蕉，那就把香蕉拿进来，拿多少，放在什么位置，完全根据自己的喜好。在这里，窗体就好比一个篮子，各种控件就好比苹果和香蕉等水果，需要什么，拿过来用就可以了，而无需自己再去编程实现，这些控件是系统已经定义好的，非常方便。具体苹果和香蕉是红色的还是绿色的，大的还是小的，那就要设置各自的属性了。

2．事件驱动的编程机制

事件驱动是非常适合图形用户界面的编程方式。传统的面向过程的应用程序是按事先设计的流程运行的。但在图形用户界面的应用程序中，用户的动作即事件掌握着程序的运行流向。一个对象可能会产生多个事件，每个事件都可通过一段程序来响应。例如，命令按钮是一个对象，当用户单击该对象时，会产生一个"单击"（Click）事件，而在产生该事件时将执行一段程序，用来实现指定的操作。

比方说：你刚刚做好的那个果篮，做好之后，就等着用户来用了。也就是说，现在对象已经建立好了，接下来就等待事件的发生了。具体你拿这个果篮干什么用，是送给朋友，还是自己享用；是先吃苹果，还是先吃香蕉，那就看你怎么编写这个果篮的响应事件的代码了。有什么样的用途，完全由你编写程序代码来决定。

3．结构化的程序设计语言

VB 结构清晰，简单易学。所谓结构化，就好比我们写作文，你是采用议论文还是散文，或者是采用疑问句还是反问句，都是要有一定的结构和规范。编程序也不例外，也有它自己的结构，包括：顺序结构、选择结构和循环结构。这三种结构灵活运用，就可编写任意的 VB 程序了。关于这一点，在后面章节会有详尽的介绍。

4．强大的数据库操作功能

VB 中利用数据控件可以访问多种数据库系统，如 Microsoft Access、Microsoft FoxPro 和 Paradox 等，也可访问 Microsoft Excel、Lotus l-2-3 等多种电子表格。VB 6.0 新增了功能强大、使用方便的 ADO（Active Database Object）技术，该技术包括了现有的 ODBC，而且占用内存少，访问速度更快。同时提供的 ADO 控件，不但可以用最少的代码创建数据库应用程序，也可以取代 Data 和远程数据对象（RDO）控件，支持多种数据库系统的访问。

除以上介绍的 VB 主要特性外，VB 还提供了其他一些功能，包括动态数据交换（DDE）、对象的连接与嵌入（OLE）、动态连接库（DLL）、Internet 组件下载、组件自己的 ActiveX 控件等。

VB 还提供了多种向导，如应用程序向导、安装向导、数据对象向导和数据窗体向导，还提供了 IIS 应用程序和 DHTML 等。通过它们可以快捷地创建不同类型、不同功能的应用程序。

与 Windows 环境下的软件一样，在 VB 中，利用帮助菜单和 F1 功能键，用户可随时方便地得到所需的帮助信息。

## 1.2　集成开发环境

### 1.2.1　Visual Basic 的启动和退出

1．启动

方式一："开始→程序→Microsoft Visual Studio 6.0 中文版→Microsoft Visual Basic 6.0 中文版"，就可启动 VB 6.0。

方式二：如果桌面上有 VB 6.0 的快捷方式，双击也可启动。

启动后界面如图 1.2.1 所示。

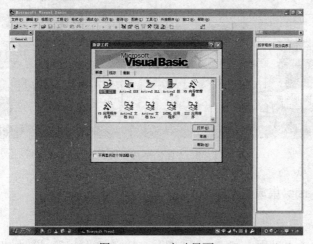

图 1.2.1　VB 启动界面

弹出"新建工程"对话框，选择"标准 EXE"，单击"打开"按钮，如图 1.2.2 所示。

进入 VB 的集成开发环境，启动成功，如图 1.2.3 所示。

2. 退出

单击"文件"下拉菜单，选择"退出"选项即可。其他退出方式和基本 Windows 窗口的退出方式相同，不再一一赘述。

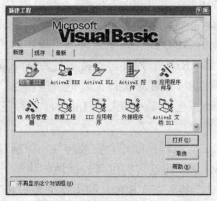

图 1.2.2 "新建工程"对话框

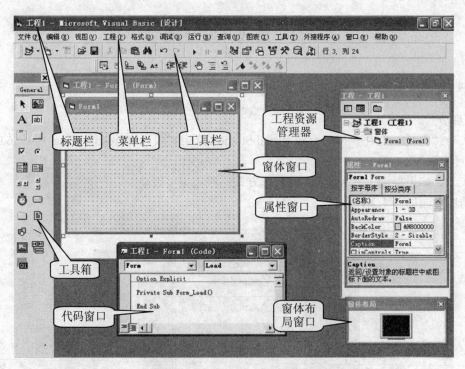

图 1.2.3 VB 的集成开发环境

## 1.2.2 Visual Basic 集成开发环境

### 1. 标题栏

标题栏中的标题为"工程 1－Microsoft Visual Basic [设计]"，说明此时集成开发环境处于设计模式，在进入其他状态时，方括号中的文字将做相应的变化。

VB 有三种工作模式：

- 设计模式：可进行用户界面的设计和代码的编制，来完成应用程序的开发。
- 运行模式：运行应用程序，这时不可编辑代码，也不可编辑界面。
- 中断模式：应用程序运行暂时中断，这时可以编辑代码，但不可编辑界面。按 F5 键或单击"继续"按钮程序继续运行，单击"结束"按钮停止程序的运行。在此模式会弹出立即窗口，在窗口内可输入简短的命令，并立即执行。

2. 菜单栏

菜单栏中的菜单命令提供了开发、调试和保存应用程序所需的工具。VB 6.0 菜单栏中包括 13 个下拉式菜单，这是程序开发过程中需要的命令（可参阅图 1.2.3）。

（1）文件（File）：用于创建、打开、保存、显示最近的工程及生成可执行文件。

（2）编辑（Edit）：用于程序源代码的编辑。

（3）视图（View）：用于集成开发环境下程序源代码、控件的查看。

（4）工程（Project）：用于控件、模块和窗体等对象的处理。

（5）格式（Format）：用于窗体控件的对齐等格式化的命令。

（6）调试（Debug）：用于程序调试、查错的命令。

（7）运行（Run）：用于程序启动、设置中断和停止等程序运行的命令。

（8）查询（Query）：在设计数据库应用程序时用于设计 SQL 属性。

（9）图表（Diagram）：在设计数据库应用程序时编辑数据库的命令。

（10）工具（Tools）：用于集成开发环境下工具的扩展。

（11）外接程序（Add-Ins）：用于为工程增加或删除外接程序。

（12）窗口（Window）：用于屏幕窗口的层叠、平铺等布局以及列出所有打开文档窗口。

（13）帮助（Help）：帮助用户系统学习掌握 VB 的使用方法及程序设计方法。

3. 工具栏

VB 6.0 提供了 4 种工具栏，包括编辑、标准、窗体编辑器和调试，并可根据需要定义用户自己的工具栏。工具栏可以迅速地访问常用的菜单命令。一般情况下，集成环境只显示标准工具栏，如图 1.2.4 所示。其他工具栏可以选择"视图"菜单的"工具栏"命令或用鼠标在标准工具栏处单击右键来选取所需的工具栏。

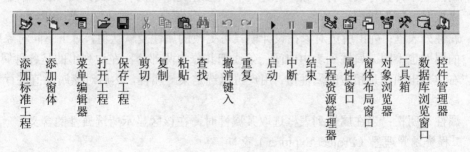

图 1.2.4　标准工具栏

4. 窗体（Form）窗口

窗体是 VB 应用程序的主要构成部分，窗体窗口如图 1.2.3 中间部分所示，用户通过与窗体上的控制部件交互可控制应用程序的运行，得到各种结果。每个窗体窗口必须有一个唯一的窗体名字，建立窗体时默认名为 Forml、Form2……。

　　处于设计状态的窗体（见图 1.2.3 中间）由网格点构成，网格点方便用户对控件的定位，网格点间距可以通过"工具"菜单的"选项"命令，在"通用"标签的"窗体设置网格"栏中输入"宽度"和"高度"值来改变。可通过属性控制窗体的可见性（运行时窗体的网格始终不显示）。一个应用程序至少有一个窗体窗口。

　　在设计应用程序时，窗体就像是一块画布，在这块画布上可以画出组成应用程序的各个构件。程序员根据程序画面的要求，从工具箱中选择所需要的工具，并在窗体中画出来，这就完成了程序设计的第一步。

　　除了一般窗体外，还有一种 MDI（Multiple Document Interface）多文档窗体，它可以包含子窗体，每个子窗体都是独立的。

　　5. 属性（Properties）窗口

　　属性窗口主要是针对窗体和控件设置的，VB 中控件和窗体被称为对象。每个对象都可以用一组属性来刻画其特征。如图 1.2.5 所示，所有窗体或控件的属性，如颜色、字体、大小等，可以通过属性窗口来修改。

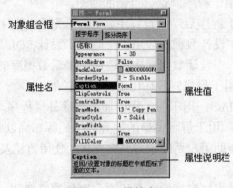

图 1.2.5　属性窗口

属性窗口由以下部分组成：

- 对象组合框：单击其右边的下拉按钮可打开所选窗体包含对象的列表。
- 属性显示排列方式：有"按字母序"和"按分类序"两种方式，图 1.2.5 中显示的是"按字母序"排列。
- 属性列表框：列出所选对象在设计模式可更改的属性及默认值，对于不同对象所列出的属性也不同。属性列表由中间一条线把其分为两部分，左边列出的是各种属性名；右边列出的则是相应的属性值。用户可以选定某一属性，然后对该属性值进行设置或修改。
- 属性说明栏：当在属性列表框选取某属性时，在该区显示所选属性的含义。

　　6. 工程资源管理器（Project Explorer）窗口

　　在工程资源管理器窗口中，含有建立一个应用程序所需要的文件的清单。工程资源管理器窗口中的文件可以分为 6 类，即窗体文件（.frm）、程序模块文件（.bas）、类模块文件（.cls）、工程文件（.vbp）、工程组文件（.vbg）和资源文件（.res）。如图 1.2.6 和图 1.2.7 所示的是含有两个工程、多个窗体、多个程序模块和类模块的工程资源管理器窗口。VB 6.0 用层次化管理方式显示各类文件，而且也允许同时打开多个工程。

工程资源管理器窗口上面有三个按钮，分别为：

- "查看代码"按钮：切换到代码窗口，显示和编辑代码。
- "查看对象"按钮：切换到窗体窗口，显示和编辑对象。
- "切换文件夹"按钮：切换文件夹显示的方式。

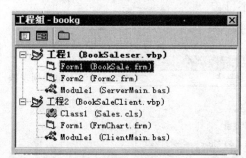

图 1.2.6　工程资源管理器窗口（展开）

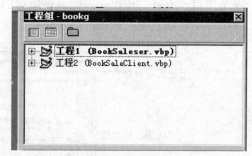

图 1.2.7　工程资源管理器窗口（折叠）

在工程资源管理器窗口中，各种类型的文件说明：

（1）工程文件（.vbp）和工程组文件（.vbg）。每个工程对应一个工程文件，当一个应用程序包括一个以上工程时，这些工程构成一个工程组，新建一个应用程序就是新建一个工程。用"添加工程"命令可以在应用程序中添加一个工程。

（2）窗体文件（.frm 文件）。该文件存储窗体上使用的所有控件对象和有关的属性、对象相应的事件过程、程序代码。一个应用程序至少包含一个窗体文件（最多可达 255 个）。

（3）标准模块文件（.bas 文件）。该文件存储所有模块级变量和用户自定义的通用过程。通用过程是指可以被应用程序各处调用的过程。

（4）类模块文件（.cls）。VB 提供了大量预定义的类，同时也允许用户根据需要定义自己的类，用户通过类模块来定义自己的类，每个类都用一个文件来保存。

（5）资源文件（.res）。资源文件中存放的是各种"资源"，是一种可以同时存放文本、图片、声音等多种资源的文件，是一种纯文本文件，可以用简单的文字编辑器（如 Notepad）编辑。

（6）ActiveX 控件的文件（.ocx）。可添加到工具箱并在窗体中使用。

【说明】对于图 1.2.6 显示的工程 1（BookSaleser.vbp）、Forml（BookSale.frm）、Form2（Form2.frm）和 Modulel（ServerMain.bas）等，括号左边的部分表示此工程、窗体、标准模块的名称（即 Name，在程序的代码中使用）；而括号内的部分表示此工程、窗体、标准模块等保存在磁盘上的文件名，有扩展名的已保存过，无扩展名则表示当前文件还未保存过。

7. 代码（Code）窗口

每个窗体都有各自的代码窗口。代码窗口是专门用来进行程序设计的窗口，可显示和编辑程序代码，如图 1.2.8 所示。

（1）代码窗口主要包括：

- "对象"下拉式列表框：显示所选对象的名称。可以单击右边的下拉按钮，来显示此窗体中的对象名。其中"通用"表示与特定对象无关的通用代码，一般在此声明模块级变量或用户编写自定义过程。

● "过程"下拉式列表框：列出所有对应于"对象"列表框中对象的事件过程名称（还可以显示用户自定义过程名）。在"对象"列表框中选择对象名，在"过程"列表框中选择事件过程名，即可构成选中对象的事件过程模板，用户可在该模板内输入代码。其中"声明"表示声明模块级变量。

● "代码"框：输入程序代码。

● "过程查看"按钮：只能显示所选的一个过程。

● "全模块查看"按钮：显示模块中全部过程。

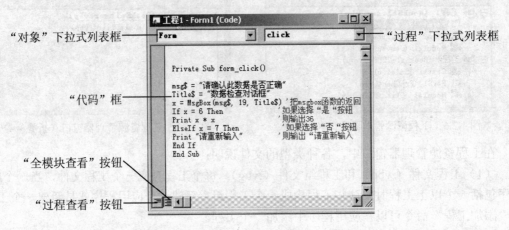

图 1.2.8　代码窗口

（2）打开代码窗口有以下三种方法：

① 从工程窗口中选择一个窗体或标准模块，并选择"查看代码"按钮。

② 从窗体窗口中打开代码窗口，可用鼠标双击一个控件或窗体本身。

③ 从"视图"菜单中选择"代码窗口"命令。

8. 工具箱（ToolBox）窗口

工具箱窗口由工具图标组成，这些图标是 VB 应用程序的控件。在一般情况下，工具箱位于窗体的左侧。工具箱中的工具分为两类，一类称为内部控件或标准控件，一类称为 ActiveX 控件。启动 VB 后，工具箱中只有内部控件，如图 1.2.9 所示。

工具箱主要用于应用程序的界面设计。在设计阶段，首先用工具箱中的工具（即控件）在窗体上建立用户界面，然后编写程序代码。

在设计状态时，工具箱窗口总是出现的。若要不显示工具箱窗口，可以将其关闭；若要再显示，选择"视图"菜单的"工具箱"命令即可。在运行状态下，工具箱窗口自动隐去。

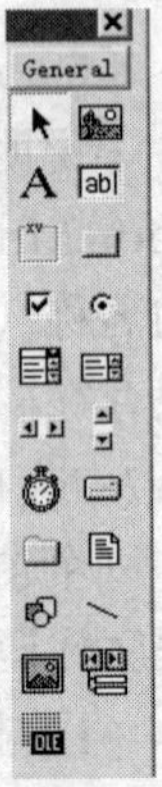

9. 立即（Immediate）窗口

立即窗口是为调试应用程序提供的，用户可直接在该窗口利用 Print 方法或直接在程序中用 Debug.Print 显示所关心的表达式的值，如图 1.2.10 所示。

图 1.2.9　工具箱

10. 窗体布局（Form Layout）窗口

窗体布局窗口用于指定程序运行时的初始位置，主要为使所开发的应用程序能在各个不同分辨率的屏幕上正常运行，在多窗体应用程序中较有用。用户只要用鼠标拖动窗体布局窗口中 Form 窗体的位置，就决定了该窗体运行时的初始位置，如图 1.2.11 所示。

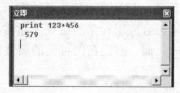

图 1.2.10　立即窗口

图 1.2.11　窗体布局窗口

【说明】在 VB 6.0 中，工具箱中除了已有的"通用（General）"工具外，还可以往其中添加选项卡，定制专用工具箱。添加选项卡的方法是，在工具箱窗口上单击右键，选择快捷菜单中的"添加选项卡"命令，输入新增选项卡的名字。

对添加的选项卡加控件的方法是，在已有的选项卡中拖动所需的控件到当前选项卡；也可单击选项卡使其激活，再通过"工程"菜单的"部件"命令来装入其他控件。

# 1.3　设计一个简单的 VB 应用程序

一般来讲，用 VB 开发应用程序需要以下 4 步：

- 建立用户界面
- 设置对象属性
- 编写事件驱动代码
- 保存和运行程序

## 1.3.1　建立用户界面

用户界面由对象（即窗体和控件）组成。所有的控件都放在窗体上，一个窗体最多可容纳 255 个控件，程序中的所有信息都要通过窗体显示出来，是应用程序的最终用户界面。在应用程序中要用到哪些控件，就在窗体上建立相应的控件。程序运行后将在屏幕上显示由窗体和控件组成的用户界面。

【例 1.1】编写一个程序。用户初始界面如图 1.3.1 所示。要求实现功能：窗体标题为"Hello World!"；左边按钮标题为"请单击此按钮"；中间按钮标题为"清屏"；右边按钮标题为"结束程序"。运行时，单击左边按钮，文本框显示："Hello World! VB，我来了！"；如果单击中间按钮，则清除文本框中显示的内容；如果单击右边按钮，则程序结束。

单击工具箱上相应的控件图标，然后在窗体上拖动鼠标左键，画出相应控件，排列成图 1.3.1 所示的界面。

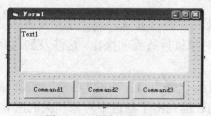

图 1.3.1　用户界面设计

### 1.3.2 设置对象属性

前面窗体上 4 个对象建立好后，就要为其设置属性值。属性是对象特征的表示，各类对象中都有默认的属性值，设置对象的属性是为了使对象符合应用程序的需要。通常，对于反映对象的外观特征的一些不变的属性应在设计阶段完成，而一些内在的可变的属性则由编程实现。

这里，介绍在设计阶段进行属性设置的步骤和方法。

（1）选定要设置的对象。

（2）在属性窗口选中要修改的属性，在属性值栏中输入或选择所需的属性值。

本例中各控件对象的有关属性设置见表 1.3.1，设置后用户界面见图 1.3.2。

表 1.3.1 对象属性设置

| 默认控件名称（Name） | 标题（Caption） | 文本（Text） | 字号 |
|---|---|---|---|
| Form1 | Hello World！ | 无 | 小五 |
| Text1 | 无 | 空白 | 小五 |
| Command1 | 请单击此按钮 | 无 | 小五 |
| Command2 | 清屏 | 无 | 小五 |
| Command3 | 结束程序 | 无 | 小五 |

图 1.3.2 设置属性后的窗体

【说明】

（1）属性表中的"无"表示该对象无此属性，"空白"表示无内容。

（2）若窗体上各控件的字号等属性要设置相同的大小，不用逐个设置，只要在建立控件前，将窗体的字号等属性进行设置，以后建立的控件都有该默认属性值。

### 1.3.3 对象事件过程及编程

按照 VB 编程步骤，根据应用程序要求，建立了用户界面并为每个对象设置了属性后，就要考虑用什么事件来激发对象执行所需的操作。这涉及到选择对象的事件和编写事件过程代码。

编程总是在代码窗口进行。代码窗口左边的"对象"列表框列出了该窗体的所有对象（包括窗体），右边的"过程"列表框列出了与选中对象相关的所有事件。在 VB 程序设计中，许多功能已封装在对象内部，例如，文本框本身就具有各种文本编辑的功能，文件列表框具有列出当前目录下的文件的功能。因此，程序设计时，只需编写少量的代码来满足某些功能要求。

根据本例要求：

（1）当单击"请单击此按钮"命令按钮，用户可在文本框 Text1 中键入一个字符串，就要对命令按钮对象 Commandl 对应的 Click 事件编程。

（2）当单击"清屏"命令按钮，清除文本框的所有内容，就要对命令按钮对象 Command2 对应的 Click 事件编程。

（3）当单击"结束"命令按钮，程序运行结束，这要对命令按钮对象 Command3 对应的 Click 事件编程。

现在以"请单击此按钮"命令为例，说明事件过程编程的步骤：

（1）单击"对象"列表框右边的下拉按钮，列出该窗体包含的所有对象，选择 Commandl。

（2）单击"过程"列表框右边的下拉按钮，列出与 Commandl 对象相关的所有事件，选择 Click 事件。此时代码窗口就显示出 Commandl_Click 事件代码的模板，如图 1.3.3 所示。

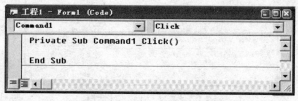

图 1.3.3　事件过程代码窗口

在窗体的 Load 事件中加入代码：

```
Sub Form1_Load()
    Text1.FontSize=16                          '设置字体大小，默认为9
End Sub
```

对象 Command1 的 Click 事件过程代码：

```
Private Sub Command1_Click()
    Text1.Text = "Hello World! VB,我来了！"    '显示字符串
End Sub
```

对象 Command2 的 Click 事件过程代码：

```
Private Sub Command2_Click()
    Textl.Text= ""                             '清除文本框内容
End Sub
```

对象 Command3 的 Click 事件过程代码：

```
Sub Command3_Click()
    End                                        '结束程序
End Sub
```

## 1.3.4　保存和运行程序

在程序的编写过程中要注意程序的保存，尤其是在运行程序前，必须先保存程序，以避免由于意外造成程序的丢失。程序调试运行结束后还要将经过修改的有关文件再保存到磁盘上。

1. 保存窗体文件和工程文件

如前所述，在 VB 中，一个应用程序是以工程文件的形式保存在磁盘上的。一个工程中涉及到多种文件类型，本例仅涉及到一个窗体，因此，只要保存一个窗体文件和工程文件。保存文件的步骤如下：

（1）执行"文件"菜单下的"Forml 另存为"（窗体文件），系统弹出"文件另存为"对话框，提示用户输入文件名，如图 1.3.4 所示。在"保存在"列表框中选择保存的文件夹，在"文件名"文本框中输入文件名（系统根据不同的文件类型，自动添加扩展名）。本例窗体文件名为 first.frm，保存在"d:\ch1\"文件夹下。

（2）执行"文件"菜单下的"工程另存为"（工程文件），系统弹出"文件另存为"对话框，提示用户输入文件名，操作同上。本例工程文件名为 first.vbp。

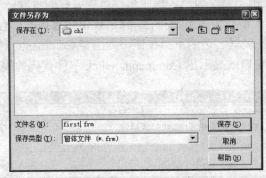

图 1.3.4　文件保存对话框

【说明】

（1）第一次保存文件或欲对文件改名存盘时，选择"文件"菜单下的"Forml 另存为"和"工程另存为"命令。若以原文件名保存，则利用"保存 Form"、"保存工程"命令，也可利用工具栏中的"保存"按钮。

（2）在存盘时一定要搞清楚文件保存的位置和文件名，以免下次使用时找不到，系统默认位置为安装路径的 VB98 目录。

一个完整的应用程序至此编制完成。若用户要再次修改或运行该文件，只需选择"文件"菜单的"打开工程"命令，输入要打开的工程文件名，就可把磁盘上的文件调入内存进行所需的操作。

2. 程序的运行

程序设计完并存入磁盘后，即可运行程序。运行程序的目的，一是输出结果，二是发现错误。在 VB 中，程序可以以两种模式运行，即解释运行模式和编译运行模式。

（1）解释运行模式。执行"运行"菜单的"启动"命令（或按 F5 键，或单击"启动"按钮），系统读取事件激发的那段事件过程代码，将其转换为机器代码，然后执行该机器代码。由于转换后的机器代码不保存，如需再次运行该程序，必须再解释一次，运行速度比编译运行模式慢。在开发阶段为了便于程序的调试，一般使用此模式。

（2）编译运行模式。选择"文件"菜单的"生成.exe"命令后，系统读取程序中全部代码，将其转换为机器代码，并以扩展名为.exe 的可执行文件保存在磁盘上，供以后多次运行。

在本例中，单击"启动"按钮后，程序处于解释运行模式，等待用户激发事件。只要单击"请单击此按钮"按钮，文本框中显示"Hello World! VB，我来了!"；运行结果如图 1.3.5 所示。若单击"清屏"按钮，则文本框中的内容被清除。单击"结束程序"按钮，程序运行结束。若在程序运行过程中出错，系统显示出错信息，系统自动进入"中断"运行模式，回到代码窗口，提示用户对代码进行修改。用户修改好程序后，再运行。

图 1.3.5　运行结果

### 1.3.5　程序举例

上面介绍了一个 VB 程序从建立到运行的全过程，下面给大家介绍一个有趣的小例子。

【例 1.2】用 VB 做一个漂亮的小时钟吧。界面如图 1.3.6 所示。

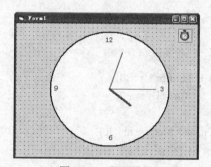

图 1.3.6　界面设计

（1）首先，设计界面。然后修改属性，如表 1.3.2 所示。

表 1.3.2　对象属性设置

| 默认控件名称（Name） | 标题（Caption） | 形状（Shape） | 字号（FontSize）磅值 |
| --- | --- | --- | --- |
| Form1 | 空白 | 无 | 12 |
| Timer1 | 无 | 无 | 无 |
| Shape1 | 无 | 3-Circle | 无 |
| Label1 | 3 | 无 | 12 |
| Label2 | 6 | 无 | 12 |
| Label3 | 9 | 无 | 12 |
| Label4 | 12 | 无 | 12 |
| LineS | 无 | 无 | 无 |
| LineM | 无 | 无 | 无 |
| LineH | 无 | 无 | 无 |

注意：LineS、LineM、LineH 的起始位置放在圆心即可，具体编程时根据 Shape1 所在位置决定。

（2）编写程序代码如下：

```
Option Explicit
    Const pi = 3.14159
Private len_S As Single, len_M As Single, len_H As Single

Private Sub Form_Load()                                          '先取各指针的长度
    len_S = Sqr((LineS.Y2 - LineS.Y1) ^ 2 + (LineS.X2 - LineS.X1) ^ 2)    '秒针长度
    len_M = Sqr((LineM.Y2 - LineM.Y1) ^ 2 + (LineM.X2 - LineM.X1) ^ 2)    '分针长度
    len_H = Sqr((LineH.Y2 - LineH.Y1) ^ 2 + (LineH.X2 - LineH.X1) ^ 2)    '时针长度
    Call timer1_timer
End Sub

Private Sub timer1_timer()                                       '定时器的定时事件过程
    Dim s As Single, m As Single, h As Single
    Form1.Caption = Time
    s = Second(Time)
    m = Minute(Time)
    h = Hour(Time) + m / 60
                                                                 '绘制秒针
    LineS.X2 = LineS.X1 + len_S * Sin(pi * s / 30)
    LineS.Y2 = LineS.Y1 - len_S * Cos(pi * s / 30)
                                                                 '绘制分针
    LineM.X2 = LineM.X1 + len_M * Sin(pi * m / 30)
    LineM.Y2 = LineM.Y1 - len_M * Cos(pi * m / 30)
                                                                 '绘制时针
    If h >= 12 Then h = h - 12
    LineH.X2 = LineH.X1 + len_H * Sin(pi * h / 6)
    LineH.Y2 = LineH.Y1 - len_H * Cos(pi * h / 6)
End Sub
```

（3）运行程序，结果如图 1.3.7 所示。

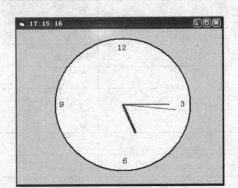

图 1.3.7　运行结果

# 1.4　面向对象的基本概念

## 1.4.1　对象

VB 是一种基于面向对象的程序设计语言，用 VB 进行程序设计，实际上是与一组标准对象进行交互的过程。

对象是具有某些特性的具体事物的抽象。每个对象都具有描述其特征的属性及附属于它的行为。对象在现实生活中到处可见。例如，一个人、一辆汽车、一台电脑等都是一个对象。例如，一辆汽车有型号、外壳、车轮、颜色和功率等特性，又有启动、加速和停止等行为。

VB 中的对象与面向对象程序设计中的对象在概念上是一样的，但在使用上有很大区别。在面向对象程序设计中，对象由程序员自己设计，而在 VB 中，对象分为两类，一类是由系统设计好的，称为预定义对象，可直接使用；另一类由用户定义，可以像 C++ 一样，建立用户自己的对象。窗体和工具箱中的控件就是 VB 中预定义的对象。

对象是具有特殊属性（数据）和行为方式（方法）的实体，建立一个对象后，其操作通过与该对象有关的属性、事件和方法来描述。

VB 还提供了系统对象，例如，打印机（Printer）、剪贴板（Clipboard）、屏幕（Screen）和应用程序（App）等。

## 1.4.2　对象的建立和编辑

### 1. 对象的建立

可以通过两种方法在窗体上建立对象。第一种方法分两步实现：

（1）将鼠标定位在工具箱内要制作的控件对象对应的图标上，单击左键进行选择。

（2）将鼠标移到窗体上所需的位置处，按住鼠标左键拖曳到所需的大小后释放鼠标。

第二种方法是直接在工具箱双击所需的控件图标，则立即在窗体中央出现一个大小为默认值的对象框。

### 2. 对象的选定

要对某对象进行操作，只要单击欲操作的对象就可选定该对象，这时选中的对象出现 8 个方向的控制柄。

若要同时对多个对象进行操作，则要同时选中多个对象，方法有两种：

（1）拖动鼠标指针，将欲选定的对象包围在一个虚线框内即可。

（2）先选定一个对象，按 Ctrl 键，再单击其他要选定的控件。

例如，要对多个对象设置相同的字体，只要选定多个对象，再进行字体属性设置，则选定的多个对象就具有相同的字体。

### 3. 复制或删除对象

（1）复制对象。选中要复制的对象，单击工具栏中的"复制"按钮，再单击"粘贴"按钮，这时会显示是否要创建控件数组的对话框，单击"否"按钮，就复制了标题相同而名称不同的对象。

【说明】初学者不要用"复制"和"粘贴"方法来新建控件，因为用这种方法容易建立成控件数组，造成后面编写事件过程时出现问题。

（2）删除对象。选中要删除的对象，然后按 Del 键。

4. 对象的命名

每个对象都有自己的名字，有了它才能在程序代码中引用该对象。建立的控件都有默认的名字，例如，Form1、Form2、Text1 之类的窗体、文本框默认名。用户也可在属性窗口通过设置 Name（名称）来给对象重新命名，名字必须以字母或汉字开头，由字母、汉字、数字串组成，长度不超过 255 个字符，其中可以出现下划线（但最好不用，以免与代码中的续行符混淆）。

### 1.4.3 对象的属性、事件和方法

对象是具有特殊属性（数据）和行为方式（方法）的实体，VB 的控件是具有自己的属性、事件和方法的对象，可以把事件看作对象的响应，把方法看作对象的动作，它构成了对象的三要素。

1. 属性

属性是一个对象的特性，VB 程序中不同的对象有不同的属性。它们是用来描述和反映对象特征的参数，对象中的数据就保存在属性中。常见的属性有标题（Caption）、控件名称（Name）、颜色（Color）、字体大小（FontSize）、是否可见（Visible）等，它决定了对象展现给用户的界面具有什么样的外观及功能。不同的对象具有各自不同的属性，用户要详细了解各对象的属性可查阅帮助系统。

用户可以通过以下两种方法设置对象的属性：

（1）在设计阶段利用属性窗口直接设置对象的属性。

（2）在程序代码中通过赋值语句实现，其格式为：

对象名.属性名称=新属性值

例如，假设窗体上有一个文本框控件，其名字为 Display（名称），它的属性之一是 Text，即在文本框中显示指定的内容，其在程序代码中的书写形式为：

Display.Text="Good Morning!"

2. 事件、事件过程和事件驱动

（1）事件（Event）。事件是由 VB 预先设置好的、能够被对象识别的动作。例如 Click（单击）、DblClick（双击）、Change（改变）和 KeyPress（键盘按下）等。

（2）事件过程（Event Procedure）。当在对象上发生了事件后，应用程序就要处理这个事件，响应这个事件所执行的操作通过一段代码来实现，这段程序代码叫做事件过程。VB 应用程序设计的主要工作就是为对象编写事件过程中的程序代码。事件过程的一般格式如下：

Private Sub 对象名称_事件名称([参数列表])

······

事件响应程序代码

······

End Sub

【说明】当用户对一个对象发出一个操作时，可能同时在该对象上发生多个事件。例如，单击一下鼠标，同时发生了 Click、MouseDown 和 MouseUp 事件。写程序时，并不要求对这

些事件都编写代码，只要对感兴趣的事件过程编码。没有编码的为空事件过程，系统也就不处理该事件过程。

（3）事件驱动程序设计。在传统的面向过程的应用程序中，程序执行的先后次序由设计人员编写的代码决定，用户无法改变程序的执行流程。在 VB 中，程序的执行发生了根本的变化。程序执行后，系统等待某个事件的发生，然后去执行处理此事件的事件过程，待事件过程执行完后，系统又处于等待某事件发生的状态，这就是事件驱动程序设计方式。这些事件驱动的顺序决定了代码执行的顺序，因此应用程序每次运行时所经过的代码的路径可能都是不同的。

一个 VB 应用程序的执行步骤如下：

①启动应用程序，装载和显示窗体。

②窗体（或窗体上的控件）等待事件的发生。

③事件发生时，执行对应的事件过程。

④重复执行步骤②和③。

如此周而复始地执行，直到遇到 END 结束语句结束程序的运行或单击"结束"按钮强行停止程序的运行。

3. 方法

在传统程序设计中，过程和函数是编程语言的主要部件。而在面向对象的程序设计（OOP）中，引入了称为方法（Method）的特殊过程和函数。在 VB 中已将一些通用的过程和函数编写好并封装起来，作为方法供用户直接调用，这给用户的编程带来了很大的方便。因为方法是面向对象的，所以在调用时一定要用对象。对象方法的一般调用格式为：

[对象.]方法[参数名表]

若省略其中的对象，则表示为当前对象，一般把当前窗体作为当前对象。例如：

Forml.Print　　"欢迎使用 Microsoft 软件"

此语句使用 Print 方法在对象 Forml 窗体中显示"欢迎使用 Microsoft 软件"的字符串。

# 习题一

## 一、选择题

1．VB 6.0 共有三个版本，按功能从弱到强的顺序排列应是（　　）。
　　A．学习版、专业版和工程版　　　　　B．学习版、工程版和专业版
　　C．学习版、专业版和企业版　　　　　D．学习版、企业版和专业版
2．工程文件的扩展名是（　　）。
　　A．.frm　　　　　　B．.vbp　　　　　C．.bas　　　　　D．.frx
3．窗体文件的扩展名是（　　）。
　　A．.frm　　　　　　B．.vbp　　　　　C．.bas　　　　　D．.frx
4．英文"Visual"的含义是（　　）。
　　A．可视化　　　　　B．集成　　　　　C．结构化　　　　　D．调试

## 二、填空题

1．VB 的工作状态有_____、_____、_____。

2．OOP 的含义是_____。

3．VB 的程序设计方法是_____、_____。

4．双击窗体中的对象后，出现的窗口是_____。

## 三、简答题

1．VB 有多种类型的窗口，在设计阶段如想看到代码窗口，如何操作？

2．叙述 VB 的特点。

3．如何使窗口显示或不显示？

# 第2章　窗体和常用控件

窗体和控件都是 VB 中的对象，用 VB 编写程序犹如搭积木，把每块"积木"（控件或其他对象）放在合理的位置，然后通过程序将这些"积木"运用起来，最后就搭成我们需要的东西。所以，掌握每一种控件，包括它们的属性与主要事件，是我们学习编程的基础！本节先简要介绍窗体和最基本的控件，在第 4 章中再做详细的介绍。

学习 VB 的各种控件，主要是要掌握各控件的主要属性及设置方法。学习常用的控件后，其余控件的使用可触类旁通，很容易掌握。

## 2.1　窗体及窗体程序设计举例

### 2.1.1　窗体的组成和结构

VB 的窗体与 Windows 下的窗口十分类似。在应用程序运行之前，即设计阶段，称为窗体，程序运行后也可称为窗口。窗体的结构如图 2.1.1 所示。

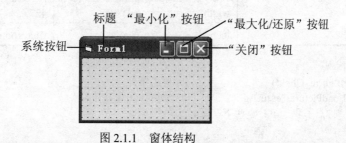

图 2.1.1　窗体结构

窗体右上方有三个按钮，自左向右分别为："最小化"按钮、"最大化/还原"按钮和"关闭"按钮。若单击"最小化"按钮，窗体消失，可以看到窗体缩小为屏幕底部任务栏上的一个按钮，表示它不是当前打开的窗体。单击它可以恢复窗体，使之成为当前窗体。单击"最大化"按钮，可使窗体充满屏幕，此时的"最大化"按钮变成两个重叠的小方块，单击它恢复原来的窗体。单击"关闭"按钮可关闭窗体。

### 2.1.2　窗体的程序设计举例

【例 2.1】当程序运行时，运行效果如图 2.1.2 所示，标题栏上提示"请点击我！"；当单击窗体，将显示如图 2.1.3 所示效果，标题栏提示更改为"你点了我一下！点两下试试！"并在窗体内显示图片 1；当在窗体上连续点击两下，将显示如图 2.1.4 所示效果，窗体中显示图片 2，并显示"学习窗体知识啦！"

1．实现说明

此例程序响应 Load、Click、DblClick 事件。通过 LoadPicture 方法给窗体加载图片，Print

方法完成文字显示。注意：本程序在设计时图片 1.gif 和 2.gif 存放在 e:\tu 中，因此给窗体加载图片的程序为：

Picture = LoadPicture("e:\tu\1.gif")

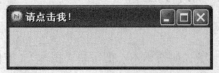

图 2.1.2　Load 事件运行效果

图 2.1.3　Click 事件运行效果

图 2.1.4　DblClick 事件效果

设计步骤：
（1）建立用户界面。
（2）属性设置如表 2.1.1 所示。

表 2.1.1　属性设置

| 对象 | 属性 | 属性值 |
|---|---|---|
| Form1 | height | 1185 |
| | width | 4275 |
| | icon | ChatRoomButton.ico |

2. 程序代码

```
Private Sub Form_Click()                   '单击事件
Picture = LoadPicture("e:\tu\1.gif")       '给窗体加载图片
Caption = "你点了我一下！点两下试试！"
End Sub

Private Sub Form_DblClick()                '双击事件
Picture = LoadPicture("e:\tu\2.gif")
Caption = ""
FontSize = 20
FontName = "隶书"
Print Tab(3); Spc(2); "学习窗体知识啦！"    '输出信息
End Sub

Private Sub Form_Load()                    '装载窗体
Caption = "请点击我！"
End Sub
```

## 2.2　窗体的常用属性、事件及方法

窗体是一块"画布"，是所有控件的容器，是 VB 的主要对象，窗体具有自己的属性、事件和方法。

### 2.2.1　窗体主要属性

窗体的属性决定了窗体的外观和操作，对大部分窗体属性，既可以通过属性窗口设置，也可以在代码窗口通过编程设置。只有少量属性只能在属性窗口设置，或只能通过编程设置。

1. Name 属性

Name 是只读属性，该属性用来定义所创建对象的名称。用 Name 属性定义的名称是在程序代码中使用的对象名，是对象的标识，而不会显示在窗体上。当创建一个新的窗体时，Visual Basic 会自动地将新的窗体命名为一个 Form 加上一个整数，比如 Forml、Form2、Form3 等。

2. Caption 属性

Caption 属性决定窗体标题栏显示的内容。注意：Caption 属性与 Name 属性是不同的。Name 属性定义的名称是在程序代码中使用的对象名，是对象的标识，而不会显示在窗体上。

3. Font 属性

Font 属性是 Visual Basic 的一个对象属性，它确定窗体上显示文本的字体、文字大小、磅值、字体样式、是否采用斜体、是否采用下划线、是否采用删除线等。Font 对象包括表 2.2.1 所示的各种属性。

表 2.2.1　Font 属性

| 属性 | 说明 |
| --- | --- |
| FontBold | Boolean 类型，指定是否采用粗体。为 True 时采用粗体，否则不使用粗体 |
| FontItalic | Boolean 类型，指定是否采用斜体。为 True 时采用斜体，否则不使用斜体 |
| FontUnderline | Boolean 类型，指定是否在文字下方加下划线。为 True 时加下划线，否则不加下划线 |
| FontStrikeThru | Boolean 类型，指定是否在文字上加删除线。为 True 时加删除线，否则不加删除线 |
| FontWeight | 数值类型，指定字符的权重。权重指的是字符的宽度，或"粗体因素"。值越大，字符越粗。正常和斜体的 Weight 值是 400（缺省值），而粗体和斜粗体的 Weight 值是 700 |
| FontSize | 数值类型，指定字体的大小。缺省的字体大小由操作系统决定。可以用点数表示的字体大小来改变缺省值。Size 属性的最大值是 2048 个点 |
| FontName | 指定字体的名称 |

4. Icon 属性

该属性设置窗体最小化时的图标，通常把该属性设置为.ICO 格式的图标文件，当窗体最小化（WindowState=1）时，以该图标显示。在属性窗口中，可以单击 Icon 设置框右边的"…"（省略号），打开一个"加载图标"对话框，用户可以选择一个图标文件装入。

5. Picture 属性

该属性用于设置窗体中要显示的图片。在属性窗口中，可以单击 Picture 设置框再单击右边的▦按钮，加载一个图形文件（如.bmp）。也可在代码编写阶段，通过 LoadPicture 函数加载图形文件。格式为：

Form1.Picture=LoadPicture("图片路径")

6. BorderStyle 属性

该属性在运行时只读。也就是说，它只能在设计阶段设置，不能在运行期间改变。它用于设置边框的样式。属性值有 6 个，如表 2.2.2 所示。

表 2.2.2　BorderStyle 属性值

| 属性值 | 说明 |
|---|---|
| 0-None | 窗体无边框，无法移动及改变大小 |
| 1-Fixed Single | 窗体为单线边框，可移动，不可以改变大小 |
| 2-Sizable | 窗体为双线边框，可移动并可以改变大小，这是默认值 |
| 3-Fixed Double | 窗体为固定对话框，不可改变大小 |
| 4-Fixed Tool Window | 窗体外观与工具条相似，有"关闭"按钮，不能改变大小 |
| 5-Sizable Tool Window | 窗体外观与工具条相似，有"关闭"按钮，能改变大小 |

7．WindowState 属性

该属性用来设置窗口的操作状态，即设置窗体执行时以什么状态显示。属性值如表 2.2.3 所示。

表 2.2.3　WindowState 属性值

| 属性值 | 说明 |
|---|---|
| 0-Normal | 正常窗口状态，有窗口边界 |
| 1-Minimized | 最小化状态，以图标方式显示 |
| 2-Maximized | 最大化状态，无边框，充满整个屏幕 |

### 2.2.2　窗口常用事件

与窗体有关的事件较多，常用的有以下几个：

1．Click（单击）事件

Click 事件是在单击鼠标左键时触发的事件。程序运行后，当单击窗体内空白处，VB 将调用窗体事件过程 Form_Click。

2．DblClick（双击）事件

程序运行后，双击窗体内的空白处，VB 将调用窗体事件过程 Form_DblClick。

3．Load（装载）事件

在传统的程序设计中，一个应用程序结构一般以变量的说明、变量赋初值、功能处理、输出结果这样的线性控制流进行。而在 VB 中，事件驱动的执行方式使得用户对程序结构有没头没尾的感觉。实际上，程序的头就是启动窗体的 Load 事件（若无 Initialize 事件），程序的尾就是 End 语句所在的事件过程。

Load 事件是在窗体被载入工作区时触发的事件。当应用程序启动时，自动执行该事件，所以该事件通常用来在启动应用程序时对属性和变量进行初始化。

### 2.2.3　窗体的常用方法

1．Print 方法

Print 方法的作用是在对象上输出信息。形式为：

[对象名.]Print [表达式列表]

【说明】

（1）对象名：可以是窗体（Form）、图形框（PictureBox）、立即窗口（Debug）或打印机（Pinter）。若省略了对象，则在窗体上输出。例如：

Print "3+4="; 3 + 4　　　　'在当前窗体上输出 3＋4＝7

Pictrue1.Print "你好！"　　　'在图片框 Picture1 上输出"你好！"

（2）表达式列表：指要输出的数值或字符串表达式，对于数值型表达式，输出表达式的值；而字符串则照原样显示。若省略，则输出一个空行，多个表达式之间用空格、逗号、分号分隔。

（3）可指定位置输出：在 Print 方法中，表达式列表开始打印的位置是由对象的 CurrentX 和 CurrentY 属性决定的，默认为打印对象的左上角(0，0)。也可以用 Tab(n)函数或 Spc(n)函数来指定位置输出。函数和表达式之间以";"隔开。

Spc(n)函数：输出时插入 n 个空格（从当前打印位置起空 n 个空格），允许重复使用。

Tab(n)函数：输出表达式时定位于第 n 列（从对象界面最左端第 1 列开始计算的第 n 列），允许重复使用。

例如：

Print "学号"; Tab(10); "姓名"; Spc(10); "前面有 10 个空格"

输出如下：

学号　　　姓名　　　　　前面有 10 个空格

（4）Print 方法具有计算和输出双重功能，没有赋值功能。

如：x=10：y=20：Print(x+y)/5 是正确的。

【例 2.2】用 Print 方法输出三角形。

程序运行结果如图 2.2.1 所示。代码如下：

```
Private Sub Form_Click()
Print
Print Tab(5); Spc(5); "★"
Print Tab(5); Spc(4); "★★"
Print Tab(5); Spc(3); "★★★"
Print Tab(5); Spc(2); "★★★★"
Print Tab(5); Spc(1); "★★★★★"
End Sub
```

图 2.2.1　Print 方法实例

**注意**：一般 Print 方法在 Form_Load 事件过程中无效，原因是窗体的 AutoRedraw 属性默认为 False，若在窗体设计时在属性窗口将 AutoRedraw 属性设置为 True，则有效。

2．Cls 方法

一般格式为：

[对象.]Cls

Cls 方法用于清除运行时由 Print 方法在窗体或图形框中显示的文本或图形。其中：对象为窗体或图形框，省略对象时为窗体。

例如：

Pictruel.Cls          '清除图形框内显示的图形或文本

Cls                   '清除窗体上显示的文本

【说明】

（1）Cls 方法只清除运行时在窗体或图形框中显示的文本或图形，不清除窗体在设计时的文本和图形。

（2）Cls 方法使用后，CurrentX 和 CurrentY 属性均被设置为 0。

3．Move 方法

一般格式为：

[对象.]Move 左边距离[,上边距离[,宽度[,高度]]]

Move 方法用于移动窗体或控件，并可改变其大小。其中：

（1）对象：可以是窗体和除时钟、菜单外的所有控件，省略对象时为窗体。

（2）左边距离、上边距离、宽度、高度：数值表达式，以 twip 为单位。1 twip=1/20 点=1/1440 英寸=1/567 厘米。如果对象是窗体，则"左边距离"和"上边距离"以屏幕左边界和上边界为准，否则以窗体的左边界和上边界为准，给出宽度和高度表示可改变其大小。

【例 2.3】太阳升起程序，当单击按钮时，太阳冉冉升起，如图 2.2.2 所示。

图 2.2.2　太阳升起运行界面

（1）实现说明：在窗体上放置一个图像框，加载太阳图片。在右下角放置一个按钮控件。

（2）属性设置如表 2.2.4 所示。

表 2.2.4　属性设置

| 对象 | 对象名 | 属性 | 属性值 |
|---|---|---|---|
| 窗体 | Form1 | Caption | Move 方法实例 |
| | | Picture | Tiankong.bmp |
| 图像框 | Image1 | Picture | Ty.jpg |
| 命令按钮 | Button1 | Caption | 太阳升起 |

（3）程序代码如下：

```
Private Sub Command1_Click()
Image1.Move Image1.Left - 20, Image1.Top - 40
End Sub
```

## 2.3　常用的控件

### 2.3.1　基本属性

每个对象都可以用一组属性来刻画其特征，改变一个对象的属性，就是让其行为和外观发生变化，以达到我们所需的状态。属性的设置可以在设计时通过属性窗口设置，也可以通过代码窗口在编程时设置。而有些属性在运行时是只读的。每一个对象都有自己的属性，例如，名称（Name）、是否可见（Visible）等。同时，不同的对象有许多相同的属性。下面列出一些常用属性：

1. Name（名称）

该属性用来定义所创建对象的名称。它是所有的对象都具有的属性，所有的控件在创建时由 VB 自动提供一个默认名称。一般来说，为了便于程序阅读和系统维护，开发人员通常都要为新建的控件或对象命名一个有意义的、一目了然的名称。

2. Caption（标题）

该属性决定了控件上显示的内容。

3. Height（高）、Width（宽）

Height 和 Width 属性决定了控件的高度和宽度（如图 2.3.1 所示），其单位为 twip。

对象名.Height=数值

对象名.Width=数值

4. Top（顶边）和 Left（左边）

这两个属性用来设置对象的位置坐标值（如图 2.3.1 所示）。其单位为 twip。当用程序代码设置属性值时，格式为：

对象名.Top=数值

对象名.Left=数值

这里对象可以是窗体和大多数控件，当对象为窗体时，Left 指窗体的左边界与屏幕左边界的相对距离，Top 指窗体的顶边与屏幕顶边的相对距离；而当对象为控件时，Left 和 Top 分别指控件的左边和顶边与窗体的左边和顶边的相对距离。

在窗体上设计控件时 VB 自动提供了默认坐标系统，窗体的上边框为坐标横轴，左边框为坐标纵轴，窗体左上角顶点为坐标原点。

5. Enabled（允许）

每个对象都有 Enabled 属性，用来激活或禁止该对象，属性值有 2 个：True 为激活状态，表示允许用户进行操作，并对操作做出响应；False 为禁止用户进行操作，控件呈灰色，如图2.3.2 所示。

6. Visible（可见性）

用来设置对象是否可见，属性值有 2 个：属性值为 Ture 表示对象可见；属性值为 False 表示隐藏对象。当用程序代码设置时，格式为：

对象名.Visible=Boolean 值

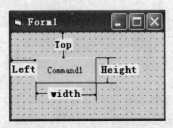

图 2.3.1　属性示范图

图 2.3.2　Enable 属性示范图

这里的对象可以是窗体和任何控件（计时器除外），其 Boolean 值为 Ture 或 False。默认状态为 Ture。

【说明】

（1）只有在运行时该属性才起作用。

（2）当对象为窗体时，Visible 的值为 Ture，则其作用与 Show 方法相同；类似地，当 Visible 值为 False 时，其作用与 Hide 方法相同。

7. Font 系列属性

Font 系列属性改变文本的外观，详见表 2.2.1。

8. MousePointer（鼠标指针类型）

该值指示在运行时当鼠标移动到对象的一个特定部分时，被显示的鼠标指针的类型。设置值的范围为 0~15，值若为 99 则为用户自定义图标，具体意义可通过"帮助"功能查询。

9. MouseIcon（鼠标图标）

该属性必须在 MousePointer 属性设为 99 时使用，用来设置自定义的鼠标图标，图标库在 Graphics 目录下，文件类型为.ico 或.cur。

10. Alignment（对齐方式）

Alignment 属性决定控件（如标签）上的对齐方式，其属性值如表 2.3.1 所示。

表 2.3.1　Alignment 属性值

| 属性值 | 说明 |
| --- | --- |
| 0-LeftJustify | 正文左对齐 |
| 1-RightJustify | 正文右对齐 |
| 2-Center | 正文居中 |

11. AutoSize（自动调整）

AutoSize 属性决定控件是否自动调整大小。属性值为 True，控件可自动调整大小；属性值为 False，控件保持原设计时的大小，正文若太长则自动裁剪掉。

12. WordWrap（文本调整）

AutoSize 属性设置为 True 时，WordWrap 属性才有效。属性值有 2 个：

True：表示按照文本和字体大小在垂直方向上改变显示区域的大小；在水平方向上不发生变化。

False：表示在水平方向上按正文长度放大和缩小；在垂直方向上以字体大小来放大或缩小显示区域。

13. 控件默认属性

VB 中把反映某个控件最重要的属性称为该控件属性的值或默认属性。所谓默认属性是程序运行时，不用指定控件的属性名就可以操作其值的属性。表 2.3.2 列出了有关控件及它们的默认属性。

表 2.3.2　部分控件默认属性

| 控件 | 默认属性 | 控件 | 默认属性 |
| --- | --- | --- | --- |
| 文本框 | Text | 单选框 | Value |
| 标签 | Caption | 命令按钮 | Default |
| 复选框 | Value | 图形、图像框 | Picture |

例如，有某标签的 Name 属性为 Label1，其默认属性为 Caption，若要改变其 Caption 属性值为 YES，下面两条语句是等价的：

Label1.Caption="YES"
Label1="YES"

### 2.3.2　焦点和设置 Tab 键顺序

1. 焦点

焦点是对象鼠标或键盘输入的能力。当对象具有焦点时，就可以接受用户的输入。设置焦点方法为：SetFocus。其格式为：对象名称.SetFocus。

当对象得到焦点时发生 GotFocus 事件，当对象失去焦点时发生 LostFocus 事件。

【说明】

（1）不能够接收焦点的控件有 Frame、Label、Menu、Image 和 Timer 等。

（2）对象的 Enabled 属性和 Visible 属性为 False 时，不能设置焦点，必须将其属性改为 True。

（3）设置焦点的 3 种方法：

● 运行时单击可接收焦点的控件对象。
● 运行时使用快捷键选择控件对象。
● 在代码中使用 SetFocus 方法。

2. Tab 顺序

按 Tab 键时，焦点从一个控件移向另一个控件的次序，称为 Tab 顺序。一般情况下，焦点的顺序为各个控件建立的顺序。例如，控件建立的顺序为：Command1、Command2、Text1。那么在执行时焦点首先位于 Command1 上，当按 Tab 键时，焦点将移动到 Command2 上，再按一下 Tab 键，焦点移到 Text1 上。在编制程序时，如果这一顺序符合要求，可以改动控件的顺序。

改变焦点的方法：

可以通过设置 TabIndex 属性来改变焦点的顺序。TabIndex 属性决定了它在 Tab 键顺序中的位置。按默认值规定，第一个建立的控件的 TabIndex 属性值为 0，第二个为 1，依此类推。

【说明】

（1）TabStop 属性：返回或设置一个值，该值用来指示是否能够使用 Tab 键来将焦点从一个对象移动到另一个对象。当设置此属性为 False，则使用 Tab 键移到此控件时会自动跳到下一个 TabIndex 属性值的控件。虽然使用 Tab 键不能使 TabStop 属性值为 False 的控件得到焦点，但鼠标的单击事件还是可以使得控件得到焦点。

（2）运行时，不可见或无效的控件以及不能接收焦点的控件（如 Frame 和 Label 等控件）仍保持在 Tab 键顺序中，但在切换时要跳过这些控件。

### 2.3.3 命令按钮属性与事件

命令按钮是 VB 应用程序中最常用的控件，如图 2.3.3 所示。几个较典型的属性介绍如下：

图 2.3.3 命令按钮位置

1. Caption 属性

该属性用来设置在按钮上显示的文字。

快捷键设置：例如设置 Caption 属性时输入&Ok，按钮将显示 Ok。当用户按下 Alt+O 快捷键便可激活并操作 OK 按钮。

2. Default 属性

当一个命令按钮的 Default 属性设置为 True 时，按回车键与单击该按钮效果一样，在一个窗体中，只能有一个命令按钮的 Default 属性为 True。

3. Style 属性

命令按钮不仅在 Caption 属性中可设置显示的文字，还可以设置显示图形。若要显示图形，首先必须在 Style 属性中设置为 1，然后在 Picture 属性中设置显示的图形文件。效果如图 2.3.4 所示。在运行时 Style 属性是只读的。表 2.3.3 所示为 Style 属性值。

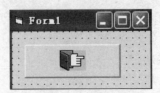

图 2.3.4 属性示意图

表 2.3.3 Style 属性值

| 属性值 | 说明 |
| --- | --- |
| 0-Standard | （默认）标准样式按钮上不能显示图形，只显示文字 |
| 1-Graphical | 图形样式，按钮上可以显示图形，也能显示文字 |

4. Picture 属性

若 Style 属性值设置为 1，则 Picture 属性可显示图形文件（.bmp 和.ico）。

5. ToolTipText 工具提示属性

与 Picture 属性同时使用。如果仅用图形作为对象的标签，那么能够使用此属性以较少的文字解释每个对象。常用在设计具有工具栏提示功能的界面。

命令按钮接收的事件有很多，最常用的是 Click 事件。

【例 2.4】建立一个程序，模拟交通信号灯的变换。运行效果如图 2.3.5 所示。

图 2.3.5　命令按钮示例

（1）实现分析。交通信号灯有 3 种，分别为红、黄、绿，某一时刻只能有一个亮，此程序将模拟这种操作。设计程序界面：在窗体上适当位置重叠放置 3 个图像框，下方放置 2 个按钮。

（2）属性设置如表 2.3.4 所示。

表 2.3.4　属性设置

| 控件 | 控件名 | 属性 | 属性值 |
|---|---|---|---|
| 图形框 | Image1（红灯） | Picture | TRFFC10A.ICO |
| | Image2（黄灯） | Picture | TRFFC10B.ICO |
| | Image3（绿灯） | Picture | TRFFC10C.ICO |
| 命令按钮 | Command1 | Caption | 切换信号灯 |
| | Command2 | Caption | 结束任务. |

（3）程序代码如下：

```
Private Sub Command1_Click()
If Image1.Visible = True Then
    Image1.Visible = False
    Image2.Visible = True
ElseIf Image2.Visible = True Then
        Image2.Visible = False
        Image3.Visible = True
    Else
        Image3.Visible = False
        Image1.Visible = True
End If
End Sub

Private Sub Command2_Click()
```

```
    End
End Sub

Private Sub Form_Load()
Image2.Visible = False
Image3.Visible = False
End Sub
```

### 2.3.4　标签与文本框属性、事件与方法

与文本有关的标准控件有 2 个，即标签和文本框，如图 2.3.6 所示。在标签中只能显示文本信息，不能作为输入信息的界面，也就是标签控件的内容只能用 Caption 属性来设置或修改，不能直接编辑。而在文本框中既可显示文本又可输入文本。

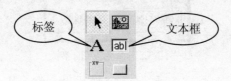

图 2.3.6　标签和文本框

#### 2.3.4.1　标签的属性、事件和方法

标签最主要的属性有：Name、Caption、Font、Height、Width、Left、Top、Visible、BorderStyle 和 BackStyle 等。

标签经常触发的事件有：单击（Click）、双击（DblClick）和改变（Change）。但实际上标签仅起到在窗体上显示文字作用，因此，一般不需编写事件过程。

#### 2.3.4.2　文本框的属性、事件和方法

文本框是一个文本编辑区域，在设计阶段和运行阶段，用户都可以在该区域输入、编辑、修改和显示正文内容，类似一个文本编辑器。前面介绍的一些属性如 Font、BorderStyle、Visible 等也可用于文本框，此外还具有如下属性：

1. Text 属性

文本框无 Caption 属性，显示的正文内容存放在 Text 属性中。例如：

    Text1.text="BASIC"

将在文本框中显示"BASIC"。

2. Maxlength 属性

该属性用来指明文本框中能够输入的正文内容的最大字符数。VB 中字符长度以字为单位，也就是说一个英文字符与一个汉字都是一个字，长度为 1，占两个字节。该属性的值有 0 和非 0 两种：

非 0 值：文本框中字符个数的最大值。0：表示可输入任意长度字符串。一般情况下，该属性使用默认值（0）。

3. MultiLine 属性

当 MultiLine 属性为 True 时，文本框可以输入或显示多行正文，同时具有文字处理器的自动换行功能。按 Enter 键可插入一空行。如果该属性值设置为 False，则文本框只能输入单行文本。

### 4．ScrollBars 属性

当 MultiLine 属性为 True 时，ScrollBars 属性才有效。其属性值如表 2.3.5 所示。

表 2.3.5　ScrollBars 属性值

| 属性值 | 说明 |
| --- | --- |
| 0-None | 无滚动条 |
| 1-Horizontal | 加水平滚动条，此时文本框内的自动换行功能会自动消失，只有按 Enter 键才能回车换行 |
| 2-Vertical | 加垂直滚动条 |
| 3-Both | 同时加水平和垂直滚动条 |

### 5．Locked 属性

指定文本控件是否可被编辑，默认值为 False，表示可编辑；当设置为 True 时，文本控件相当于标签的作用，即只能滚动不可编辑。

### 6．SelStart、SelLength 和 SelText 属性

在程序运行中，对文本内容进行选择操作时，这三个属性用来标识用户选中的正文信息。其中：

SelStart：该属性值为当前选定的正文的开始位置，第一个字符的位置是 0，依此类推。

SelLength：该属性值为当前选定的正文长度（字符数）。

SelText：该属性值为当前选定的正文字符串，如果没选，该属性含有一个空字符串。如果在程序中设置该属性值，则将用该值代替文本中选定的文本。

例：

0123456789

这时：SelStart=5，SelLength=4，SelText="5678"。

设置了 SelStart 和 SelLength 属性后，VB 会自动将设定的正文送入 SelText 存放。这些属性一般用于在文本编辑中设置插入点及范围、选择字符串、清除文本等，并且经常与剪贴板一起使用，完成文本信息的剪切、拷贝和粘贴等功能。

【例 2.5】建立两个文本框，当程序运行期间，单击该窗体，出现如图 2.3.7 所示结果。Textl 的 Text 属性值是"看天空飘的云还有梦；看生命回家路路长漫漫；看阴天的岁月越走越远；远方的回忆的你的微笑；天黑路茫茫心中的彷徨；没犹豫的方向；希望的翅膀一天终张开；飞翔天上"。

图 2.3.7　运行界面

（1）属性设置如表 2.3.6 所示。

表 2.3.6　文本框属性

| Name（对象名） | MultiLine（多行属性） | ScrollBars（滚动条属性） |
| --- | --- | --- |
| Text1 | True | 2-Vertical（垂直滚动） |
| Text2 | True | 3-Both（水平垂直滚动） |

（2）程序代码如下：

```
Private Sub Form_ Click()
    Text1.SelStart = 0
    Text1.SelLength = 10
    Text2.Text = Text1.SelText
End Sub
```

文本框支持 Click、DblClick 等鼠标事件，使用方法同窗体一节所述。同时支持 Change、GotFocus、LostFocus 和 KeyPress 等重要的事件。

7. Change 事件

当用户向文本框输入新内容或当程序将 Text 属性设置为新值，从而改变文本框的 Text 属性时会引发该事件。程序运行后，当用户在文本框中每输入一个字符时，就会引发一次 Change 事件。例如，用户输入"文本编辑框"一词时，会引发 5 次 Change 事件。

8. LostFocus 事件

此事件是在一个对象失去焦点时触发，即移动 Tab 键或单击另一个对象都会发生 LostFocus 事件。该事件过程主要是用来对数据更新进行验证和确认。常用于检查 Text 属性的内容，比在 Change 事件过程中检查有效得多。

9. GotFocus 事件

GotFocus 事件与 LostFocus 事件相反，当一个对象获得输入焦点（即处于激活状态）时触发，只有当一个文本框被激活并且可见性为 True 时才能接收到焦点。

10. SetFocus 方法

文本框最有用的方法是 SetFocus，该方法是把光标移到指定的文本框中。当在窗体上建立了多个文本框后，可以用该方法把光标置于所需要的文本框上。其形式如下：

[对象.]SetFocus

SetFocus 还可以用于如 CheckBox、CommandButton 和 ListBox 等控件。

【例 2.6】小计算器。完成两数的加、减、乘、除运算，单击"清除"按钮清空两个文本框和结果，并定位光标到第一个文本框。设计界面如图 2.3.8 所示，运行界面如图 2.3.9 所示。

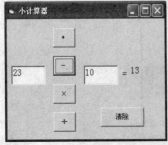

图 2.3.8　设计界面

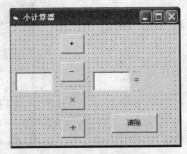

图 2.3.9　运行界面

（1）实现说明。本实例需要 5 个按钮、2 个文本框、2 个标签控件。需要编写按钮的 Click 事件完成计算。当单击"清除"按钮时将文本框 Text 属性和结果显示标签的 Caption 属性设置为空。使用文本框的 SetFocus 方法设置第一个文本框的焦点。

（2）属性设置如表 2.3.7 所示。

表 2.3.7　属性设置

| 控件 | 控件名 | 属性 | 属性值 |
|---|---|---|---|
| 窗体 | Form1 | Caption | 小计算器 |
| | | Height | 2000 |
| | | Width | 5200 |
| 文本框 1 | Text1 | Text | 空 |
| 文本框 2 | Text2 | Text | 空 |
| 按钮 1～按钮 4 | Command1～Command4 | Caption | +、-、×、/ |
| 按钮 5 | Command5 | Caption | 清除 |
| 标签 1 | Label1 | Caption | = |
| 标签 2 | Label2 | Caption | 空 |

（3）程序代码如下：

```
Private Sub Command1_Click()          '求两数和
Label2.Caption = Val(Text1.Text) + Val(Text2.Text)
End Sub


Private Sub Command2_Click()          '求两数差
Label2.Caption = Val(Text1.Text) - Val(Text2.Text)
End Sub


Private Sub Command3_Click()          '求两数积
Label2.Caption = Val(Text1.Text) * Val(Text2.Text)
End Sub


Private Sub Command4_Click()
Label2.Caption = Val(Text1.Text) / Val(Text2.Text)          '求两数相除
End Sub


Private Sub Command5_Click()          ' "清除"按钮单击事件
Text1.Text = ""
Text2.Text = ""
Label2.Caption = ""
Text1.SetFocus                        '给 Text1 设置焦点
End Sub
```

### 2.3.5 图形控件

#### 2.3.5.1 PictureBox（图形框）

图形框控件（PictureBox）可以用来显示位图、JPEG、GIF、图标等格式的图片，在工具箱面板中，图形框控件的图标如图 2.3.10 所示。

图 2.3.10 图形框位置

1. 主要属性

（1）Picture（图片）属性。本属性用来返回或设置控件中要显示的图片，可以通过属性窗口进行设置。如果要在程序运行过程中载入图片，常常使用 LoadPicture 函数，其语法规则为：

对象.Picture = LoadPicture("图形文件的路径与名字")

如：

PicMove.Picture = LoadPicture("c:\Picts\pen.bmp")

图形框中的图片也可用 LoadPicture 函数删除。如：

PicMove.Picture＝LoadPicture()

（2）AutoSize（自动显示）属性。PictureBox 控件不提供滚动条，也不能缩放被载入的图形以适应控件尺寸，但是 AutoSize 属性决定图形框控件是否自动改变大小以显示图片的全部内容。当值为 True，图形框可以自动改变大小以显示全部内容；当值为 False，则不具备图像的自我调节功能。

2. 图形框控件的主要事件

它可以接收 Click（单击）事件与 DblClick（双击）事件，还可以在图形框中使用 Cls（清屏）、Print 方法。在实际使用过程中，它多是作为一种图形容器出现，所以常常是跟其他控件搭配使用的，如单击一个按钮，图形框自动载入图片等。

#### 2.3.5.2 Image（图像框）

在窗体上使用图像框的步骤与图形框相同。但是图像框比图形框占用更少的内存，描绘得更快。因此，在满足需要时一般选择图像框。与图形框不同的是图像框内不能存放其他控件。

图 2.3.11 图像框的位置

跟图形框一样，图像框控件也具有诸如 Name、Picture 等属性，以及 LoadPicture 方法，但在图像自适应问题上有所不同。PictureBox 通过 AutoSize 属性控制图形框的尺寸自动适应图片大小，而 Image 控件则用 Stretch 属性对图片进行大小调整。当 Stretch 属性为 False 时，图像框可自动改变大小以适应其中的图形；当值为 True 时加载到图像框的图形可自动调整尺寸以适应图像框的大小，这时图像可能变形。

2.3.5.3 图形框和图像框的应用实例

【例 2.7】图片放大。当单击小图片后得到大图片，如图 2.3.12 所示。

图 2.3.12 单击小图片得到大图片

（1）实现说明。在窗体上放置一个图形框和一个图像框，在窗体启动时向图形框中加载图片。当单击图形框时，再将图片加载到图像框中，设置图像框的 Stretch 属性为 True，则图片变大。

（2）程序代码如下：

```
Private Sub Form_Load()
Picture1.AutoRedraw = False
Picture1.Picture = LoadPicture("e:\tu\lianhua.bmp")
End Sub

Private Sub Picture1_Click()
Image1.Stretch = True
Image1.Picture = Picture1.Picture
End Sub
```

# 习题二

## 一、选择题

1. Visual Basic 提供的缺省窗体包含（ ）。

    A．标题栏         B．菜单栏         C．工具条         D．状态栏

2. 如何使图像（Image）控件中的图像自动适应控件的大小？（ ）。

    A．将控件的 AutoSize 属性设为 True

    B．将控件的 AutoSize 属性设为 False

    C．将控件的 Stretch 属性设为 True

    D．将控件的 Stretch 属性设为 False

3. 假定窗体上有一个标签，名为 Label1，为了使该标签透明并且没有边框，则正确的属性设置为（ ）。

    A．Label1.BackStyle=0                B．Label1.BackStyle=1 

Label1.BorderStyle=0          Label1.BorderStyle=1

　　C．Label1.BackStyle=True　　　　D．Label1.BackStyle=False

Label1.BorderStyle=True        Label1.BorderStyle=False

　　4．如果设计时在属性窗口将命令按钮的（　　）属性设置为 False，则运行时按钮从窗体上消失。

　　　　A．Visible　　　　　　　　　　B．Enabled

　　　　C．DisabledPicture　　　　　　D．Default

　　5．窗体设计器是用来设计（　　）。

　　　　A．应用程序的代码段　　　　　B．应用程序的界面

　　　　C．对象的属性　　　　　　　　D．对象的事件

　　6．要在窗体上显示图片，需设置窗体的（　　）属性。

　　　　A．Caption　　　　B．Icon　　　　C．Picture　　　　D．ControlBox

　　7．使文本框获得焦点的方法是（　　）。

　　　　A．Change　　　　B．GotFocus　　　C．SetFocus　　　D．LostFocus

　　8．假定在图形框 Picture1 中装入了一个图片，为了清除该图片（注意，是清除图片，而不是删除图形框），应采用的正确方法是（　　）。

　　　　A．选择图形框，然后按 Del 键

　　　　B．执行语句 Picture1.Picture=LoadPicture("")

　　　　C．执行语句 Picture1.Picture=""

　　　　D．选择图形框，在属性窗口中选择 Picture 属性条，然后按回车键

## 二、填空题

　　1．图像框和图形框均可用于装载、显示图形文件，可在设计阶段给它们的_____属性赋值，也可在运行阶段通过_____函数载入图形文件。

　　2．在窗体上画一个文本框和一个图形框，然后编写如下两个事件过程：

```
Private Sub Form_Click()
Text1.Text="VB 程序设计"
End Sub
Private Sub Text1_Change()
Picture1.Print "VB programming"
End Sub
```

程序运行后，单击窗体，则在文本框中显示的内容是_____，而在图形框中显示的内容是_____。

　　3．为了使标签能自动调整大小以显示全部文本内容，应把标签的_____属性设置为 True。

　　4．为了在按下 Esc 键时执行某个命令按钮的事件过程，需要把该命令按钮的一个属性设置为 True，这个属性是_____。

　　5．假定有一个名为 pie2.gif 的图形文件，要在运行期间把该文件装入一个图形框，应执行的语句为_____。

### 三、编程题

1．要求：

（1）启动 VB，创建一个窗体 Form1，在属性窗口中设置如下属性：Width=7000，Height=3000，Caption="VB6.0 窗体"，Left=50，Top=300。设置：背景色是蓝色，Font 为楷体、斜体、三号，并运行该窗体。

（2）在上题 Form1 的基础上，添加一个标签、一个命令按钮、一个文本框，其大小和位置自定，标签的 Caption="欢迎新生入学"，命令按钮的 Caption="确定"，文本框的 Text 属性为空。运行上述 Form1，在文本框中输入"王铃铃"。单击命令按钮将在窗体上输出语句："新同学的姓名是：王铃铃"。

2．在窗体上画 4 个图像框和 1 个文本框，在每个图像框中装入一个箭头图形，分为 4 个不同的方向，把文本框的 MultiLine 属性设置为 True。编写程序，当单击某个图像框时，在文本框中显示相应的信息。例如，单击向左的箭头时，在文本框中显示"您单击的是左箭头"。

# 第 3 章　Visual Basic 程序设计基础

在使用窗体和控件为应用程序建立界面后就要开始编写代码，定义应用程序的特性。应用程序中的大部分工作由代码完成，它对用户和系统事件做出响应。Visual Basic 是使用 Basic 语言进行编程，因此和大多数编程语言一样要使用变量来存储数据。变量具有自己的名称和数据类型。数组可以用来存储建立了索引关系的变量集。随着 Visual Basic 语言的扩展，可以通过判断和循环语句来轻松地控制应用程序。

## 3.1　数据类型

程序设计中的数据是与具体的数据类型结合在一起的，数据类型决定数据在内存中所占存储空间的大小、取值范围及能否参加运算。Visual Basic 不但提供了丰富的由系统定义的数据类型，即标准数据类型，还可以由用户自定义所需的数据类型。

### 3.1.1　基本数据类型

Visual Basic 的基本数据即标准数据类型主要有数值数据和字符串型数据，此外还提供了布尔型、字节型、货币型、对象型、日期型和变体数据类型等，表 3.1.1 列出了 Visual Basic 常用的基本数据类型。

表 3.1.1　常用的基本数据类型

| 数据类型 | 类型说明符 | 字节数 | 类型后缀 | 范围 |
|---|---|---|---|---|
| 整型 | Integer | 2 | % | -32768～32767 |
| 长整型 | Long | 4 | & | -2147483648～2147483647 |
| 单精度浮点数 | Single | 4 | ! | ±1.4E-45～±3.40+38 |
| 双精度浮点数 | Double | 8 | # | ±4.94D-324～±1.79D+308 |
| 货币型 | Currency | 8 | @ | -9.22E+14～9.22E+14 |
| 字节型 | Byte | 1 | | 0～255 |
| 字符串型 | String | | $ | 0～65535 |
| 逻辑（布尔）型 | Boolean | 2 | | True 或　False |
| 日期型 | Date | 8 | | 公元 0100/1/1 到公元 9999/12/31 |
| 对象型 | Object | 4 | | 任何对象的引用 |
| 变体型 | Variant | | | 可存放任何类型的数据 |

### 3.1.2　用户自定义数据类型

用户自定义数据类型是由多个不同数据类型的数据组成的。例如，学生档案中每条学生记录可以定义为一个用户自定义数据类型，它至少要包括学号（字符串型）、姓名（字符串型）、出生日期（日期型）、成绩（数值型数据）等。

我们把这些相同或不同的数据类型的数据组织在一起，形成一个结构，这种结构称为记录。组成每条记录的数据信息称为数据项，也可以称为字段或元素。

用户自定义数据类型必须在程序中由用户自己定义，格式如下：

[Private | Public]　Type　<自定义类型名>
　　　　<元素名 1>　As　<数据类型>
　　　　<元素名 2>　As　<数据类型>
　　　　……
　　　　<元素名 n>　As　<数据类型>
End Type

【功能】在模块级定义包含一个或多个元素的用户自定义的数据类型。

【说明】

（1）在标准模块中，省略关键字 Public 和 Private 时，默认为 Public，即公有的自定义类型；在窗体模块和类模块中，只能使用关键字 Private，且不能省略。

（2）自定义类型名和元素名的命名规则遵循标识符的命名规则。

（3）元素的数据类型既可以是 Visual Basic 的基本数据类型，也可以是用户自定义的数据类型。

（4）如果元素的数据类型是字符串，必须使用定长字符串。

例如：一个学生成绩记录可以定义如下：

```
Private Type Student
    Name As String * 6
    Age As Integer
    Math As Single
    English As Single
End Type
```

## 3.2　变量与常量

### 3.2.1　标识符

标识符是程序员为变量、常量、数据类型、过程、函数和类等定义的名字。利用标识符可以完成对变量、常量、数据类型、过程、函数和类的引用。Visual Basic 中标识符的命名规则如下：

（1）标识符必须以字母（A~Z，a~z）开头，后跟字母（A~Z，a~z）、数字（0~9）或下划线。

（2）标识符的长度不能超过 255 个字符，控件、窗体、类和模块的名字不能超过 40 个字符。

（3）自定义的标识符不能和 Visual Basic 中的运算符、语句、函数和过程名等关键字同名，同时也不能与系统已有的方法和属性同名。

（4）在同一范围内必须是唯一的。

（5）VB 中不区分变量名的大小写，例如，XYZ、xyz、xYz 等都认为指的是同一个变量名。为了便于区分，一般变量首字母用大写字母，其余用小写字母表示。常量全部用大写字母表示。

（6）为了增加程序的可读性，可在变量名前加一个缩写的前缀来表明该变量的数据类型。

例如，strMystring、intCount、sng 最大值、lngX_y_z、dtmYear 和 blnTorF 等都是合法的变量名。按前缀约定，它们分别为字符串、整型、单精度、长整型、日期型和逻辑型变量名。

关键字是 Visual Basic 程序中有固定含义的标识符，如表 3.2.1 所示，不能被重新定义作为变量名或他用。

表 3.2.1　Visual Basic 6.0 中的关键字

| As | Binary | ByRef | ByVal | Date | Else | Empty | Error |
|----|--------|-------|-------|------|------|-------|-------|
| False | For | Friend | Get | Input | Is | Len | Let |
| Lock | Me | Mid | New | Next | Nothing | Null | On |
| Option | Optional | ParamArry | Print | Private | Property | Public | Resume |
| Seek | Set | Static | Step | String | Then | Time | To |
| True | WithEvents | | | | | | |

### 3.2.2　变量

变量是内存中保存信息的内存区域，它的内容在程序运行过程中是可变的。一旦定义了某个变量，该变量表示的都将是同一个内存位置。变量有两个特性：名字和数据类型。变量的名字用于在程序中标识变量和使用变量的值，数据类型则确定变量中可以保存哪种数据。程序员只须提供变量的名字，就可以在程序的其他部分引用该内存的位置，直到释放该变量。

在 Visual Basic 中变量有两种类型：属性变量和用户自己建立的变量。在窗体中设计用户界面时，会自动为产生的对象（包括窗体）创建一组变量即属性变量，并为每个变量设置了默认值。属性变量是系统自动创建的，不用程序员费心。而用户自己建立的变量，则要靠程序员根据程序需要创建。

#### 3.2.2.1　变量的声明

与其他语言不同，Visual Basic 不要求程序员在使用变量前特别声明。如果没有声明则使用"可变类型"的缺省数据类型。然而，使用可变类型存储通用信息主要有两个缺点：一是它会浪费内存空间，二是在与某些数据处理功能同时使用时可变类型可能无效。

1. 显式声明变量

显式声明变量就是使用变量前，在模块或过程的开始处提前声明变量的数据类型和作用域。这些语句并不把值分配给变量，而是提供变量将会包含的数据。

【格式】Dim | Private | Public | Static <变量名> [As <类型>] [,<变量 2> [As <类型 2>]]…

【功能】指定变量的数据类型、作用域，并由系统为变量分配内存空间。

【说明】

（1）建立公用变量，在模块的声明段用 Public 或 Dim 语句声明变量。

建立模块级变量，在模块的声明段用 Private 或 Dim 语句声明变量。

建立过程级局部变量，在过程中用 Dim、Public 或 Static 语句声明变量。

（2）<变量名> 按照命名规则根据需要自定义。

<类型> 用来定义被声明的<变量名>的数据类型。省略[As 类型]部分，所创建的变量默认为变体类型。

（3）一条 Dim 语句可以同时定义多个变量，但每个变量必须有自己的类型声明，类型声明不能共用。例如：

Dim intX1 As integer,intX2 As integer,sngAllsum As single

分别创建了整型变量 intX1、intX2 和单精度变量 sngAllsum。而若变量声明语句为：

Dim intX1,intX2 As integer,dblTotal As Double

则创建了变体型变量 intX1、整型变量 intX2 和双精度型变量 dblTotal。

（4）可在变量名后加类型符来代替"As 类型"。此时变量名与类型符之间不能有空格。类型符说明：%表示整型；&表示长整型；!表示单精度型；#表示双精度型；@表示货币型；$表示字符串型。例如：

Dim intX%,intY%,sngAllsum!

（5）对于字符串类型变量，根据其存放的字符串长度是否固定，其定义方法有两种：

Dim 字符串变量名 As String　　　　　'定义不定长的字符串，最多可存放 2MB 个字符

Dim 字符串变量名 As String * n　　　'定义定长的字符串，最多存放 n 个字符

例如，变量声明：

Dim Homeadd As String　　　　　　　'声明可变长字符串变量

Dim Name As String*10　　　　　　　'声明定长字符串变量可存放 10 个字符

对上例声明的定长字符串变量 Name，若赋予的字符少于 10，则右补空；若赋予的字符超过 10 个，则多余部分截去。

2. 隐式声明

VB 中，对于局部变量，可以不用 Dim 等定义变量，而在需要时直接给出变量名，这称为默认声明或隐式声明。变量的类型可以用类型说明符（%、&、!、#、$、@）来标识。如果没有类型说明符，所有隐式声明的变量都是 Variant 类型的。

例如：

```
Private Sub Form_Click()
    x = 456
    s = "Hello VB 6.0!"
    Print "变量 X 的类型是："; TypeName(x)   'TypeName 函数可以返回变量的数据类型
    Print "变量 S 的类型是："; TypeName(s)
End Sub
```

运行后单击窗体会显示变量的类型，如图 3.2.1 所示。

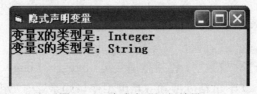

图 3.2.1　隐式声明运行结果

在这个事件过程中，自动创建了变量 x 和 s，使用这个变量时，可以认为它就是隐式声明的。

隐式声明的变量不需要使用 Dim 语句，因而比较方便，节省代码，但是可能带来麻烦，使程序出现无法预料的结果。例如，如果把程序中的变量名写错，会导致一个难以查找的错误。

当程序运行时遇到新名字，系统对该变量初始化为 0（字符类型为空串）。VB 分辨不出这是把一个现有变量名写错了，于是只好用这个名字再创建一个新变量。

3．强制显式声明变量

为了调试程序的方便，一般对使用的变量都进行声明为好。为了避免写错变量引起的麻烦，可以规定使用一个变量，就必须先声明该变量，否则 VB 将发出"Variable not defined"的警告。要强制显式声明变量，可以在类模块、窗体模块或标准模块的声明段中加入语句：

Option Explicit

【功能】如果程序中使用了未显式声明的变量，在编译时会出现错误。

【说明】

（1）该语句必须出现在模块的所有过程之前。

（2）该语句既可以手工输入，也可以利用菜单设置，然后由 Visual Basic 系统在模块的开始位置自动添加。方法如下：

执行"工具"菜单中的"选项"菜单项，弹出"选项"对话框，在"编辑器"标签下，选中"要求变量声明"选项，如图 3.2.2 所示。

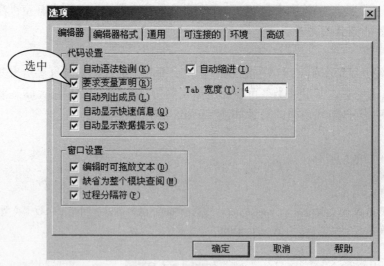

图 3.2.2　强制声明方式

3.2.2.2　变量的数据类型

1．数值型变量

数值型变量（Numeric）存放数字，包括整型变量（Integer、Long）、单精度型变量（Single）、双精度型变量（Double），其中单精度型和双精度型变量均是浮点型变量。

表 3.2.2　Visual Basic 数值型变量的数据类型

| 数据类型 | 字节数 | 取值范围 |
|---|---|---|
| Integer | 2 | 存放整数（-32768～32767） |
| Long | 4 | 存放整数（-2147483648～2147483647） |
| Single | 4 | 存放单精度浮点数 |
| Double | 8 | 存放双精度浮点数 |
| Currency | / | 存放四个小数位的定点数 |

变量的声明方式：

Dim Count As Integer

Dim a As Long

Dim s As Single

Dim x As Double

数值型变量的数据类型及其作用参见表 3.2.2。

2．字符串型变量

字符串型变量（String）存放文本，变量声明方式是：

Dim name As String

Dim num_string As String

Dim ten As String * 10

字符串型变量可以被赋予任何文本，并且要用双引号引起来，如：

name =""

name ="Li Si"

num_string ="123456"

ten =s "abcdefghijklmn"

3．日期型变量

日期型变量（Date）用来存放日期数据，声明方式：

Dim date As Date

日期型变量可以存放日期或时间值，如：

date = "20-6-2006"

date = #20:30:50PM#

日期时间型数据表示时要用双#号括起来。Visual Basic 能自动处理日期型变量值，用 Date 函数可以获取系统日期，用 Time 函数获取系统时间，用 Year、Month 及 Day 函数可以从日期中取出年、月、日。日期型函数可以进行加减运算，不能进行乘除运算。

4．布尔型变量

布尔型变量（Boolean）的声明方式如下：

Dim a As Boolean

布尔型变量的数值为 True 和 False，默认为 False。在 Visual Basic 中布尔型变量值用两个字节存放变量值，实际上是 1（True）和 0（False）。

5．对象型变量

对象型变量（Object）用来表示图形、OLE 对象或其他对象，实际上对象型变量作为 32 位（4 个字节）地址来存储，该地址可引用应用程序中的对象。随后可以用 Set 语句指定一个被声明为 Object 的变量，去引用应用程序所识别的任何实际对象。

6. 变体型变量

变体（Variant）是一种特殊的可变的数据类型，为 VB 的数据处理增加了智能性，是所有未定义的变量的默认数据类型，它对数据的处理完全取决于程序上下文的需要。它可以包括上述的数值型、日期型、对象型、字符型等数据类型。要检测变体型变量中保存的数值究竟是什么类型，可以用 VarType 函数进行检测，根据它的返回值可确定是何数据类型。

目前，Decimal 数据类型只能在变体类型中使用，也就是不能把一个变量声明为 Decimal 类型。

### 3.2.3 常量

VB 中有三种常量：即直接常量、用户声明的符号常量和系统提供的常量。

1. 直接常量

直接常量其常数值直接反映了其类型，也可在常数值后紧跟类型符显式地说明常数的数据类型。

例如，123、123&、123.45、1.234E2、123D3 分别为整型、长整型、单精度浮点数（小数形式）、单精度浮点数（指数形式）、双精度浮点数常量。

在 VB 中除了十进制数常数外，还有八进制、十六进制常数。

八进制常数形式：数值前加&O。例如，&O123、&O456。

十六进制常数形式：数值前加&H。例如，&HA5C8、&H1234。

2. 符号常量

为了便于程序的阅读或修改，有些常量可以由用户定义的符号常量表示。

定义符号常量的一般格式为：

    Const 符号常量名[As 类型]=表达式 [,常量名=表达式]……

【说明】

（1）符号常量名：按常量名的命名规则由用户自己命名，为了便于与一般变量名区别，常量名一般用大写字母表示。

（2）As 类型：说明了该常量的数据类型，若省略该选项，则数据类型由表达式决定。用户也可在常量后加类型符来定义该常量的类型。

表达式：可以是数值常数、字符串常数以及由运算符组成的表达式。

例如：

```
Const PI=3.14159            '声明了符号常量 PI，代表 3.14159，单精度型
Const MAXCHARS As Integer=&O254    '声明了常量 MAXCHARS，代表八进制数 254
Const COUNTS#=12.34          '声明了常量 COUNTS，代表 12.34，双精度型
```

【说明】

常量一旦声明，在其后的代码中只能引用，不能改变，即只能出现在赋值号的右边，不能出现在赋值号的左边。

3. 系统提供的常量

除了用户通过声明创建符号常量外，VB 系统还提供了应用程序和控件定义的常量，这些常量位于对象库中，在"对象浏览器"中的 Visual Basic（VB）、Visual Basic for Applications

（VBA）等对象库中列举了 Visual Basic 的常量。其他提供对象库的应用程序，如 Microsoft Excel 和 Microsoft Project，也提供了常量列表，这些常量可与应用程序的对象、方法和属性一起使用。在每个 ActiveX 控件的对象库中也定义了常量。

通过使用常量，可使程序变得易于阅读和编写。同时，常量值在 Visual Basic 更高版本中可能还要改变，常量的使用也可使程序保持兼容性。

# 3.3　运算符和表达式

运算是对数据的加工，VB 中通过运算符和操作数组合成表达式，实现程序编制中所需的大量操作。

## 3.3.1　算术运算符

算术表达式也称数值表达式，由算术运算符、数值型常量、变量、函数和圆括号组成。其运算结果为一算术值。

1. 表达式的书写规则

（1）每个符号占 1 格，所有符号都必须一个一个并排写在同一横线上，不能在右上角或右下角写方次或下标。例如：$4^2$ 写成 4^2，$y_1+y_2$ 写成 y1+y2。

（2）原来在数学表达式中省略的内容必须写上。例如：2x 写成 2*x。

（3）所有括号都用小括号()，括号必须配对。3[x+2(y+z)]写成 3*(x+2*(y+z))。

（4）要把数学表达式中的有些符号，改成 VB 中可以表示的符号。$2\pi r$ 写成 2*pi*r。

2. 算术运算符

算术运算符是指用来进行数学计算的运算符。算术运算符及功能见表 3.3.1。

算术表达式的格式为：

　　　<数值 1>　<算术运算符 1>　<数值 2> [<算术运算符 2>　<数值 3>]

表 3.3.1　算术运算符

| 算术运算符 | 功能 | 示例 | 优先级 |
|---|---|---|---|
| ^ | 指数运算 | a^b (ab) | 由高到低 |
| * | 乘法运算 | a*b | |
| / | 除法运算 | a/b(1/2=0.5) | |
| \ | 整除运算 | a\b(1\2=0) | |
| MOD | 求余（模）运算 | a Mod b(9 Mod 7=2) | |
| + | 加法运算 | a+b | |
| - | 减法运算 | a-b | |

【说明】

（1）/和\的区别：1/2=0.5，1\2=0。

整除号\用于整数除法，功能是先求出值，然后再将小数部分丢弃，取整数部分值。如果参加计算的数含小数（浮点数），运算前要先进行四舍五入然后取整。

（2）a MOD b 是求 a 整除 b 的余数部分。如果参加运算的数中含浮点数则先进行四舍五入后再进行计算；如果参加运算的数是负数，用绝对值参加求模运算，结果的符号与 a 的符号相同。

【例 3.1】求算术表达式的值。
```
Private Sub Form_Click()
    a = 8: b = 9
    Print a + b, a - b
    Print a * b, a Mod b
    Print a / b, a \ b
    Print a ^ b
End Sub
```
运行后单击窗体，结果见图 3.3.1。

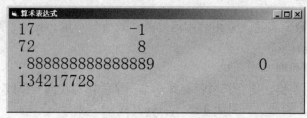

图 3.3.1　运行结果

### 3.3.2　字符串运算符

一个字符串表达式由字符串常量、字符串变量、字符串函数和字符串运算符组成。连接运算符有两种：&和+。

字符串表达式格式：

<字符串 1> & <字符串 2> [& <字符串 3>]

1. 通用连接运算符（&）

"&" 运算符忽略操作数的类型，强制两个表达式的值进行字符串连接。"21&53" 运行结果是 "2153"。

2. 字符串连接运算符（+）

当参加运算的两个表达式的值是字符串时，"+" 运算符实现字符串连接运算，否则实现算术加法运算。如果 "+" 运算符两侧的表达式中混合着字符串和数值，其结果是数值求和。

【例 3.2】求字符串表达式的值。
```
Private Sub Form_Click()
    a = "保定金融"
    b = "高等专科学校"
    Print a & b
    Print a + b
    c = 123
    Print c & 4, c & "4"
    Print c + 4, c + "4"
```

```
        d = "123"
        Print d & 4, d & "4"
        Print d + 4, d + "4"
End Sub
```

运行后单击窗体，结果见图 3.3.2。

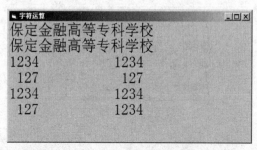

图 3.3.2　运行结果

### 3.3.3　关系运算符

关系运算符也称比较运算符，用来对两个表达式的值做比较，若关系成立，则返回 True，否则返回 False。关系运算符是双目运算符，表 3.3.2 列出了 VB 中的关系运算符。

表 3.3.2　关系运算符

| 关系运算符 | 功能 | 优先级 |
|---|---|---|
| < | 小于 | |
| <= | 小于或等于 | |
| > | 大于 | |
| >= | 大于或等于 | 所有关系运算符具有相同的优先级 |
| = | 等于 | |
| <> | 不等于 | |

在使用关系运算符进行比较时注意以下规则：

（1）如果两个操作数是数值型，则按其大小比较。

（2）如果两个操作数是字符型，则按字符的 ASCII 码值从左到右逐一比较，即首先比较两个字符串的第 1 个字符，其 ASCII 码值大的字符串大，如果第 1 个字符相同，则比较第 2 个字符，以此类推，直到出现不同的字符为止。

（3）汉字字符大于西文字符。

（4）关系运算符的优先级相同。

其他运算符还有 Is 和 Like。Is 用于比较两个对象的引用变量，Like 用于比较两个字符串。

【例 3.3】求字符串表达式的值。

```
Private Sub Form_Click()
    a = 1: b = 2: c = 3
    Print a + 5 >= b * 3
```

```
Print "Visual Basic" < "Pascal"
Print "qaz" = "QAZ"
Print a <> b
```
End Sub

运行后单击窗体，结果见图 3.3.3。

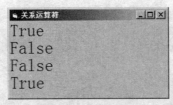

图 3.3.3　运行结果

### 3.3.4　逻辑运算符

逻辑运算符用于执行逻辑运算，功能见表 3.3.3，参加逻辑运算的数据必须是逻辑型数据。
格式为：

<关系表达式 1> <逻辑运算符> <关系表达式 2>

表 3.3.3　逻辑运算符

| 逻辑运算符 | 功能 | 优先级 |
| --- | --- | --- |
| Not | 逻辑非 | 由高到低 |
| And | 逻辑与 | |
| Or | 逻辑或 | |
| Xor | 逻辑异或 | |
| Eqv | 逻辑同或 | |
| Imp | 逻辑蕴含 | |

【例 3.4】求字符串表达式的值。
```
Private Sub Form_Click()
    Print 3 > 2 And 3 < 4
    Print Not (3 > 2 And 3 < 4)
    Print 1 > 3 Or 2 < 3
End Sub
```
运行后单击窗体，结果见图 3.3.4。

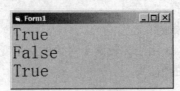

图 3.3.4　运行结果

### 3.3.5　日期表达式

日期表达式由算术运算符"＋、－"、算术表达式、日期型常量、内存变量和函数组成。日期型数据之间只能进行加、减运算。有 3 种情况：

（1）两个日期型数据可以相减，结果是一个数值型数据（两个日期相差的天数）。例如：

`#12/11/1999#-#11/16/1999#`　　　'结果为数值型数据：33

（2）一个表示天数的数值型数据可加到日期型数据中，其结果仍然为一个日期型数据（向后推算日期）。例如：

`#11/16/1999#+33=#99-12-19#`

（3）一个表示天数的数值型数据可以从日期型数据中减掉它，其结果仍然为一日期型数据（向前推算日期）。例如：

`#12/19/1999#-33=#99-11-16#`

### 3.3.6　优先级

算术运算符、逻辑运算符都有不同的优先级，关系运算符优先级相同。当一个表达式中出现了多种不同类型的运算符时，不同类型的运算符优先级如下：

算术运算符>字符运算符>关系运算符>逻辑运算符

【说明】对于多种运算符并存的表达式，可增加圆括号，改变优先级或使表达式更清晰。

例如，若选拔优秀生的条件为：年龄（Age）小于 19 岁，三门课总分（Total）高于 285 分，其中有一门为 100 分，其表达式写为：

`Age<19 And Total>285 And (Mark1=100 Or Mark2=100 Or Mark3=100)`

## 3.4　常用内部函数

VB 提供了大量的内部函数（或称标准函数）供用户在编程时调用。内部函数按其功能可分成数学函数、转换函数、字符串函数、日期函数和格式输出函数等。以下叙述中，我们用 N 表示数值表达式、C 表示字符表达式、D 表示日期表达式。凡函数名后有$符号，表示函数返回值为字符串。用户可以通过"帮助"菜单，获得所有内部函数的使用方法。

1. 数学函数

数学函数与数学中的定义一致，表 3.4.1 列出了常用的数学函数。

表 3.4.1　常用数学函数

| 函数名 | 一般格式 | 功能 | 说明 |
|---|---|---|---|
| 三角函数 | Sin(x) | 返回 x 的正弦值 | x 为弧度值，返回值的类型为 Double 型 |
| | Cos(x) | 返回 x 的余弦值 | |
| | Tan(x) | 返回 x 的正切值 | |
| 取整函数 | Fix(x) | 舍弃 x 小数部分，返回整数部分 | 当 x<0 时，Int 函数返回不大于 x 的最大整数，Fix 返回不小于 x 的最小整数 |
| | Int(x) | | |

| 函数名 | 一般格式 | 功能 | 说明 |
|--------|----------|------|------|
| 绝对值函数 | Abs(x) | 返回 x 的绝对值 | |
| 平方根函数 | Spr(x) | 返回 x 的算术平方根 | x≥0 |
| 指数函数 | Exp(x) | 返回 $e^x$ | |
| 对数函数 | Log(x) | 返回 x 的自然对数 | x>0 |
| 符号函数 | Sgn(x) | 返回 x 的符号 | x<0 时，返回-1<br>x=0 时，返回 0<br>x>0 时，返回 1 |
| 随机函数 | Rnd(x) | 返回 0～1 之间的随机数 | x<0 时，总产生同一随机数<br>x=0 时，产生上一次产生的随机数<br>x>0 或省略 x 时，产生序列中的下一个随机数 |

【说明】

（1）在三角函数中，自变量 N 以弧度表示。Sqr 的自变量不能是负数。

（2）Log 和 Exp 互为反函数，即 Log(Exp(N))、Exp(Log(N))的结果还是原来各自变量 N 的值。

（3）Rnd 函数返回的范围为：[0, 1)，即小于 1 但大于或等于 0 的双精度随机数。当一个应用程序不断重复使用随机数时，同一序列的随机数会反复出现，用 Randomize 语句可以消除这种情况。该语句格式如下：

Randomize [number]

number 是一个整数，它是随机数发生器的"种子数"，可以省略。

【例 3.5】求字符串表达式的值。

```
Dim x1: Dim x2: Dim x3
Dim y1: Dim y2: Dim y3
Dim z1: Dim z2: Dim z3: Dim z4
Private Sub Form_Click()
Const PI = 3.14159
x1 = Sin(30 * PI / 180)                '计算 30 度角的正弦值
x2 = Cos(30 * PI / 180)                '计算 30 度角的余弦值
x3 = Tan(30 * PI / 180)                '计算 30 度角的正切值
Print x1; x2; x3
Print Fix(3.7); Fix(3.2); Fix(-3.7); Fix(-3.2)        'x<0 时，Fix 会返回大于或等于 x 的第一个负整数
Print Int(3.7); Int(3.2); Int(-3.7); Int(-3.2)        'x<0 时，Int 返回小于或等于 x 的第一个负整数
x = Abs(50.3)                          '求 50.3 的绝对值
y = Abs(-50.3)                         '求-50.3 的绝对值
Print x; y
x = Sqr(9)                             '求平方根
y = Sqr(12.5)                          '结果是 3.535553390593274
Print x; y
x = Exp(2)                             'e 的 2 次方
Print x
```

```
x = Log(15)                    '15 的自然对数
Print x
y1 = Sgn(-3.5)                 'x<0 时，返回-1
y2 = Sgn(0)                    'x=0 时，返回 0
y3 = Sgn(3.5)                  'x>0 时，返回 1
Print y1; y2; y3
z1 = Rnd(-1)
z2 = Rnd(2)
z3 = Rnd
z4 = Rnd(0)
Print z1; z2; z3; z4
End Sub
```

运行结果如图 3.4.1 所示。

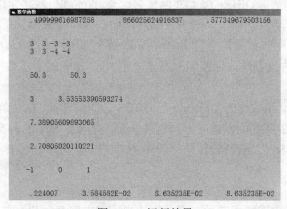

图 3.4.1　运行结果

## 2. 转换函数

常用的转换函数见表 3.4.2。

表 3.4.2　常用的转换函数

| 函数名 | 一般格式 | 功能 |
| --- | --- | --- |
| 字符转换成 ASCII 码值 | Asc(c) | 返回字符串 c 首字母的 ASCII 码 |
| ASCII 码值转换成字符 | Chr(n) | 返回 ASCII 码为整数 n 的字符 |
| 字符串转换成数值 | Val(c) | 返回包含于字符串 c 的字符 |
| 数值转换为字符串 | Str(n) | 返回由数值 n 组成的字符串 |
| 取整 | Int(n) | 返回不大于数值 n 的最大数 |
| | Fix(n) | 返回去掉一个浮点数的小数部分的数 |
| | Cint(n) | 将数值 n 小数部分四舍五入，转换为整数 |
| 进制间转换 | Hex$(n) | 将一个十进制数转换为十六进制数 |
| | Oct$(n) | 将一个十进制数转换为八进制数 |
| 大小写字母转换 | LCase(c) | 返回字母 c 的大写字母 |
| | UCase (c) | 返回字母 c 的小写字母 |

在 VB 中还有类型转换函数，例如，CLong、CBool、CSng 和 CStr 等。

例如：

```
N=Asc("abcdefg")              'N 的值是 97，字母 "a" 的 ASCII 码值
Print Chr(65)                 '输出结果是 A
N1=Val("1.234")               'N1 的值是 1.234
N2=Val("1.23ASD45")           'N2 的值是 1.23
N3=Val("-12ASD")              'N3 的值是-12
N4=Val("ASD123")              'N4 的值是 0
```

3. VB 字符处理机制及字符串操作函数

（1）VB 字符处理机制。VB 中字符串长度是以字（习惯称字符）为单位，也就是每个西文字符和每个汉字都作为一个字，占两个字节。这与传统的概念有所不同，原因是编码方式的不同。Windows 系统对字符采用了 DBCS（Double Byte Character Set）编码，用来处理使用象形文字字符的东亚语言。DBCS 编码实际上是一套单字节与双字节的混合编码，即西文与 ASCII 编码一样，是单字节；中文以两字节编码。而在 VB 中采用的是 Unicode（国际标准化组织 ISO 字符标准）来存储和操作字符串。Unicode 是全部用两个字节表示一个字符的字符集。为了保持与 ASCII 码的兼容性，保留 ASCII 码，仅将其每码的字节数变为两个，增加的字节以 0 填入。

VB 提供了 StrConv 函数作为 Unicode 与 DBCS 之间的转换。Len 函数求字符串的字符数，LenB 函数求字符串的字节数，以适应不同软件系统的需要。StrConv 函数一般格式为：

转换后的字符串= StrConv(待转换的字符串,转换格式)

其中：

待转换的字符串：可以是字符串常量，也可以是字符串变量。

转换格式：用来指定转换成哪种格式的字符串，可以取多种值，与 DBCS 编码和 Unicode 编码转换有关的有 2 个值，分别为：

```
vbUnicode(值为 64)        '将 DBCS 编码格式的字符串转换为 Unicode 编码格式
vbFromUnicode(值为 128)   '将 Unicode 编码格式的字符串转换为 DBCS 编码格式
```

（2）字符串函数。VB 的字符串函数相当丰富，给字符类型变量的处理带来了极大的方便。在立即窗口中可以试验这些函数。字符串函数见表 3.4.3。

表 3.4.3　字符串函数

| 函数名 | 一般格式 | 功能 |
| --- | --- | --- |
| 截取子串函数 | Left(Str,n) | 从字符串 Str 左边截取 n 个字符 |
| | Right(Str,n) | 从字符串 Str 右边截取 n 个字符 |
| | Mid(Str,m,n) | 从字符串 Str 的第 m 个字符开始截取 n 个字符 |
| 删除空格函数 | LTrim(Str) | 删除字符串 Str 开头的所有空格 |
| | RTrim(Str) | 删除字符串 Str 末尾的所有空格 |
| | Trim(Str) | 删除字符串 Str 开头和末尾的所有空格 |
| 大小写字母转换函数 | UCase(Str) | 将字符串 Str 中的所有字母转换成大写字母 |
| | LCase(Str) | 将字符串 Str 中的所有字母转换成小写字母 |

| 函数名 | 一般格式 | 功能 |
|--------|----------|------|
| 取长度函数 | Len(Str) | 返回字符串 Str 中字符的个数 |
| 子串检索函数 | Instr([n,]Str1,Str2) | 从字符串 Str1 的第 n 个字符开始查找子串 Str2 最先出现的位置。若存在，返回位置值；若不存在，返回 0；省略 n 时，默认为 1 |
| 空格函数 | Space(n) | 生成一个由 n 个空格组成的字符串 |

例如：

```
s1 = "ABCDEFGH"
s2 = Left(s1, 2)                          'S2 的值 "AB"
s3 = Right(s1, 3)                         'S3 的值是 "FGH"
s4 = Mid(s1, 3, 2)                        'S4 的值是 "CD"

s1 = "Visual Basic"
i = Len(s1)                               'i 的值是 12

Print InStr("ABCDEFG", "BC")             '输出结果是 2
Print InStr(2, "ABCDEFG", "BC")          '输出结果是 2
Print InStr(4, "ABCDEFG", "BC")          '输出结果是 0

Str = "  ABC  "
s1 = LTrim(Str)                          's1 的值是 "ABC  "
s2 = RTrim(Str)                          's2 的值是 "  ABC"
s3 = Trim(Str)                           's3 的值是 "ABC"

Str = "Hello"
s1 = UCase(Str)                          's1 的值是 "HELLO"
s2 = LCase(Str)                          's2 的值是 "hello"

Str = "**" & Space(2) & "**"             'Str 的结果是 "**  **"，pace(2)是包含 2 个空格的字符串
```

**4. 日期函数**

常用的日期函数见表 3.4.4。

表 3.4.4　日期函数

| 函数名 | 一般格式 | 功能 |
|--------|----------|------|
| 日期时间函数 | Now | 返回当前系统日期和时间 |
| | Date | 返回当前系统日期 |
| | Time | 返回当前系统时间 |
| 截取年、月、日函数 | Year(d) | 返回日期表达式 d 的年份（yyyy） |
| | Month(d) | 返回日期表达式 d 的月份（1~12） |
| | Day(d) | 返回日期表达式 d 的日（1~31） |
| 截取时、分、秒函数 | Hour(d) | 返回表达式 d 的小时数（0~23） |
| | Minute(d) | 返回表达式 d 的分钟数（0~59） |
| | Second(d) | 返回表达式 d 的秒数（0~59） |

5. 格式输出函数

使用格式输出函数 Format 可以使数值、日期或字符串按指定的格式输出。格式输出函数一般用于 Print 方法中。Format 函数一般格式如下：

Format$ (表达式[，格式字符串])

其中：

表达式：为要格式化的数值、日期和字符串类型表达式。

格式字符串：表示按其指定的格式输出表达式的值。格式字符串有三类：数值格式、日期格式和字符串格式。格式字符串要加引号。

（1）数值格式化。数值格式化是将数值表达式的值按"格式字符串"指定的格式输出。有关格式及举例见表 3.4.5。

表 3.4.5　常用数值格式符

| 格式符 | 含义 | 字符串表达式 | 格式字符串 | 显示结果 |
|---|---|---|---|---|
| < | 强迫以小写格式显示 | How are you | "<" | HOW ARE YOU |
| > | 强迫以大写格式显示 | HOW ARE YOU | ">" | how are you |
| @ | 当实际字符位数小于格式符号位数时，字符串前加空格 | abcde | "@@@@@@@" | □□abcde |
| & | 当实际字符位数小于格式符号位数时，字符串前不加空格 | abcde | "&&&&&&&" | abcde |

（2）日期和时间格式化。日期和时间格式化是将日期类型表达式的值或数值表达式的值以日期、时间的序数值按"格式字符串"指定的格式输出。有关格式及举例见表 3.4.6。

表 3.4.6　常用日期和时间格式符

| 格式符 | 含义 | 数值表达式 | 格式字符串 | 显示结果 |
|---|---|---|---|---|
| 0 | 当实际数字位数小于符号位数时，数字前后补 0；大于时，按实际数值显示 | 1234.567　1234.567 | "00000.0000"<br>"000.00" | 01234.5670<br>1234.57 |
| # | 当实际数字位数小于符号位数时，数字前后不加 0；大于时，按实际数值显示 | 1234.567　1234.567 | "#####.####"<br>"###.##" | 1234.567<br>1234.57 |
| . | 加小数点 | 1234 | "0000.00" | 1234.00 |
| , | 千分位 | 1234.567 | "##,##0.0000" | 1,234.5670 |
| % | 数值乘以 100，再加百分号 | 1234.567 | "######.00%" | 123456.70% |
| $ | 在数字前加$ | 1234.567 | "$###.##" | $1234.57 |
| + | 在数字前加+ | -1234.567 | "+###.##" | -+1234.57 |
| - | 在数字前加- | 1234.567 | "-####.00" | -1234.57 |
| E+ | 用指数表示 | 0.12345 | "0.000E+00" | 1.234E-01 |
| E- | 与 E+相似 | 1234.567 | ".00E-00" | .12E04 |

# 3.5　基本语句

程序设计有三种基本结构：顺序结构、条件结构和循环结构。

## 3.5.1　顺序结构

### 3.5.1.1　赋值语句

赋值语句的格式为：[Let] <变量名> = <表达式>

或[对象名.] <属性名> = <表达式>

功能：将表达式的值赋给变量或属性。

例如：

A1=100

A2=3*A1-1

A3="计算机系"

A4="保定金融高等专科学校"

A5=#20/06/2006#

A6=True

Label1.Caption= "欢迎进入 Visual Basic 学习"

Command1.Enabled= False

### 3.5.1.2　注释语句

注释语句格式 1：Rem 注释内容

注释语句格式 2：'注释内容

功能：在程序中包含注释。

【说明】

（1）使用格式 1 的注释语句只能单独占一行；使用格式 2 的注释语句既可单独占一行，也可以写在其他语句的末尾。

（2）注释内容可以是任意字符序列。

### 3.5.1.3　输入、输出语句

1. 输入语句

在程序运行时，用户需要输入数据。输入数据的方法有很多种，如文本框（TextBox）、InputBox 函数、单选按钮（OptionButton）、列表框（ListBox）等。

（1）用文本框输入或显示文本。文本框是最常用的输入控件。用文本框控件可以方便地在运行时让用户输入和编辑文本。

【例 3.6】设计一个程序，计算某学生成绩的平均分，利用文本框作为数据的输入和办公输出，如图 3.5.1 所示。

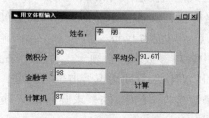

图 3.5.1　程序运行结果

设计步骤如下：

①建立应用程序用户界面。

②设置对象属性，如表 3.5.1 所示。

表 3.5.1　属性设置

| 对象名 | 属性 | 设置 |
| --- | --- | --- |
| Label1 | Caption | 姓名： |
| Label2 | Caption | 微积分 |
| Label3 | Caption | 金融学 |
| Label4 | Caption | 计算机 |
| Label5 | Caption | 平均分： |
| Text 1～Text 5 | Text | 空 |
| Command1 | Caption | 计算 |

③编写程序代码。因为文本默认为字符串，所以将数值类型变量定义为 Single。

命令按钮 Command1 的单击（Click）事件代码为：

```
Private Sub Command1_Click()
    Dim name As String
    Dim a As Single, b As Single, c As Single
    name = Text1.Text
    a = Val(Text2.Text)
    b = Val(Text3.Text)
    c = Val(Text4.Text)
    Text5.Text = (a + b + c) / 3
End Sub
```

（2）用 InputBox 函数输入数据。该函数的作用是打开一个对话框，等待用户输入内容，当用户单击"确定"按钮或按回车键时，函数返回输入的值，其值的类型为字符串。函数一般格式如下：

InputBox(提示[,标题][,默认][,x 坐标位置][,y 坐标位置])

- "提示"：该项不能省略，是字符串表达式，在对话框中作为信息显示，可为汉字。若要在多行显示，必须在每行行末加回车 Chr(13) 和换行 Chr(10) 控制符，或直接使用 VB 内部常数：vbCrLf。
- "标题"：字符串表达式，在对话框的标题区显示。若省略，则把应用程序名放入标题栏中。
- "默认"：字符串表达式，当在输入对话框中无输入时，则该默认值作为输入的内容。
- "x 坐标位置"、"y 坐标位置"：整型表达式，坐标确定对话框左上角在屏幕上的位置，屏幕左上角为坐标原点，单位为 twip。

【说明】InputBox 函数中各项参数次序必须一一对应，除了"提示"一项不能省略外，其余各项均可省略，处于中间的默认部分要用逗号占位符跳过。

【例 3.7】用 InputBox 函数接收圆的半径 r，求圆面积 s。运行结果见图 3.5.2。

```
Private Sub Form_Load()
```

```
        Show
        Const pi = 3.1415926
        Dim r As Single, s As Single
        r = Val(InputBox("输入半径: ", "计算圆面积", "10"))
        FontSize = 20
        s = pi * r ^ 2
        Print "圆面积: "; s
    End Sub
```

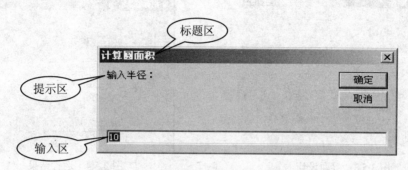

图 3.5.2　用 InputBox 函数计算圆面积

2. 输出语句

程序运行得到的结果大多都在屏幕或打印机上输出。在 Visual Basic 6.0 中具有丰富的输出功能，可以通过 Print 方法、标签（Label）、文本框等实现。

（1）用 Label 标签输出文本。标签控件（Label）是最简单的文本显示控件。它最常用的是区分窗体上的不同项目。标签控件一般在设计时建立，显示的说明内容通过属性窗口赋值给 Caption 属性。同时，标签控件也可以在运行时对 Caption 属性赋值以显示任意内容。

【例 3.8】用 Label 控件显示字符串。

设计步骤如下：

①建立应用程序用户界面。在窗体设计器中加入 3 个标签：Label1、Label2 和 Label3，如图 3.5.3 所示。

②设置标签属性，如表 3.5.2 所示。

表 3.5.2　属性设置

| 对象名 | 属性 | 设置 |
|---|---|---|
| Label1~Label3 | Caption | 空（不显示内容） |
| From1 | Caption | 用标签显示 |

③代码编写：

```
Private Sub Form_Load()
    Dim mystr1 As String
    Dim mystr2 As String
    Dim mystr3 As String
    mystr1 = "Hello"
    mystr2 = "Visual Basic 6.0"
```

```
        mystr3 = mystr1 + "," + mystr2 + "!"
        Label1.Caption = mystr1
        Label2.Caption = mystr2
        Label3.Caption = mystr3
End Sub
```

运行结果见图 3.5.4。

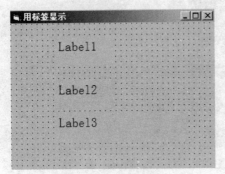

图 3.5.3　界面设计

图 3.5.4　运行结果

（2）用 Print 方法输出。Print 方法用于在窗体、立即窗口、图形框、打印机等对象中显示文本字符串和表达式的值。

格式为：

[对象表达式.] Print [ <表达式> ] [, | ;]

【说明】

对象名：可以是窗体（Form）、图形框（PictureBox）、立即窗口（Debug）或打印机（Printer）。若省略了对象，则在窗体上输出。

Spc(n)函数：输出时插入 n 个空格（从当前打印位置起空 n 个空格），允许重复使用。

Tab(n)函数：输出表达式时定位于第 n 列（从对象界面最左端第 1 列开始计算的第 n 列），允许重复使用。

- 表达式列表：指要输出的数值或字符串表达式，对于数值型表达式，输出表达式的值；而字符串则照原样显示。若省略，则输出一个空行，多个表达式之间用空格、逗号、分号分隔，也可出现 Spc 和 Tab 函数。表达式列表开始打印的位置是由对象的 CurrentX 和 CurrentY 属性决定的，默认为打印对象的左上角（0，0）。
- 当输出多个表达式或字符串时，各表达式用分隔符（逗号、分号或空格）隔开，其中：

  ;（分号）：表示光标定位在上一个显示的字符后。

  ,（逗号）：表示光标定位在下一个打印区的开始位置处，打印区每隔 14 列开始。

  空格（即无";"或","）：表示输出后换行。

- Print 方法具有计算和输出双重功能，没有赋值功能。

  如：x=10:y=20:Print(x+y)/5 是正确的。

【例 3.9】按指定的尺寸、颜色和外观，把文本输出到窗体的中间。

Private Sub Form_Load()

```
        Show
        Dim a As String, text As Integer
        Form1.FontName = "Script MT Bold"
        Me.FontSize = 60
        Me.ForeColor = QBColor(15)
        Me.BackColor = QBColor(8)
        a = "Hello"
        text = TextWidth(a) / 2
        CurrentX = ScaleWidth / 2 - text
        CurrentY = 50
        Print a
End Sub
```

运行结果见图 3.5.5。

图 3.5.5　运行结果

3. MsgBox 函数和 MsgBox 过程

使用 Windows 时，如操作有误，系统会在屏幕上弹出一个对话框供用户选择，然后根据选择确定后面的操作。MsgBox 函数的功能就与此类似。其功能是打开一个信息框，等待用户选择一个按钮。MsgBox 函数的一般格式如下：

变量[%]=MsgBox(提示[,按钮][,标题])

MsgBox 过程用法如下：

MsgBox 提示[,按钮][,标题]

其中：

"提示"和"标题"：意义与 InputBox 函数中对应的参数相同。

"按钮"：整型表达式，用来控制在信息框内显示的按钮、图标的种类和数量，该参数的值由 4 类数值相加产生，这 4 类数值或符号常量分别表示按钮类型、显示图标的种类、活动按钮（默认按钮）的位置及强制返回模式。按钮设置值及意义见表 3.5.3。

【说明】

（1）按钮的 4 组方式可以组合使用（可以用内部常数形式或按钮值形式表示）。

（2）以应用模式建立信息框，则必须响应信息框才能继续当前的应用程序。若以系统模式建立信息框时，所有的应用程序都将被挂起，直到用户响应了信息框为止。

MsgBox 函数返回值是一个整数值，这个返回值与所选的按钮有关，所选按钮返回数值的意义见表 3.5.4。

表 3.5.3　"按钮"设置值及意义

| 4 类分组 | 系统内部常量 | 按钮值 | 描述 |
|---|---|---|---|
| 按钮类型 | vbOkOnly<br>vbOkCancel<br>vbAboutRetryIgnore<br>vbYesNoCancel<br>vbYesNo<br>vbRetryCancel | 0<br>1<br>2<br>3<br>4<br>5 | 只显示"确定"按钮<br>显示"确定"、"取消"按钮<br>显示"终止"、"重试"、"忽略"按钮<br>显示"是"、"否"、"取消"按钮<br>显示"是"、"否"按钮<br>显示"重试"、"取消"按钮 |
| 图标类型 | vbCritical<br>vbQuestion<br>vbExclamation<br>vbInformation | 16<br>32<br>48<br>64 | 关键信息图标红色 STOP 标志<br>询问信息图标?<br>警告信息图标!<br>信息图标 i |
| 默认按钮 | vbDefaultButtonl<br>vbDefaultButton2<br>vbDefaultButton3 | 0<br>256<br>512 | 第 1 个按钮为默认<br>第 2 个按钮为默认<br>第 3 个按钮为默认 |
| 模式 | vbApplicationModule<br>vbSystemModule | 0<br>4096 | 应用模式<br>系统模式 |

表 3.5.4　MsgBox 函数返回所选按钮整数值的意义

| 被单击的按钮 | 返回值 | 系统内部常量 |
|---|---|---|
| 确定 | 1 | vbOk |
| 取消 | 2 | vbCancel |
| 终止 | 3 | vbAbort |
| 重试 | 4 | vbRetry |
| 忽略 | 5 | vbIgnore |
| 是 | 6 | vbYes |
| 否 | 7 | vbNo |

【例 3.10】编写一个程序，用 MsgBox 函数判断是否继续执行，如图 3.5.6 所示。

```
Private Sub Form_Click()
    Dim Msg$, Title$
    Dim m%
    Msg$ = "此数据是否正确"
    Title$ = "数据验证对话框"
    m = MsgBox(Msg$, 51, Title$)      '51=3+48+0+0
    If m = 6 Then
        Print "正确"; m * m
        ElseIf m = 7 Or m = 2 Then
        Print "数据错误，请重新输入"
    End If
End Sub
```

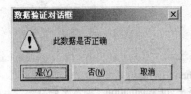

图 3.5.6　MsgBox 函数示例

【例 3.11】编一个账号和密码检验程序。对输入的账号和密码规定如下：

（1）账号不超过 11 位数字，密码 6 位字符，在本题中，密码假定为"abcdef"。

（2）密码输入时在屏幕上不显示输入的字符，而以"*"代替。

（3）当输入不正确，如账号为非数字字符、密码不正确等，显示有关信息，如图 3.5.7 所示。

若单击"重试"按钮，则清除原输入的内容，焦点定位在原输入的文本框，再输入。若单击"取消"按钮，则停止程序的运行。

图 3.5.7　MsgBox 函数示例 2

【分析】

（1）要使账号不超过 11 位数字，只要将文本框的 MaxLength 属性设置为 11。当输入结束，按 Tab 键时，引发 Text1 的 LostFocus 事件，判断账号输入的正确性。若出错，显示出错信息，再重新输入。

（2）要使输入的密码文本框在输入每一个字符时显示"*"，只需将该文本框的 PasswordChar 属性设置为"*"，同时要将文本框 Text2 的 Text 初值置空。当输入结束，单击"确定"按钮，引发 Click 事件，判断密码输入的正确性。出错时显示"重试"和"取消"按钮，故按钮值取 5（vbRetryCancel）；要显示感叹号图标，应取按钮值 48（vbExclamation）。根据界面显示要求，控件和属性设置见表 3.5.5。

表 3.5.5　控件和属性设置

| 默认控件名 | 标题（Caption） | 文本（Text） | 其他属性 |
| --- | --- | --- | --- |
| Label1 | 账号 | | |
| Label2 | 密码 | | |
| Text1 | | 空白 | MaxLength=11 |
| Text2 | | 空白 | MaxLength=6 PasswordChar="*" |
| Command1 | 确定 | | |

程序代码如下：

```
Private Sub Command1_Click()
    Dim y As Integer
    If Text2.Text <> "abcdef" Then
    y = MsgBox("密码错误", 5 + vbExclamation, "输入密码")
     If y = 2 Then    '单击"取消"按钮
            End
        Else      '单击"重试"按钮
           Text2.Text = ""
           Text2.SetFocus
        End If
    End If
End Sub
Private Sub Form1_Load()
Text2.PasswordChar = "*"
   Text2.Text = ""
   Textl.Text = ""
End Sub
Private Sub Text1_LostFocus()
 Dim x
 If Not IsNumeric(Text1.Text) Then
     x = MsgBox("账号有非数字字符错误", 53, "消息框")
    If x = 4 Then
       Text1.Text = ""
       Text1.SetFocus
    ElseIf x = 2 Then
        Print "结束程序"
        End
    End If
 End If
End Sub
```

### 3.5.2　条件语句

#### 3.5.2.1　If 条件语句

日常生活中，常常需要对给定的条件进行分析、比较和判断，并根据结果采取不同的操作。在 VB 程序设计中，这类问题通过选择结构来描述，而选择结构通过条件语句来具体实现。条件语句也称为 If 条件语句，它有多种形式：单分支、双分支和多分支等。

1. If…Then 语句（单分支结构）

If 语句的单分支结构有如下 2 种格式：

（1）If <条件表达式> Then

<语句块>

End If

（2）If <条件表达式> Then <语句>

其中：

条件表达式：一般为关系表达式、逻辑表达式，也可为算术表达式。表达式值按非 0 为

True，0 为 False 进行判断。

语句块：可以是一条或多条语句。

语句的作用是当表达式的值为 True 或非 0 时，执行 Then 后面的语句块（或语句），否则不做任何操作。

2．If…Then…Else 语句（双分支结构）

If 语句的双分支结构有如下 2 种格式：

（1）If <条件表达式> Then

<语句块 1>

Else

<语句块 2>

End If

（2）If <条件表达式> Then <语句 1> Else <语句 2>

语句的作用是当条件表达式的值为非 0（True）时，执行 Then 后面的语句块 1（或语句 1），否则执行 Else 后面的语句块 2（或语句 2）。

3．If…Then…ElseIf 语句（多分支结构）

当处理的问题有多种条件时，就要用到多分支结构。因为双分支结构只能根据条件的 True 和 False 决定处理两个分支中的一个。

If 语句多分支结构一般格式如下：

If <条件表达式 1> Then

<语句块 1>

ElseIf <条件表达式 2> Then

<语句块 2>

……

[Else

<语句块 n+1>]

End If

该语句的作用是逐一判断条件表达式的值，来确定执行哪个语句块，其测试条件的顺序为<条件表达式 1>、<条件表达式 2>、……，一旦遇到条件表达式值为 True（非 0），则执行该条件下的语句块。

【例 3.12】输入某课程的百分制成绩 score，要求显示对应五级制的评定，评定条件如表 3.5.6 所示。

表 3.5.6　五级制评定条件

| 百分制成绩 score | 等级 |
| --- | --- |
| score≥90 | 优 |
| 80≤score<90 | 良 |
| 70≤score<80 | 中 |
| 60≤score<70 | 及格 |
| score <60 | 不及格 |

用以下 3 种方法实现：

方法一：

```
Private Sub Command1_Click()
Dim score%
score = InputBox("请输入某学生成绩")
If score >= 90 Then
  Print "优"
ElseIf score >= 80 Then
  Print "良"
ElseIf score >= 70 Then
  Print "中"
ElseIf score >= 60 Then
  Print "及格"
Else
  Print "不及格"
End If
End Sub
```

方法二：

```
Private Sub Command2_Click()
Dim score%
score = InputBox("请输入某学生成绩")
If score >= 90 Then
  Print "优"
ElseIf score >= 80 And score < 90 Then
  Print "良"
ElseIf score >= 70 And score < 80 Then
  Print "中"
ElseIf score >= 60 And score < 70 Then
  Print "及格"
Else
  Print "不及格"
End If
End Sub
```

方法三：

```
Private Sub Command3_Click()
Dim score%
score = InputBox("请输入某学生成绩")
If score >= 60 Then
  Print "及格"
ElseIf score >= 70 Then
  Print "中"
ElseIf score >= 80 Then
  Print "良"
ElseIf score >= 90 Then
  Print "优"
Else
  Print "不及格"
End If
End Sub
```

上述三种方法中，前两种正确，方法三语法不错，但得不到希望的结果。因为方法一中，使用关系表达式 ">="，比较的值从大到小依次表示；方法二利用关系表达式和逻辑表达式把各条件都独立考虑，表达式大小的次序与结果无关；而方法三使用关系运算符 ">="，但比较的值按从小到大的次序表示。所以显示的结果只有"及格"或"不及格"2 种情况。请读者思考后总结各种条件表达式的使用。

4. If 语句的嵌套

If 语句的嵌套是指 If 或 Else 后面的语句块中又包含 If 语句。语句一般格式如下：

```
If <条件表达式 1> Then
    If <条件表达式 2> Then
        ……
    End If
End If
```

【例 3.13】已知 x、y、z 三个变量中分别存放了 3 个不同的数，比较它们的大小并进行调整，使得 x>y>z。

【分析】与人的习惯思维不同，在计算机中要将 3 个数或 3 个以上数进行有序排列，只能依次通过多次两两相比较才能实现。

程序如下：

```
Private Sub Form_Click()
Dim x%, y%, z%, t%, msgtitle$
msgtitle$ = "输入数据"
x = InputBox("请输入 x 的值", msgtitle$)
y = InputBox("请输入 y 的值", msgtitle$)
z = InputBox("请输入 z 的值", msgtitle$)
If x < y Then
    t = x:  x = y:    y = t
End If
If y < z Then
    t = y:  y = z:    z = t
    If x < y Then      '嵌套的 If 语句
        t = x:  x = y:    y = t
    End If
End If
Print "x>y>z", "x="; x, "y="; y, "z="; z
End Sub
```

对于嵌套的 If 结构，要注意以下几点：

（1）为了增强程序的可读性，If 嵌套语句书写时采用锯齿型。

（2）If 语句形式若不在一行上书写，必须与 End If 配对。多个 If 嵌套时，End If 与它最接近的 If 相配对。

上例中我们也可以用如下三条并列的 If 语句实现上述功能：

```
If x<y Then t=x:  x=y:  y=t
If y<z Then t=y:  y=z:  z=t
If x<y Then t=x:  x=y:  y=t
```

3.5.2.2　Select Case 语句

我们已经介绍过多分支结构 If…Then…ElseIf 语句，多分支结构的另一种表示形式是 Select

Case 语句（又称情况语句），这种语句条件表示更直观，但书写必须符合其规定的语法规则。

情况语句一般格式如下：

```
Select Case   <测试表达式>
Case 表达式列表 1
    语句块 1
Case 表达式列表 2
    语句块 2
    ……
[Case Else
    语句块 n+1   ]
End Select
```

【说明】

（1）<测试表达式>是必要参数，可以是任何数值表达式或字符表达式。

（2）"表达式列表"有三种形式：

- 表达式[,表达式]……，例如：Case 2,3,4,5。
- 表达式 To 表达式，例如：Case 100 To 500。
- Is 关系运算表达式，使用的运算符包括：<、<=、>=、<>、=。例如：Case Is <150。

Select Case 语句的作用是根据 Select Case<变量或表达式>中的结果与各 Case 子句中表达式列表的值进行比较，决定执行哪一组语句块。如果有多个 Case 子句中的值与测试值匹配，则根据自上而下判断原则，只执行第一个与之匹配的语句块。

【例 3.14】某超市采用购物打折的方法，具体情况见表 3.5.7。

表 3.5.7　某超市购物打折方法

| 价格 | 折扣幅度 |
| --- | --- |
| 150 元以下 | 0 |
| 150～350 元 | 90% |
| 350～600 元 | 85% |
| 600～900 元 | 80% |
| 900～1500 元 | 75% |
| 1500 元以上 | 70% |

【分析】设打折前的价格为 x 元，打折后的价格为 y 元。依据题意，可以得出 x 和 y 的关系：

$$y=\begin{cases} x & x<150 \\ x\times0.90 & 150\leq x<350 \\ x\times0.85 & 350\leq x<600 \\ x\times0.80 & 600\leq x<900 \\ x\times0.75 & 900\leq x<1500 \\ x\times0.70 & x\geq1500 \end{cases}$$

设计步骤:

（1）建立应用程序用户界面。

（2）设置对象属性，见表 3.5.8。

表 3.5.8　对象属性设置

| 对象名 | 属性 | 设置 |
|---|---|---|
| Form1 | Caption | 商店折扣 |
| Label1 | Caption | 商品原价 |
| Label2 | Caption | 折扣价格 |
| Text1 | Text | 空 |
| Text2 | Text | 空 |
|  | Enabled | False |
| Command | Caption | 计算 |

（3）在命令按钮的单击事件内编写代码:

```
Private Sub Command1_Click()
Dim x As Single, y As Single
x = Val(Text1.Text)
Select Case x
    Case Is < 150
        y = x
    Case Is < 350
        y = x * 0.9
    Case Is < 600
        y = x * 0.85
    Case Is < 900
        y = x * 0.8
    Case Is < 1500
        y = x * 0.75
    Case Else
        y = x * 0.7
End Select
Text2.Text = y
End Sub
```

运行结果见图 3.5.8。

图 3.5.8　运行结果

### 3.5.2.3 IIF 函数和 Choose 函数

VB 中提供了条件函数：IIF 函数和 Choose 函数，前者可代替 IF 语句，后者可代替 Select Case 语句，均适用于简单的判断场合，使程序大大简化。

1. IIf 函数

IIf 函数一般格式为：

IIF（条件表达式,当条件为 True 时的值,当条件为 False 时的值）

例如：

```
If a>0 Then Sum=1
    Else
        Sum=2
End if
```

则可用 IIf 函数表示为：

Sum=IIf(a>0,1,2)

2. Choose 函数

Choose 函数一般格式为：

Choose（整数表达式,选项列表）

作用：Choose 函数根据整数表达式的值来决定返回选项列表中的某个值。如果整数表达式值是 1，则 Choose 会返回选项列表中的第 1 个选项；如果整数表达式值是 2，则会返回选项列表中的第 2 个选项，……，以此类推。若整数表达式的值小于 1 或大于列出的选项数目时，Choose 函数返回 Null。

例如，根据 Nop 的值，转换成+、-、×、÷运算符的语句如下：

Op=Choose(Nop, "+", "-", "×", "÷")

当值为 1 时，返回字符串"+"，然后放入 Op 变量中；当值为 2 时，返回字符串"-"；……；以此类推。当 Nop 是 1~4 的非整数时，系统会自动取 Nop 的整数进行判断；若 Nop 不在 1~4 之间，函数返回 Null 值。

### 3.5.3 循环结构

VB 中提供了两种类型的循环语句：一种是计数型循环语句，另一种是条件型循环语句。

1. For 循环语句

For 循环语句是计数型循环语句,用于控制循环次数预知的循环结构。语句一般格式如下：

```
        For 循环变量=初值 To 终值[step 步长]
            <语句块>
            [Exit For]      循环体
            <语句块>
            Next 循环变量
```

其中：

- 循环变量：也称"循环控制变量"或"循环控制器"，必须为数值型。
- 初值与终值：为数值表达式。
- 步长：一般为正，初值应小于等于终值；若为负，初值应大于等于终值；默认为 1。

- 语句块：可以是一句或多句语句，构成循环体。
- Exit For：表示当遇到该语句时，退出循环，执行 Next 后的下一条语句。

该语句执行的过程为：

（1）循环变量被赋初值，它仅被赋值一次。

（2）判断循环变量是否在终值内，如果是，执行循环体；如果否，结束循环，执行 Next 后的下一条语句。

（3）循环变量加步长，转到步骤（2），继续循环。

一个 For…Next 语句的循环次数 n 的计算公式为：n=int（（终值-初值）/步长+1）。

【例 3.15】计算 5！（5 的阶乘），程序如下：

```
Private Sub Form_Click()
Dim s As Integer: Dim i As Integer
    s = 1
    For i = 5 To 1 Step -1
     s = s * i
    Next i
    Print "5!="; s,  "退出循环后 i="; i
End Sub
```

【说明】

（1）当退出循环后，循环变量的值保持退出时的值。此例中退出循环后，i 值为 0。

（2）在循环体内对循环控制变量可多次引用，但不要对其赋值，否则虽然语法没错但会影响原来的循环控制规律。请读者在上述程序中的循环体内增加一条语句：i=i-3。上机调试后分析结果。

【例 3.16】将可打印的 ASCII 码制成表格输出，使每个字符与它的编码值对应起来，每行打印 5 个字符。

【分析】在 ASCII 码中，只有“”（空格）到“～”是可以打印的字符，其余为不可打印的控制字符。可打印的字符的编码值为 32～126，可通过 Chr 函数将编码值转换成对应的字符。

程序如下：

```
Private Sub Picture1_Click()
Dim asci As Integer, i As Integer
 Picture1.Print Spc(20); "ASCII 码对照表"
    i = 0
  For asci = 32 To 126
    Picture1.Print Tab(5 * i + 4); Chr(asci); "="; asci;
    i = i + 1
If i = 5 Then i = 0:   Picture1.Print   '每行满 5 个，换行
   Next asci
End Sub
```

2．Do…Loop 循环语句

Do 循环用于控制循环次数未知的循环结构。它根据循环条件是真（True）还是假（False）决定是否结束循环。此种语句有两类语法形式：

形式 1：

Do[ {While | Until} <条件> ]

```
    <语句块>
    [Exit Do]
    <语句块>
Loop
```
形式 2:
```
Do
    <语句块>
    [Exit Do]
    <语句块>
Loop [{While | Until} <条件> ]
```
其中:

（1）形式 1 为先判断后执行，有可能一次也不执行。形式 2 为先执行后判断，至少执行一次。两种形式（指 While）的流程分别如图 3.5.9 和图 3.5.10 所示。

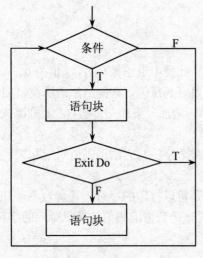

图 3.5.9　Do While…Loop

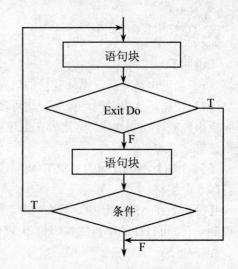

图 3.5.10　Do…Loop While

（2）关键字 While 用于指明条件为真（True）时就执行循环体中的语句，Until 正好相反，它是指在条件变为 True 值前，重复执行循环体。

（3）当省略 {While | Until} <条件> 子句时，即循环结构仅由 Do…Loop 关键字构成，表示无条件循环，这时在循环体内应该有 Exit Do 语句，否则为死循环。

（4）Exit Do 语句表示当遇到该语句时，退出循环，执行 Loop 后的下一条语句。

【例 3.17】2003 年我国 GDP 为 10 万亿元人民币，近几年我国 GDP 增长率年均为 8%，按此增长速度，多少年后我国 GDP 超过 20 万亿。

【分析】解此问题有两种方法，可根据公式：

$$20=10(1+0.08)^n$$

直接利用标准对数函数可求得，也可利用循环求得。程序如下：

使用 Do…While…Loop 语句：

```
Private Sub Form_Click()
Dim gdp%, n%
gdp = 10
n = 0
Do While gdp < 20
    gdp = gdp * 1.08
    n = n + 1
Loop
Print n, gdp
End Sub
```

使用 Do...Until...Loop 语句：

```
Private Sub Form_Click()
Dim gdp%, n%
 gdp = 10
 n = 0
 Do Until gdp >= 20
    gdp = gdp * 1.08
    n = n + 1
Loop
Print n; "年后,我国 GDP 达到"; gdp
End Sub
```

3. 多重循环的使用

多重循环又称循环嵌套或多层循环，是指在一个循环体内又包含了一个完整的循环结构。循环嵌套对 For 循环语句和 Do...Loop 语句均适用。

【例 3.18】打印九九乘法表。

要求：运行界面如图 3.5.11 所示。

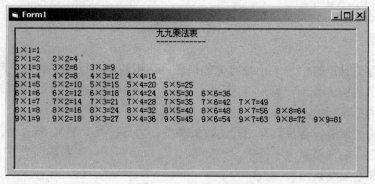

图 3.5.11　运行界面

程序代码如下：

```
Private Sub Form_Click()
Dim temp As String, i%, j%
Picture1.Print Tab(35); "九九乘法表"
Picture1.Print Tab(35); "------------"
```

```
    For i = 1 To 9
      For j = 1 To i
        temp = i & "×" & j & "=" & i * j
        Picture1.Print Tab((j - 1) * 9 + 1); temp;
      Next j
      Picture1.Print
    Next i
End Sub
```

【思考】若要打印成如图 3.5.12 所示的结果，程序如何改动？

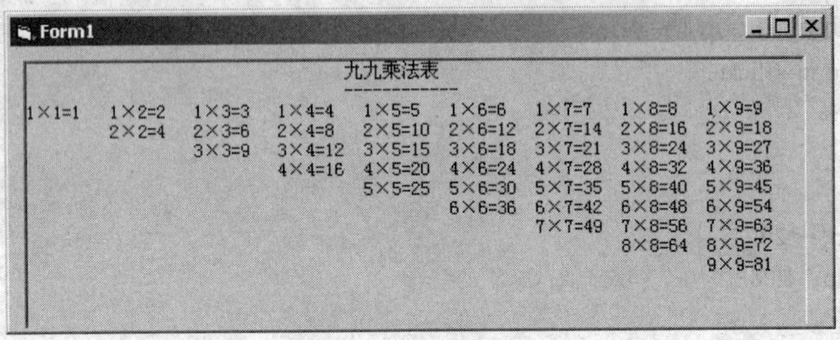

图 3.5.12　运行界面

对于循环的嵌套，要注意以下事项：

（1）内循环变量与外循环变量不能同名。

（2）外循环必须完全包含内循环，不能交叉。如下程序段是错误的：

```
For ii=1 to 10
For jj=1 to 20
Next  ii    '内、外循环交叉
Next jj
```

# 3.6  数组

数组是程序设计语言中一个十分常见的概念，使用数组可以缩短和简化程序。数组是可以用相同名字引用的一系列变量，并用数字（索引）来识别。数组有上界和下界，且元素在数组的上下界内是连续的。

一个数组中的所有元素都具有相同的数据类型。当数据类型是 Variant 时，各个元素能够包含不同种类的数据（对象、字符串、数值等）。可以声明任何基本数据类型的数组，包括用户自定义类型和对象变量。

在 Visual Basic 6.0 中有两种类型的数组：静态数组和动态数组。

## 3.6.1  静态数组

静态数组通常是指在编译时开辟内存区的数组。静态数组的元素的个数在数组声明时确定的，所以在系统运行过程中它的个数是不变的。

对于静态数组有三种方法：声明全局数组、声明模块级数组、声明局部数组。在声明数

组时，数组名之后跟一个用括号括起来的界标。界标的取值不得超过 Long 数据类型的范围，即-2147483648～2147483647。

1. 声明静态数组

声明静态数组必须给定该数组的有效范围。定义数组的格式如下：

Public｜Private｜Static｜Dim <数组名>(<第一维说明>[,<第二维说明>]……)[As <类型>]

【说明】

- 建立公用数组，在模块的声明段用 Public 或 Dim 语句声明数组。
- 建立模块级数组，在模块的声明段用 Private 或 Dim 语句声明数组。
- 建立局部数组，在过程中用 Dim 或 Private 语句声明数组。

2. 数组的上界和下界

数组的上、下界指的是数组下标可以使用的最大值和最小值。声明数组时，在数组名之后用括号括起来的数字就表示各维大小的上界，上界不得超过 Long 数据类型的范围（-2147483648~2147483647）。

在复制下界的情况下，数组的下界都是从 0 开始的，用户也可以自己定义下界，这可以通过使用关键字 To 来实现，格式如下：

Dim <数组名> (<下界> To <上界>)

例如，下列几个下界的定义都是合法的：

Dim A(2 To 200)

Dim B(-10 To 20)

Dim C(0 To 10,l To 10)

另外，在 Visual Basic 6.0 中，还允许使用 Option Base 来指定下界，但是这种方法只能指定下界为 0 或 1。Option Basic 必须在窗体或者模块中使用，不允许在过程或函数中使用。Option Base 和 Option Explicit 一样，都会影响整个窗体或者模块中的数组声明。

3. 包含其他数组的数组

用户可以建立 Variant 类型的数组，使用这种数组，可使得不同的数据类型在数组中共同使用。以下代码建立两个数组，一个包含整数，一个包含字符串，声明第三个数组为 Variant 类型数组，并将整数和字符串数组放置其中。

```
Private Sub Form_Load()
Dim intX As Integer                  '声明计数器变量
Dim countersA(5) As Integer          '声明并放置整数数组
For intX = 0 To 4
    countersA(intX) = 0
Next intX
Dim countersB(5) As String           '声明并放置字符串数组
For intX = 0 To 4
    countersB(intX) = "Hello"
Next intX
Dim arrX(1 To 2) As Variant          '声明拥有两个成员的新数组
arrX(1) = countersA()                '将其他数组移动到数组
arrX(2) = countersB()
MsgBox arrX(1)(2)                     '显示每一个数组的成员
```

```
MsgBox arrX(2)(3)
End Sub
```

4. 多维数组

在 Visual Basic 6.0 中可以进行多维数组的声明，声明格式与上面所讲的类似，只是要在数组名后的括号中增加一些索引下标。在增加数组的维数时，数组所占的存储空间会增加。

声明多维数组的形式如下：

Dim 数组名(下标 1[,下标 2……])[As 类型]

其中：

下标个数：决定了数组的维数，在 VB 中最多允许有 60 维数组。

每一维的大小：上界-下界+1。数组的大小为每一维大小的乘积。

例如：

Dim LA (0 To 3,0 T0 4) As Long

或 Dim LA (3,4) As Long

都是声明了一个长整型的二维数组 LA，第一维下标范围为 0～3，第二维下标范围为 0～4，共占据 4×5 个长整型变量的空间。

【例 3.19】用 Static 语句定义数组，在过程执行时每个元素加 1 并输出。

程序代码如下：

```
Option Base 1
Private Sub Command1_Click()
    Static abc(10) As Integer
    For i=1 To 10
        abc(i)=abc(i)+1
    Next i
    For i=1 To 10
        Print abc(i);
    Next i
    print
End Sub
```

第 1 次运行结果：　1　1　1　1　1　1　1　1　1　1

第 2 次运行结果：　2　2　2　2　2　2　2　2　2　2

第 3 次运行结果：　3　3　3　3　3　3　3　3　3　3

【注意】

（1）Static 语句只能出现在过程中，Dim 语句不仅能出现在过程中，也能出现在通用声明中。

（2）出现在过程中的 Static 定义的变量或数组，过程执行结束后不释放内存。

（3）出现在过程中的 Dim 定义的变量或数组，过程执行结束后释放内存。

【例 3.20】用 Static 定义过程，延长了过程中局部变量的生命周期，但不改变有效范围。

程序如下：

```
Option Base 1
Private Sub Command1_Click()            '说明过程中所有变量和数组都是静态的
    Static abc(10) As Integer, b As Integer
```

```
        For i=1 To 10
              abc (i)=abc(i)+1
        Next i
        b=b+2
        For i=1 To 10
              Print abc(i);
        Next i
        Print b;
        Print
End Sub
```

第 1 次运行结果：1 1 1 1 1 1 1 1 1 1 2
第 2 次运行结果：2 2 2 2 2 2 2 2 2 2 4
第 3 次运行结果：3 3 3 3 3 3 3 3 3 3 6

### 3.6.2　动态数组

1. 动态数组的定义

动态数组是在声明数组时未给出数组的大小（省略括号中的下标），当要使用它时，随时用 ReDim 语句重新指出大小的数组。使用动态数组的优点是可根据用户需要，有效地利用存储空间，它是在程序执行到 ReDim 语句时分配存储空间，而静态数组是在程序编译时分配存储空间的。

建立动态数组的方法是：使用 Dim、Private 或 Public 语句声明括号内为空的数组，然后在过程中用 ReDim 语句指明该数组的大小。形式如下：

ReDim <数组名>(<下标 1>[,<下标 2>……])[As <类型>]

其中：下标可以是常量，也可以是有了确定值的变量。类型可以省略，若不省略，必须与 Dim 声明语句保持一致。

例如：

```
Dim S() As Single
Sub Form_Load()
    ……
    n=Val(InputBox("输入 n 的值")
    m=Val(InputBox("输入 m 的值")
    ReDim S(n,m)
    ……
End Sub
```

在窗体级声明了数组 S 为可变长数组，在 Form_Load 事件函数中重新指明该二维数组的大小为 n+1 行、m+1 列。

2. 动态数组重定义

ReDim 语句用来定义或重定义原来已经用带圆括号（即没有维数下标）的 Private、Public 或 Dim 语句声明过的动态数组的大小。可以用 ReDim 反复更改数组的元素及数目，但不能更改数组的类型，除非是 Variant 所包含的数组。

（1）在静态数组声明中的下标只能是常量，在动态数组 ReDim 语句中的下标可以是常量，也可以是有了确定值的变量。

（2）在过程中可多次使用 ReDim 来改变数组的大小，也可改变数组的维数。

（3）每次使用 ReDim 语句都会使原来数组中的值丢失，可以在 ReDim 语句后加 Preserve 参数来保留数组中的数据，但使用 Preserve 只能改变最后一维的大小，前面几维大小不能改变。

### 3.6.3 控件数组

1. 控件数组的概念

控件数组是由一组相同类型的控件组成。它们共用一个控件名，具有相同的属性。当建立控件数组时，系统给每个元素赋一个唯一的索引号（Index），通过属性窗口的 Index 属性，可以知道该控件的下标是多少，第 1 个控件下标是 0。例如，控件数组 Command1(3)表示控件数组名为 Command1 的第 4 个元素。

控件数组适用于若干个控件执行的操作相似的场合，控件数组共享同样的事件过程。例如，控件数组 Command1 有 4 个命令按钮，则不管单击哪个命令按钮，都会调用同一个单击事件过程。

为了区分控件数组中的各个元素，VB 会把下标值传送给过程。例如，单击上述控件数组中的任意命令按钮时，调用的事件过程如下：

```
Private Sub Command1_Click(Index As Integer)
    ……
End Sub
```

程序中通过参数 Index 确定用户单击了哪个按钮，这时在对应的过程中进行有关的编程。

2. 控件数组的建立

（1）在窗体上画出某控件，可进行控件名的属性设置，这是建立的第一个元素。

（2）选中该控件，进行 Copy（复制）和 Paste（粘贴）操作，系统会提示："已有了命名的控件，是否要建立控件数组"，单击 Yes 按钮后，就建立了一个控件数组元素，进行若干次 Paste（粘贴）操作，就建立了所需个数的控件数组元素。

（3）进行事件过程的编程。

【例 3.21】设计窗体，输入两个数，根据不同运算符计算结果。

【分析】假设需要进行的有加、减、乘、除、整除、余数、指数、字符串连接等 8 种运算。根据运算方式，显示计算结果，如图 3.6.1 所示。

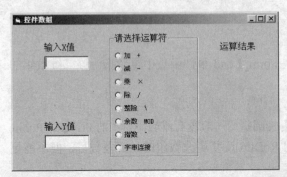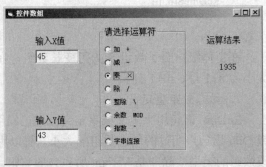

图 3.6.1　界面设计及运行结果

设计步骤：

（1）建立应用程序用户界面与设置对象属性。在窗体上设置 Label1、Label2、Label3、Label4 四个标签；设置 Text1 和 Text2 文本框对象。利用 OptionButton 控件，设置 Option1 单选按钮复制对象，再在 Frame1 对象中"粘贴"按钮，直到产生 8 个 Option1 对象。

（2）编写程序代码。命令按钮 Option1 的单击事件代码如下：

```
Private Sub Option1_Click(Index As Integer)
Dim x As Single, y As Single
x = Val(Text1.Text)
y = Val(Text2.Text)
Select Case Index
    Case 0
        Label4.Caption = x + y
    Case 1
        Label4.Caption = x - y
    Case 2
        Label4.Caption = x * y
    Case 3
        Label4.Caption = x / y
    Case 4
        Label4.Caption = x \ y
    Case 5
        Label4.Caption = x Mod y
    Case 6
        Label4.Caption = x ^ y
    Case Else
        Label4.Caption = x & y
End Select
End Sub
```

### 3.6.4   一个简单的计算器程序

计算器是控件数组的最有特点的例子，其界面及运行过程如图 3.6.2 所示。

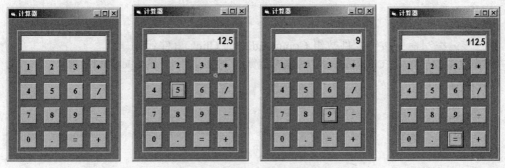

图 3.6.2   界面设计及运行结果

设计步骤如下：

（1）建立应用程序用户界面。选择新建工程，进入窗体设计器，首先增加一个框架控件

Frame1，选择 Frame1 后，在其中增加一个文本框控件 Text1、两个命令按钮控件数组 Command1(0)～Command1(10)、Command2(0)～Command2(3)和一个命令按钮 Command3。

（2）设置对象属性。如表 3.6.1 所示。

表 3.6.1  对象属性设置

| 对象名 | 属性 | 设置 |
| --- | --- | --- |
| Text1 | Alignment | 1-Right Justify |
| Command1(0～10) | Caption | 1～9、0、. |
| Command2(0～3) | Caption | +、-、*、/ |
| Command3 | Caption | = |

（3）编写代码。

第一步：在通用过程中声明变量。

Dim a As String
Dim v As Boolean
Dim s As String
Dim x As Double
Dim y As Double

第二步：编写命令按钮控件数组 Command1()的 Click 事件代码。

```
Private Sub Command1_Click(Index As Integer) '数字键（0～9）以及小数点（.）键的 Click 事件过程
'在显示器中追加新数
If Form1.Tag = "T" Then
    If Index = 10 Then
        Text1.Text = "0."
    Else
        Text1.Text = Command1(Index).Caption
    End If
    Form1.Tag = ""
Else
    a = Text1.Text
    Text1.Text = a & Command1(Index).Caption
End If
End Sub
```

第三步：编写命令按钮控件数组 Command2()的 Click 事件代码。

```
Private Sub Command2_Click(Index As Integer) '运算符（+、-、*、/）的 Click 事件过程
Form1.Tag = "T"
If v Then
    x = Text1.Text
    v = Not v
Else
    y = Text1.Text
    Select Case s
        Case 0
            Text1.Text = x + y
```

```
        Case 1
            Text1.Text = x - y
        Case 2
            Text1.Text = x * y
        Case 3
            If y <> 0 Then
                Text1.Text = x / y
            Else
                MsgBox ("不能以 0 为除数")
                Text1.Text = x
                v = False
            End If
    End Select
    x = Text1.Text
End If
s = Index
End Sub
```

第四步：编写命令按钮 Command3 的 Click 事件代码。

```
Private Sub Command3_Click()
Form1.Tag = "T": y = Text1.Text
    Select Case s
        Case 0
            Text1.Text = x + y
        Case 1
            Text1.Text = x - y
        Case 2
            Text1.Text = x * y
        Case 3
            If y <> 0 Then
                Text1.Text = x / y
            Else
                MsgBox("不能以 0 为除数")
                Text1.Text = x
            End If
    End Select
    x = 0
    y = 0
    v = False
    s = 0
End Sub
```

# 3.7　过程

子程序的特点如下：

（1）子程序是独立的程序段，它可供其他程序段调用。

（2）子程序一般完成某一数据处理或特定的任务。

（3）子程序与调用程序之间一般通过参数进行数据传送。

子程序也称为过程，VB 6.0 中有三种过程：子（Sub）过程、函数（Function）过程和属性（Property）过程。属性过程用来设置和返回属性值。

### 3.7.1　子过程

在 Visual Basic 中，有两类子过程：事件过程和通用过程。

1. 事件过程

当用户对一个对象发出动作时，会产生一个事件，然后自动地调用与该事件相关的事件过程。事件过程就是在响应事件时执行的程序段。这在前面的章节中已经使用过，如 Click() 事件过程。事件过程一般由 Visual Basic 创建，用户不能增加或删除。默认时，事件过程是私有的。事件过程是附加在窗体和控件上的。

控件事件的语法为：

Private Sub <控件名>_<事件名>([形参表])

  [<语句组>]

End Sub

窗体事件的语法为：

Private Sub Form_<事件名> ([(<形参表>)])

  [<语句组>]

End Sub

虽然可以自己键入首行的事件过程名，但使用模板会更方便，模板自动将正确的过程名包括进来。方法是从"对象"列表框中选择一个对象，从"过程"列表框中选择一个过程，系统就会在"代码编辑器"窗口中生成该对象所选事件的过程模板。

事件过程名是由 Visual Basic 自动给出的，如 Form_Click。因此，在为新控件或对象编写事件代码之前，应先设置它的 Name 属性。如果编写代码后再改变控件或对象的 Name 属性，也必须同时更改事件过程的名字。

2. 通用过程

与事件过程不同的是：通用过程必须由其他过程调用，并不与任何特定的事件直接相联系，它完成特定的任务，通用过程由用户创建。

通用过程可以存储在窗体或标准模块中。

通用过程的一般格式为：

[Private | Public][Static] Sub <过程名> ([<形参表>])

   <语句序列>

   [Exit Sub]

End Sub

【说明】

（1）可将通用过程放入标准模块、类模块和窗体模块中。

（2）通用过程必须以 Sub 开头，以 End Sub 结束，中间是过程体。

（3）Public 定义过程为公用的（默认值），应用程序可随处调用它（若定义在窗体，其他窗体的程序调用时要指定窗体名）。

（4）Private 定义子过程为局部的，只有该过程所在模块中的程序才能调用它。

（5）Static 定义该过程中的所有局部变量的存储空间只能分配一次，且这些值在整个程序运行期间都存在。

（6）过程名是供调用的标识符，应符合 VB 标识符命名规则。

（7）过程中可以使用一个或多个 Exit Sub 语句，执行到 Exit Sub 语句时则从过程中退出，若无 Exit Sub 语句，则执行到 End Sub 语句时退出过程。

（8）形参表可以有多个参数，若是多个参数，参数之间要用逗号分隔。形参表用于声明虚参的名称、个数、位置和类型。形参表的格式如下：

[ByVal] <变量名>[( )] [As <类型>] [,[ByVal] <变量名>[()] [As <类型>]]……

【例 3.22】利用子程序的设计方法，设计计算 5!+6!+7!值的程序。

【分析】要计算 5!+6!+7!的值，先要分别计算出 5!、6!和 7!的值。由于 3 个求阶乘的运算过程完全相同，因此可以用子程序来计算任意阶乘 n!，每次调用子程序前给 n!一个值，在子程序中将所求结果放入 x 变量中，返回主程序后 s 变量接收 x 的值。这样三次调用子程序便可求得三数阶乘的和 s，如图 3.7.1 所示。

Form_Load()的事件代码为：

```
Private Sub Form_Load()
    Dim a As Integer,b As Integer,c As Integer,s As Long,x As Long
    Show
    a=5: b=6: c=7
    Call fact(a,x)
    s=x
    Call fact(b,x)
    s=s+x
    Call fact(c,x)
    s=s+x
    Print a; "!+"; b; "!+"; c; "!="; s; " "
End Sub
```

fact 通用子过程为：

```
Public Sub fact(m As Integer,xx As Long)        '计算阶乘子程序
    Dim i As Integer
    xx=1
    For i=1 To m
        xx=xx*i
    Next i
End Sub
```

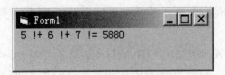

图 3.7.1　程序运行结果

### 3.7.2 函数过程

函数是过程的另一种形式，它返回一个函数值。当需要从子程序得到函数值时，应该定义函数过程。

1. 定义函数过程

自定义函数过程有两种方法：

（1）利用"工具"菜单下的"添加过程"命令定义。操作如下：

①在窗体或模块的代码窗口中选择"工具"菜单下的"添加过程"命令，显示"添加过程"对话框，如图 3.7.2 所示。

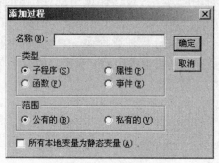

图 3.7.2 添加函数过程

②在"名称"框中输入函数过程名（过程名中不允许有空格），在"类型"选项组中选取"函数"定义函数过程，在"范围"选项组中选取"公有的"定义一个公共级的全局过程，选取"私有的"定义一个标准模块级/窗体级的局部过程。

这时，Visual Basic 建立了一个函数过程的模板，就可在其中编写代码了。

（2）利用代码窗口直接定义。在窗体/标准模块的代码窗口把插入点放在所有现有过程之外，直接输入函数过程。

自定义函数过程的形式如下：

[Static] [Public | Private] Function <函数过程名>（[<参数列表>]）[As<类型>]

    <局部变量或常数定义>

    <语句块>

    函数名=返回值

[End Function]

【说明】

①函数过程名：命名规则与变量命名规则相同。不要与 Visual Basic 中的关键字重名，也不要与 Windows API 函数重名，还不能与同一级别的变量重名。

②As 类型：函数返回值的类型，若类型说明默认，则返回变体类型值。

③参数列表形式：

[ByVal] <变量名>[()] [As<类型>] [,[ByVal] <变量名>[()] [As<类型>]……]

参数也称为形参或哑元，只能是变量或数组名（这时要加"( )"），在定义时没有值。ByVal 表示当该过程被调用时，参数是值传递，否则是地址（引用）传递。函数过程无参数时，函数过程名后的括号不能省略，这是函数过程的标志。

④在函数体内至少对函数名赋值一次。

⑤[End Function]：表示退出函数过程。

【例 3.23】计算任意整数 n 的阶乘的函数过程 fact。

```
Function fact (x As Integer) As Long
    Dim p As Long,i As Integer
    p=1
    For i=1 To x
        p=p*i
    Next i
    fact =p
End Function
```

【例 3.24】计算圆面积的函数过程 area。

```
Function area(r As Single) As Single
    Const pi As Single =3.1415926
    area=pi*r*r
End Function
```

【例 3.25】已知直角三角形两直角边，计算第三边（斜边）的函数过程。

```
Function Hy(a As Integer,b As Integer) As Single
    Hy =Sqr(a*a+b*b)
End Function
```

【例 3.26】同标准函数 Replace 一样，要求定义一个 MyReplace(s,OldS,NewS)函数过程，即用 NewS 子字符串替换在 s 字符串中出现的 OldS 子字符串。

例如，当调用 MyReplace("abcdefgabcdecd","cd","3")时函数的返回值为"ab3efgab3e3"。

函数过程定义如下：

```
Public Function MyReplace(s$,OldS$,NewS$) As String
    Dim i%,lenOldS%
    lenOldS=Len(OldS)                        '取 OldS 字符子串长度
    i=InStr(s,OldS)                          '在字符串中找 OldS 字符子串
    Do While i>0                             '若找到，用 NewS 字符子串替换 OldS 字符子串
        s=Left(s,i-1)+NewS+Mid(s,i+lenOldS)
        i=InStr(s,OldS)                      '找下一个 OldS 字符子串
    Loop
    MyReplace=s                              '替换后的字符串赋值给函数过程名
End Function
```

2. 函数过程的调用

函数过程的调用同前面大量使用的标准函数调用相同，形式如下：

<函数过程名>([<参数列表>])

由于函数过程名返回一个值，故函数过程不能作为单独的语句加以调用，必须作为表达式或表达式中的一部分，再配以其他的语法成分构成语句。

注意：

（1）"参数列表"称为实参或实元，它必须与形参保持个数相同，位置与类型一一对应（当然，VB 中允许形参与实参的个数不同，本书不作讨论）。实参可以是同类型的常数、变

量、数组元素、表达式。

（2）调用时把实参的值传递给形参称为参数传递。其中值传递（形参前有 ByVal 说明）时实参的值不随形参的值变化而改变，而引用传递（或称地址传递）的实参的值随形参的值一起改变。

（3）当参数是数组时，形参与实参在参数声明时应省略其维数，但括号不能省略。

例如，下面的程序段是对前面自定义的函数过程 MyReplace( )过程的调用。

```
Private Sub Command1_Click()
    Textl=MyReplace(Text1,"cd","3")
    Print MyReplace("Visual Basic 程序设计教程 5.0 版","5.0","6.0")
End Sub
```

在 Command1_Click 事件过程中两次调用 MyReplace 函数过程，前一次调用时第一个实参 Text1 是文本控件，替换后的结果还是存放在 Text1 文本框中显示。第二次调用显示的结果为："Visual Basic 程序设计教程 6.0 版"。

【例 3.27】在同一窗体建立了两个过程，area 是通用函数过程，Form_Click 是窗体事件过程，执行程序时，单击窗体将计算出输入三边长度的三角形面积。

程序如下：

```
Option Explicit
Private Function area(a!,b!,c!) As Single
'关键字 Private 指明本函数过程只能由本模块中的过程调用
    Dim p!
    p=(a+b+c)/2
    area =Sqr(p*(p-a)*(p-b)*(p-c))
End Function
Private Sub Form_Click()
Dim a As Single,b As Single,c As Single
    a=InputBox("输入三角形第 1 条边的长度")
    b=InputBox("输入三角形第 2 条边的长度")
    c=InputBox("输入三角形第 3 条边的长度")
    Print "三角形的面积是" ; area a,b,c)
End Sub
```

### 3.7.3 参数传递

在调用过程时，一般主调过程与被调过程之间有数据传递，即将主调过程的实参传递给被调过程的形参，完成实参与形参的结合，然后执行被调过程体。在 VB 中，实参与形参的结合有两种方法，即传址（ByRef）和传值（ByVal），其中传址又称为引用，是默认的方法。区分两种结合的方法是在要使用传值的形参前加有"ByVal"关键字。

传址的结合过程是：当调用一个过程时，它将实参的地址传递给形参。因此在被调过程体中对形参的任何操作都变成了对相应实参的操作，实参的值就会随过程体内形参的改变而改变。

传值的结合过程是：当调用一个过程时，系统将实参的值复制给形参，实参与形参断开了联系。被调过程中的操作是在形参自己的存储单元中进行的，当过程调用结束时，这些形参所占用的存储单元也同时被释放。因此在过程体内对形参的任何操作不会影响到实参。

选用传值还是传址的使用规则：

（1）形参是数组、自定义类型时只能用传址方式，若要将过程中的结果返回给主调程序，则形参必须是传址方式。这时实参必须是同类型的变量名，不能是常量或表达式。

（2）若形参不是（1）中的两种情况，一般应选用传值方式。这样可增加程序的可靠性和便于调试，减少各过程间的关联。因为在过程体内对形参的改变不会影响实参。

【例 3.28】利用参数传递技术，传递常量和表达式。如果实际参数为数值型数据（可为常量、变量或表达式），则形式参数必须使用数值变量。

程序如下：

```
Private Sub Form_Click()
    Cls
    Dim x As Integer, y As Integer
    x=8: y=3
    Call test(5,x,y+1)
    Print "计算机系",5,x,y
End Sub
Sub test(a As Integer,b As Integer,c As Integer)
    Print "计算机系",a,b,c
    a=2: b=4: c=9
End Sub
```

程序运行结果如图 3.7.3 所示。

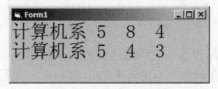

图 3.7.3　程序运行结果

【例 3.29】利用参数传递技术传递字符串。如果形式参数为字符串，则只能使用可变长度字符串，而实际参数则使用变长字符串或定长字符串。

```
Private Sub Form_Click()
    Cls
    Dim x As String,y As String
    x="是": y="计算机系的"
    Call teststr("我", x & y)
End Sub
Sub teststr(a As String, b As String)
    Print a & b
End Sub
```

程序运行结果如图 3.7.4 所示。

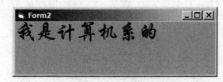

图 3.7.4　程序运行结果

【例 3.30】利用参数传递技术传递数组。

```
Private Sub Form_Click()
    Dim x(0 to 9) As Integer,z
    Cls
    For i=0 To 9
        x(i)=i+1
    Next i
    Call Sum(x(),z)
    Print "总和=";z
End Sub
Sub Sum(arr() As Integer,z)
    Dim j As Integer
    For j= 0 To 9
        z=z+arr(j)
    Next j
End Sub
```

程序运行结果如图 3.7.5 所示。

图 3.7.5　程序运行结果

传递整个数组时，在实际参数与其所对应的形式参数都必须写上所要传递的数组的名称和一对圆括号，例如 arr()。在程序中不可再用 Dim 语句来定义所要传递的数组。

如果要传递数组中的某一元素，则在 Call 语句中只需直接写上该数组元素。例如：

Call test (5,x(3))

【例 3.31】把-100 赋给数组的第 5 行第 3 列的元素，然后将此元素取绝对值、开方后输出。

```
Private Sub Form_Click()
    Dim arr(1 To 5,1 To 3) As Single
    Arr(5,3)=-100
    Print arr(5,3)
    Call sqrval(arr(5,3))
    Print arr(5,3)
End Sub
Static Sub sqrval(a)
    a=Sqr(Abs(a))
End Sub
```

程序运行结果如图 3.7.6 所示。

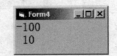

图 3.7.6　程序运行结果

# 3.8　程序调试

## 3.8.1　程序错误

在 Visual Basic 6.0 中将程序错误分为三类：编译错误、运行错误和逻辑错误。

### 1. 编译错误

编译错误通常是由于程序的结构出了问题，使用了不正确的构造代码而产生的。例如：不正确地输入关键字，遗漏某些必需的标识符号，在设计时使用了 If 但没有 End If，使用了 For 但没有 Next，或括号不对称等。对于此类错误，Visual Basic 6.0 在编译时会检测到这些错误，以便用户纠正。

例如当输入 If 语句而没有输入 Then，编译时会出现错误信息框，并使错误语句变成红色，如图 3.8.1 所示。这样方便出现错误进行修改。

图 3.8.1　编译错误

### 2. 运行错误

在程序运行时，应用程序运行的语句去执行一个不能执行的操作，这时就会发生运行时错误（Run-time Error）。例如：除法中分母为 0，执行时就会产生错误，或者控件的属性不匹配等都会出现"方法或数据成员未找到"等错误提示。

例如：在程序中将标签控件的属性写错就会出现错误提示，如图 3.8.2 所示。

因此，在编写程序的时候如果出现了类似的问题并不算什么，可以从是否有笔误的方面查找。

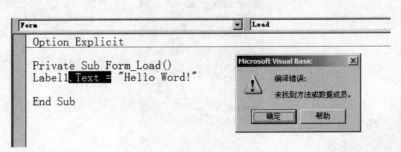

图 3.8.2　运行错误

### 3. 逻辑错误

当应用程序未按预期方式执行时就会产生逻辑错误。从语法角度来讲，应用程序的代码是有效的，在运行时也未执行无效操作，但还是产生了不正确的结果。应用程序运行的正确与否，只有通过测试应用程序和分析产生的结果才能检验出来。比较常见的逻辑错误有：分支语句错误和表达式错误等。这类错误很难发现和改正，只有通过测试程序运行过程和运行的结果才能查出。

逻辑错误通常比较隐蔽，而且是比较麻烦的程序设计错误。它通常是藏在由一组语句组成的小系统中，其中每个语句都与其他语句和程序环境有着微妙而复杂的联系。但是 Visual Basic 6.0 集成开发环境提供了一套强而有力的调试工具。

### 3.8.2 程序调试环境

#### 1. VB 的三种工作模式

为了测试应用程序，用户在任何时候都要知道应用程序正处在何种模式之下。

（1）设计模式。在设计模式下可以进行程序的界面设计、属性设置和代码编写等，此时标题栏显示"设计"，在此模式下不能运行程序，也不能使用调试工具。

（2）运行模式。执行"运行"菜单下的"启动"命令（也可按 F5 键或单击工具栏的"启动"按钮），即由设计模式进入运行模式，标题栏显示"运行"。在此阶段，可以查看程序代码，但不能修改。若要修改代码，必须选择"运行"菜单的"结束"命令（或单击工具栏的"结束"按钮），回到设计模式。也可选择"运行"菜单的"中断"命令（或单击工具栏的"中断"按钮），进入中断模式。

（3）中断模式。在中断模式下运行的程序被挂起，可以查看代码、修改代码和检查数据。修改结束，再单击"继续"按钮继续程序的运行或单击"结束"命令停止程序执行。当程序运行时，单击"中断"按钮或选择"运行"菜单的"中断"命令，进入中断模式。当程序出现运行错误时，也会进入中断模式。

#### 2. "调试"菜单

"调试"菜单的主要功能是帮助用户通过添加断点、监视等方法从而更快地找到逻辑错误。"调试"菜单如图 3.8.3 所示。

（1）单步调试。一次执行一个语句。当不在设计模式时"逐语句"命令会在当前执行行上进入中断；在设计模式时该菜单命令会开始执行并在第一行程序被执行前进入中断。

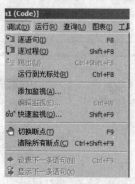

图 3.8.3　"调试"菜单

（2）逐过程调试。与单步调试相似。是将过程视为一个基本单位来执行，执行完一个语句后再继续执行下一个语句。

（3）设置断点。当用户的应用程序用于设计方式时，可以使用"运行到光标处"命令来选定用户想执行的语句才停止。用户的应用程序将会从当前语句执行到用户所选定的语句，而外边界也会显示在页边距指示区中。

3. "调试"工具栏

该工具栏包含了调试代码时频繁用到的一些常用菜单项的快捷按钮。单击其中的某个工具栏按钮，即可执行该按钮所代表的操作。"调试"工具栏如图 3.8.4 所示。

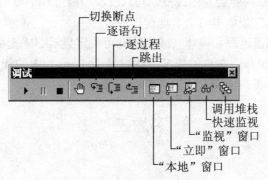

图 3.8.4　"调试"工具栏

工具栏中按钮的作用如表 3.8.1 所示。

表 3.8.1　"调试"工具栏中各按钮的作用

| 工具按钮 | 相关说明 |
| --- | --- |
| 切换断点 | 在"代码"窗口中确定一行，Visual Basic 在该行终止应用程序的执行 |
| 逐语句 | 执行应用程序代码的下一个可执行行，并跟踪到过程中 |
| 逐过程 | 执行应用程序代码的下一个可执行行，但不跟踪到过程中 |
| 跳出 | 执行当前过程的其他部分，并在调用过程的下一行处中断执行 |
| "本地"窗口 | 显示局部变量的当前值 |
| "立即"窗口 | 当应用程序处于中断模式时，允许执行代码或查询值 |
| "监视"窗口 | 显示选定表达式的值 |
| 快速监视 | 当应用程序处于中断模式时，列出表达式的当前值 |
| 调用堆栈 | 当处于中断模式时，呈现一个对话框来显示所有已被调用但尚未完成运行的过程 |

4. 调试窗口

有时可运行部分代码来查找问题产生的原因。但是，经常要做的往往还是分析数据到底发生了什么变化。可以在有关变量或属性的问题中将不正确的值放到一边，然后就需确定变量或属性是如何得到不正确的值的，为什么会得到这些值。在逐步运行应用程序的语句时，可用调试窗口监视表达式和变量的值。有三个调试窗口，它们是："立即"窗口、"监视"窗口和"本地"窗口。

（1）"立即"窗口所示为代码中正在调试的语句所产生的信息，或直接往窗口中键入的命令所请求的信息。

（2）"监视"窗口显示当前的监视表达式，在代码运行过程中可决定是否监控这些表达式的值。中断表达式是一个监视表达式，当定义的某个条件为真时，它将使 Visual Basic 进入中断模式。在"监视"窗口中，"上下文"列指出过程、模块，每个监视表达式都在这些过程或模块中进行计算。只有当前语句在指定的上下文中时，"监视"窗口才能显示监视表达式的值。否则，Value 列只显示一条消息，指出语句不在上下文中。为访问"监视"窗口，应选定"视图"菜单中的"监视窗口"。

（3）"本地"窗口显示当前过程中所有变量的值。当程序的执行从一个过程切换到另一个过程时，"本地"窗口的内容会发生改变，它只反映当前过程中可用的变量。为了访问"本地"窗口，应选定"视图"菜单中的"本地窗口"。

根据变量的范围，当前过程和窗体（或模块）可决定显示哪些变量。例如，假定"立即"窗口指出 Form1 是当前窗体。在这种情况下就可显示 Form1 中的任何窗体级变量。也可用 Debug.Print 检查"代码"窗口中所显示过程的局部变量。

# 习题三

## 一、选择题

1．有变量定义语句 Dim max, min As String，则可以知道 max 的类型是（　　）。
   A．变体类型　　　　　　　　　　　B．单精度型
   C．双精度型　　　　　　　　　　　D．字符串型

2．以下各项，可以作为 Visual Basic 变量名的是（　　）。
   A．Book　　　　　　　　　　　　　B．2_Seek
   C．123.58　　　　　　　　　　　　D．Book-1

3．在 Visual Basic 中，下列两个变量名认为是相同的是（　　）。
   A．Japan 和 Ja_pan　　　　　　　　B．English 和 ENGlish
   C．English 和 Engl　　　　　　　　D．China 和 Chin

4．下述程序段运行时的显示结果为（　　）。
```
X=3.54+10
Print Len(X)
```
   A．13　　　　　　　　　　　　　　B．14
   C．5　　　　　　　　　　　　　　　D．非法使用，无输出

5．MsgBox 函数的返回值的类型为（　　）。
   A．变体类型　　　　　　　　　　　B．数值型
   C．字符串型　　　　　　　　　　　D．日期型

6．下面程序段的执行结果为（　　）。
```
a=3
b=4
Do
```

```
        a=a+b
        b=b+1
Loop While a<10
Print a; b
```
    A．1　　5　　　　　B．12　　6　　　　C．a　　b　　　　D．10　　25

7．下列程序段的执行结果为（　　）。
```
a=85
If a>60 Then I=1
If a>70 Then I=2
If a>80 Then I=3
If a>90 Then I=4
Print "I="; I
```
    A．I=1　　　　　　B．I=2　　　　　　C．I=3　　　　　　D．I=4

8．阅读下面程序段。
```
For a =1 To 3
    For b =1 To a
        For c=b To 4
            i=i+2
        Next c
    Next b
Next a
Print i
```
执行上面的三重循环后，i 的值为（　　）。
    A．34　　　　　　B．40　　　　　　C．36　　　　　　D．49

9．函数 Int(Rnd(2)*10)产生的是闭区间（　　）范围的整数。
    A．[0,9]　　　　　B．[1,10]　　　　　C．[0,10]　　　　　D．[1,9]

10．表达式 Int(5*Rnd+10)的最小值是（　　）。
    A．9　　　　　　B．10　　　　　　C．11　　　　　　D．12

## 二、填空题

1．表达式"12"+"24"的值是＿＿＿＿，表达式"12"&"24"的值是＿＿＿＿，表达式 12+24 的值是＿＿＿＿。

2．函数 Str$(256.6)的值是＿＿＿＿。

3．在窗体上画一个命令按钮，然后编写如下代码：
```
Private Sub Command 1_Click()
    x=0
        Do Until x=-1
            b=InputBox("请输入第 1 个数字 b 的值")
            b=Val(b)
            x=InputBox("请输入第 2 个数字 x 的值")
            x=Val(x)
            b=b+x
        Loop
```

```
    Print b
End Sub
```
在程序运行后,单击命令按钮,在对话框中分别输入 2、6、7、-1,输出结果为_____。

4. 执行下面的程序段,m 的值为_____。

```
Private Sub Command1_Click()
    For i=1 To 9
        a=a+i
    Next i
    m=Val(i)
    MsgBox m
End Sub
```

5. 已知 B 的 ASCII 码为 66,以下程序统计由键盘输入的字符串中各英文字母的使用次数。

```
Dim _____
For i=65 To 90
    pp(i)=0
Next i
x$ = InputBox("Enter a string", x$)
x$ = UCase$(x$)
For i=1 To _____
    n=Asc (Mid$(x$, i, 1))
    If n>=65 And n<=90 Then
        _____
    End If
Next i
For i=65 To 90
    If pp(i)>0 Then
        Print Chr $(i); pp(i)
    End If
Next i
```

## 三、编程题

1. 我国现有人口约为 12 亿,设年增长率为 1%,编写程序,计算多少年后增加到 20 亿。

2. 编写程序,输出杨辉三角形。

【分析】杨辉三角形的每一行是 $(x+y)^n$ 的展开式的各项的系数。例如第一行是 $(x+y)^0$,系数是 1;第二行为 $(x+y)^1$,系数为 1,1;第三行为 $(x+y)^2$,系数为 1,2,1,……,一般形式如下:

```
    1
    1  1
    1  2  1
    1  3  3  1
    1  4  6  4  1
    1  5  10  10  5  1
    ……
```

编写程序，输出 n=10 的杨辉三角形（共 11 行）。

3. 编写程序，某数组有 20 个元素，元素的值由键盘输入，要求将前 10 个元素与后 10 个元素对换。即第 1 个元素与第 20 个元素互换，第 2 个元素与第 19 个元素互换，……，第 10 个元素与第 11 个元素互换。输出数组原来各元素的值和对换后各元素的值。

4. 将两个 3×3 的矩阵 a 和 b 相加。即将相应位置上的元素相加，放到 c 数组的相应位置上。

5. 编写程序，求 S=A!+B!+C!，阶乘的计算分别用 Sub 过程和 Function 过程两种方法来实现。

6. 编写随机整数函数，产生 30 个 1~100 之内的随机数。

# 第4章　常用内部控件

VB 是面向对象的程序设计语言，对界面的设计进行了封装，形成了一系列编程控件。程序设计人员在制作用户界面时，只需拖动所需的控件到窗体中，然后对控件进行属性设置和编写事件过程即可，大大减轻了繁琐的用户界面设计工作。本章将对 VB 中的各种基本控件进行详细介绍。

## 4.1　控件的分类

目前在 VB 中可以使用的控件很多，大致分为三类：标准控件、ActiveX 控件和可插入对象。

1. 标准控件

标准控件又称内部控件，例如第 2 章中提到的标签、文本框、命令按钮、图形框等。标准控件总是出现在工具箱中，不像 ActiveX 控件和可插入对象那样可以添加到工具箱中，或从工具箱中删除。

2. ActiveX 控件

VB 工具箱上的标准控件只有 20 个。对于复杂的应用程序，仅仅使用这些标准控件是不够的，应该利用 VB 以及第三方开发商提供的大量 ActiveX 控件。这些控件可以添加到工具箱上，然后像标准控件一样使用。目前，在 Internet 上大约有 1000 多种 ActiveX 控件可供下载，大大节约了程序员的开发时间。

ActiveX 控件是一种 ActiveX 部件，是可以重复使用的编程代码和数据，是用 ActiveX 技术创建的一个或多个对象所组成。ActiveX 控件是扩展名为.ocx 的独立文件，通常存放在 Windows 的 System 目录中。例如，通用对话框就是一种 ActiveX 控件，它对应的控件文件名是 Comdlg32.ocx。

用户在使用 ActiveX 控件之前，需先将它们加载到工具箱中，方法是：

（1）选择"工程"菜单中的"部件"命令，弹出"部件"对话框。该对话框包含了全部登记的 ActiveX 控件。

（2）选定所需的 ActiveX 控件左边的复选框。

（3）最后单击"确定"按钮。

如果要将其他目录中的控件加入工具箱，则应通过"浏览"按钮去寻找扩展名为.ocx 的文件。

3. 可插入对象

可插入对象是 Windows 应用程序的对象，例如"Microsoft Excel 工作表"。可插入对象也可以添加到工具箱中，具有与标准控件类似的属性，可以同标准控件一样使用。

## 4.2　单选按钮控件和复选框控件

单选按钮（OptionButton）的左边有一个圈，如图 4.2.1 所示。单选按钮必须成组出现，用户在一组单选按钮中必须并且最多只能选择一项。当某一项被选定后,其左边的圆圈中出现一个黑点⊙。单选按钮主要用于在多种功能中由用户选择一种功能的情况。

复选框(CheckBox)的左边有一个方框,如图 4.2.2 所示。复选框列出可供用户选择的选项,用户根据需要选定其中的一项或多项。当某一项被选中后,其左边的小方框内就会有一个"√"。

### 4.2.1 单选按钮控件

#### 4.2.1.1 常用属性

1. Caption 属性

设置显示标题,说明单选按钮的功能。默认状态下显示在单选按钮的右方,也可以用 Alignment 属性改变 Caption 的位置。

2. Alignment 属性

设置标题文字和按钮的显示位置。

0——控件按钮在左边,标题显示在右边,默认设置。

1——控件按钮在右边,标题显示在左边。

3. Value 属性

该属性是默认属性,表示单选按钮在执行时的两种状态。

True:单选按钮被选定,运行时该单选按钮的圆圈中出现一个黑点。

False:单选按钮未被选定,默认设置。

4. Style 属性

指定单选按钮的显示方式,用于改善视觉效果。

0——Standard:标准方式。

1——Graphical:图形方式。

#### 4.2.1.2 常用事件和方法

单选按钮的常用事件为 Click,方法较少使用。Click 事件是当用户在一个单选按钮上单击鼠标时发生。

【例 4.1】首先在新建工程的窗体中,放置一个标签 Label1 和 4 个单选按钮 Option1、Option2、Option3、Option4,界面如图 4.2.1 所示。然后在该窗体中添加如下事件过程:

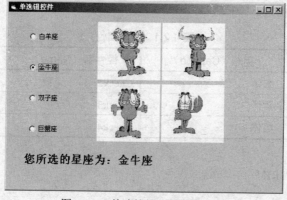

图 4.2.1 单选按钮示例执行界面

```
Private Sub Option1_Click()
Label1.Caption = "您所选的星座为：白羊座"
End Sub

Private Sub Option2_Click()
Label1.Caption = "您所选的星座为：金牛座"
End Sub

Private Sub Option3_Click()
Label1.Caption = "您所选的星座为：双子座"
End Sub

Private Sub Option4_Click()
Label1.Caption = "您所选的星座为：巨蟹座"
End Sub
```

### 4.2.2 复选框控件

#### 4.2.2.1 常用属性

1. Caption 属性

设置显示标题，说明复选框的功能。一般显示在复选框的右方。

2. Value 属性

设置复选框在执行时的三种状态。

0——Unchecked：复选框未被选定，运行时复选框前不出现√标志，是默认设置。

1——Checked：复选框被选定，呈现√标志。

2——Grayed：复选框呈现√标志，但变成灰色，表示已经处于选中状态，但不允许用户修改它的状态。

#### 4.2.2.2 常用事件和方法

复选框的常用事件为 Click，方法较少使用。Click 事件是当用户在一个复选框上单击鼠标时发生。

【例 4.2】通过单选按钮和复选框设置文本框的字体。界面如图 4.2.2 所示。窗体上复选框和单选按钮的属性如表 4.2.1 所示。文本框（Text1）的 Text 属性在设计时设置为"文本框字体设置演示"。事件过程如下：

表 4.2.1 控件属性

| 控件名（Name） | 标题（Caption） | 控件名（Name） | 标题（Caption） |
|---|---|---|---|
| Option1 | 宋体 | Check2 | 倾斜 |
| Option2 | 黑体 | Check3 | 删除线 |
| Check1 | 粗体 | Check4 | 下划线 |

```
Sub Option1_Click()
    Text1.FontName="宋体"
End Sub
Sub Option2_Click()
```

```
        Text1.FontName="黑体"
End Sub
Sub Check1_Click()
        Text1.FontBold=Not Text1.FontBold
End Sub
Sub Check2_Click()
        Text1.FontItalic=Not Text1.FontItalic
End Sub
Sub Check3_Click()
        Text1.FontStrikethrough=Not Text1.FontStrikethrough
End Sub
Sub Check4_Click()
        Text1.FontUnderline=Not Text1.FontUnderline
End Sub
```

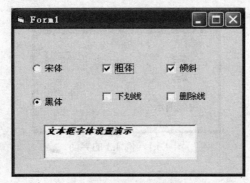

图 4.2.2　例 4.2 的界面

## 4.3　框架控件

单选按钮的一个特点是当选定其中的一个，其余会自动关闭。当需要在同一个窗体中建立几组相互独立的单选按钮时，就需要用框架（Frame）将每一组单选按钮框起来，这样在一个框架内的单选按钮为一组，对它们的操作不会影响框架以外的单选按钮。另外，对于其他类型的控件用框架框起来，可提供视觉上的区分和总体的激活或屏蔽特性。

需要注意的是在框架里添加控件的方法。在窗体上创建框架及其内部控件时，必须先建立框架，然后再在其中建立各种控件。创建控件不能使用双击工具箱上工具的自动方式，而应该先单击工具箱上的工具，然后用出现的"+"指针，在框架中适当位置拖拉出适当大小的控件。如果要用框架将现有的控件分组，则应先选定控件，将它们剪切到剪贴板，然后选定框架并将剪贴板上的控件粘贴到框架上。

### 4.3.1　常用属性

1. Caption 属性

由 Caption 属性值设定框架上的标题名称。如果 Caption 为空字符，则框架为封闭的矩形框，但仍然与单纯用矩形工具框起来的控件不同。

2. Enabled 属性

框架内的所有控件将随框架一起移动、显示、消失和屏蔽。当将框架的 Enabled 属性设为 False 时，程序运行时该框架在窗体中的标题正文为灰色，表示框架内的所有对象均被屏蔽，不允许用户对其进行操作。

3. Visible 属性

若框架的 Visible 属性为 False，则在程序执行期间，框架及其所包含的所有控件全部被隐藏起来。

### 4.3.2　常用事件和方法

框架的常用事件为 Click，方法较少使用。Click 事件是当用户在一个框架上单击鼠标时发生。

【例 4.3】在图 4.3.1 所示的窗体中建立了两组单选按钮，分别放在标题为"字体"和"字号"的框架中。因此，当用户选定了字体后，还可以选择字号。

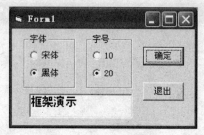

图 4.3.1　例 4.3 的界面

事件过程如下：

```
Sub Command1_Click()
 Text1.Font.Name=IIf(Option1.Value, "宋体", "黑体")
  Text1.Font.Size=IIf(Option3.Value, 10, 20 )
End Sub
Sub Command2_Click()
    End
End Sub
```

# 4.4　列表框和组合框

列表框（ListBox）通过显示多个选项，供用户选择，达到与用户对话的目的。如果有较多的选项而不能一次全部显示时，VB 会自动加上滚动条。列表框最主要的特点是只能从其中选择，而不能直接修改其中的内容。图 4.4.1 显示的是一个有 8 个选择项的列表框（名称为 List1）。

组合框（ComboBox）是组合了文本框和列表框的特性而形成的一种控件。组合框在列表框中列出可供用户选择的选项，当用户选定某项后，该项内容自动装入文本框中。当列表框中没有所需选项时，除了下拉式列表框之外都允许在文本框中用键盘输入，但输入的内容不能自动添加到列表框中。图 4.4.2 显示的是三种不同风格的组合框：下拉式组合框、简单组合框和下拉式列表框，它们的 Style 属性分别为 0、1 和 2。

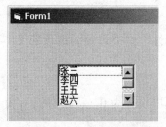

图 4.4.1 列表框示例

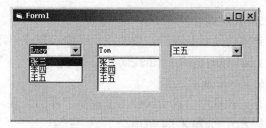

图 4.4.2 三种类型组合框示例

### 4.4.1 列表框和组合框的重要属性

#### 4.4.1.1 共有属性

1. List 属性

该属性是一个字符型数组，存放列表框或组合框的选项。List 数组的下标是从 0 开始的，即第一个项目的下标是 0。如图 4.4.3 所示，List1.List(0)的值是"张三"，List1.List(2)的值是"王五"。List 属性既可以在设计状态设置，也可以在程序中设置或引用。当在属性窗口输入选项时，按 Ctrl+Enter 键换行。

图 4.4.3 List 属性

2. ListIndex 属性

该属性只能在程序中设置或引用。ListIndex 的值表示程序运行时被选定的选项的序号。如果未选中任何选项，则 ListIndex 为-1。在图 4.4.1 中，若"张三"被选定，则 List1.ListIndex 的值是 0。

3. ListCount 属性

该属性只能在程序中设置或引用。ListCount 的值表示列表框或组合框中项目的总数量。ListCount-1 表示最后一项的序号。

4. Sorted 属性

该属性只能在设计状态设置。Sorted 属性决定在程序运行期间列表框或组合框的选项是否按字母顺序排列显示。如果 Sorted 为 True，则项目按字母顺序排列显示；如果 Sorted 为 False，则选项按加入的先后顺序排列。

5. Text 属性

该属性是默认属性，只能在程序中设置或引用。Text 属性值是被选定的选项的文本内容。所以 List1.List(List1.ListIndex)等于 List1.Text。

6. Style 属性

在列表框中，这个属性用于控制控件的外观，其数值可以设置为 0（标准样式）和 1（复选框样式），如图 4.4.4 所示。

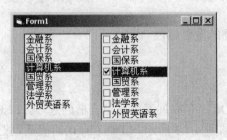

图 4.4.4    列表框的 Style 属性

在组合框中，Style 属性决定组合框的类型和行为，它的值为 0、1 或 2，参见图 4.4.2。

当 Style 属性为 0（默认）时，组合框为下拉式组合框。它显示在屏幕上的仅是文本编辑框和一个下拉箭头按钮。执行时，用户可用键盘直接在文本框区域输入内容，也可用鼠标单击右边的下拉箭头按钮，打开列表框供用户选择，选中内容显示在文本框中。这种组合框允许用户输入不属于列表内的选项。

当 Style 属性为 1 时，组合框为简单组合框。它列出所有的选项供用户选择，右边没有下拉箭头按钮，列表框不能被收起和拉下，与文本编辑框一起显示在屏幕上。可以在文本框中用键盘输入列表框中没有的选项。

当 Style 属性为 2 时，组合框为下拉式列表框。其功能与下拉式组合框类似，只是不能输入列表框中没有的选项。

4.4.1.2    列表框所特有的属性

1. MultiSelect 属性

在默认情况下，一个列表框中只能选择一项，这是因为 MultiSelect 属性为 0。当 MultiSelect 属性为 1 或 2 时允许多项选择。

0-None：禁止多项选择。

1-Simple：简单多项选择。鼠标单击或按空格键表示选定或取消多重列表项，但一次只能增减一个项目。

2-Extended：扩展多项选择。用户可以使用 Ctrl 键与鼠标的配合来进行不连续的多项选取，或与 Shift 键配合使用进行连续选取。

2. Selected 属性

该属性只能在程序中设置或引用。Selected 属性是一个逻辑数组，其元素对应列表框中相应的项，表示对应的项在程序运行期间是否被选中。例如，如果 List1.Selected(0)为 True，表示第一项被选中，否则表示未被选中。

4.4.1.3    组合框所特有的属性

组合框的属性即为上面所述的共有属性。

### 4.4.2 列表框和组合框的方法

列表框和组合框中的选项可以简单地在设计状态通过 List 属性设置，也可以在程序中用 AddItem 方法来添加，用 RemoveItem 或 Clear 方法删除。

1. AddItem 方法

用于把一个选项加入到列表框或组合框中。其形式如下：

<对象>. AddItem Item [,Index]

【说明】<对象>可以是列表框或组合框，即 AddItem 方法可适用于列表框或组合框。

Item 表示要添加到列表框中的字符表达式。

Index 用来指定新增选项在列表框或组合框中的位置，若 Index 省略，则新增选项添加在最后。

2. RemoveItem 方法

从列表框或组合框中删除一个选项应使用 RemoveItem 方法。其形式如下：

<对象>. RemoveItem Index

【说明】<对象>可以是列表框或组合框，即 RemoveItem 方法适用于列表框或组合框。

Index 用来表示被删除项目在列表框或组合框中的位置，对于第一个选项，Index 为 0。

3. Clear 方法

Clear 方法可清除列表框或组合框的所有内容。其形式如下：

对象. Clear

### 4.4.3 列表框和组合框的事件

列表框能够响应 Click 和 DblClick 事件。所有类型的组合框都能响应 Click 事件，但是只有简单组合框（Style 属性为 1）才能接收 DblClick 事件。

【例 4.4】从文本框中输入或从列表框中选择姓名，显示其结果，如图 4.4.5 所示，设计步骤如下：

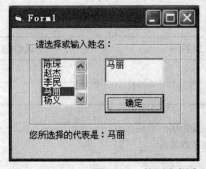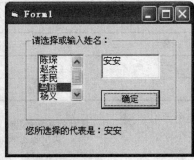

图 4.4.5 从列表框中选择或从文本框中输入

（1）建立应用程序用户界面与设置对象属性。选择新建工程，进入窗体设计器，首先增加一个框架 Frame1 和一个标签 Label1，激活 Frame1 后，在其中增加一个列表框 List1、一个文本框 Text1 和一个命令按钮 Command1。修改对象属性如表 4.4.1 所示。设置列表框 List1 的 List 属性，在其中依次加入"陈琛"、"赵杰"、"李民"、"马丽"、"杨义"、"李新"。

表 4.4.1 属性设置

| 对象 | 属性 | 属性值 | 说明 |
|------|------|--------|------|
| Frame1 | Caption | 请选择或输入姓名： | |
| Lable1 | Caption | 您所选择的代表是： | |
| Text1 | Text | | 清空 |
| Command1 | Caption | 确定 | |

（2）编写程序代码，如下所示。

编写列表框 List1 的 Click 事件代码：

```
Private Sub List1_Click()
    Text1.Text =List1.Text
End Sub
```

编写文本框 Text1 的 Change 事件代码：

```
Private Sub Text1_Change()
    Label1.Caption ="您所选择的代表是："
End Sub
```

编写命令按钮 Command1 的 Click 事件代码：

```
Private Sub Command1_Click()
    Text1.SelStart=0
    Text1.SelLength=Len(Text1.Text)
    Label1.Caption ="您所选择的代表是："+ Text1.SelText
End Sub
```

在上面的例子中，列表框中的各项数据是设计时在属性窗口设置的。下面的例子说明可以在程序运行中向列表框添加新的项目，或移去列表框中的选定项。

【例 4.5】在列表框之间移动数据，如图 4.4.6 所示。设计步骤如下：

（1）建立应用程序用户界面与设置对象属性。选择新建工程，进入窗体设计器，增加两个列表框 List1 与 List2 和两个命令按钮 Command1 与 Command2。然后设置对象属性如表 4.4.2 所示。

表 4.4.2 例 4.5 的属性设置

| 对象 | 属性 | 属性值 |
|------|------|--------|
| Command1 | Caption | > |
| Command2 | Caption | < |

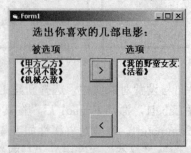

图 4.4.6 向列表框中添加或移去数据

（2）编写程序代码，如下所示。

编写窗体的 Load 事件代码：

```
Private Sub Form_Load()
    List1.AddItem "《活着》"
    List1.AddItem "《机械公敌》"
    List1.AddItem "《我的野蛮女友》"
    List1.AddItem "《不见不散》"
    List1.AddItem "《甲方乙方》"
End Sub
```

编写命令按钮 Command1 的 Click 事件代码：

```
Private Sub Command1_Click()
    List2.AddItem List1.Text
    List1.RemoveItem List1.ListIndex
End Sub
```

编写命令按钮 Command2 的 Click 事件代码：

```
Private Sub Command2_Click()
    List1.AddItem List2.Text
    List2.RemoveItem List2.ListIndex
End Sub
```

【例 4.6】在例 4.5 的基础上进行修改，允许从一个列表框中将选中的多项选项移至另一个列表框，如图 4.4.7 所示。设计步骤如下：

（1）修改对象属性，见表 4.4.3。

表 4.4.3  属性设置

| 对象 | 属性 | 属性值 | 说明 |
| --- | --- | --- | --- |
| List1 | Style | 1-CheckBox | 具有复选框风格，可以复选 |
| List2 | MultiSelect | 2-Extended | 允许多项复选 |

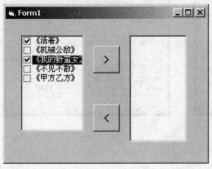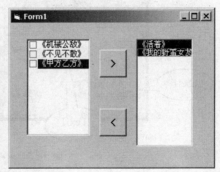

图 4.4.7  例 4.6 的界面

（2）修改程序代码。

命令按钮 Command1 的 Click 事件代码：

```
Private Sub Command1_Click()
    i=0
    Do While i<List1.ListCount
```

```
        If List1.Selected(i)=True Then
            List2.AddItem List1.List(i)
            List1.RemoveItem i
        Else
            i=i+1
        End If
    Loop
End Sub
```

命令按钮 Command2 的 Click 事件代码：

```
Private Sub Command2_Click()
    i=0
    Do While i<List2.ListCount
        If List2.Selected(i)=True Then
            List1.AddItem List2.List(i)
            List2.RemoveItem i
        Else
            i=i+1
        End If
    Loop
End Sub
```

【例 4.7】"简易抽奖机"。在组合框中输入号码，单击"抽奖"按钮可以得到中奖的号码，如图 4.4.8 所示。设计步骤如下：

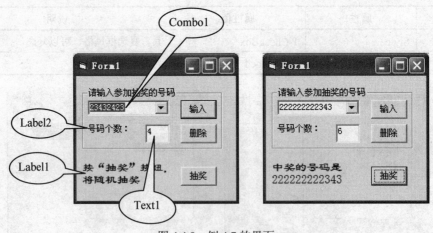

图 4.4.8 例 4.7 的界面

（1）建立应用程序用户界面与设置对象属性。选择新建工程，进入窗体设计器，首先增加一个框架 Frame1、一个标签 Label1 和一个命令按钮 Command1。选中 Frame1，在其中增加一个组合框 Combo1、一个标签 Label2、一个文本框 Text1、两个命令按钮 Command2、Command3。组合框的属性取默认值，其他属性的设置见表 4.4.4。

表 4.4.4 例 4.7 的属性设置

| 对象 | 属性 | 属性值 | 说明 |
|------|------|--------|------|
| Frame1 | Caption | 请输入参加抽奖的号码 | |
| Label1 | Caption | 按"抽奖"按钮，将随机抽奖 | |
| Text1 | Text | 0 | |
| Command1 | Caption | 抽奖 | |
| Label2 | Caption | 号码个数： | |
| Command2 | Caption | 输入 | |
| | Default | True | 默认按钮 |
| Command3 | Caption | 删除 | |

（2）编写事件代码。

编写命令按钮 Command2 的 Click 事件代码，使之可以将输入的号码加入到组合框的列表中：

```
Private Sub Command2_Click()
    Combo1.AddItem Combo1.Text, 0
    Combo1.SelStart=0
    Combo1.SelLength=Len(Combo1.Text)
    Combo1.SetFocus
    Text1.Text =Combo1.ListCount
End Sub
```

编写命令按钮 Command3 的 Click 事件代码，使之可以将不需要的号码从组合框的列表中删除：

```
Private Sub Command3_Click()
    If Combo1.ListIndex<>-1 Then
        Combo1.RemoveItem Combo1.ListIndex
        Text1.Text =Combo1.ListCount
    End If
End Sub
```

编写命令按钮 Command1 的 Click 事件代码，使之可以随机地抽取奖号：

```
Private Sub Command1_Click()
    Randomize
    n=Combo1.ListCount
    a=Int(Rnd*n)
    Combo1.ListIndex=a
    Label1.Caption ="中奖的号码是" & Combo1.Text
End Sub
```

## 4.5 滚动条控件

滚动条（ScrollBar）控件通常用来附在窗体上协助观察数据或确定位置，也可用来作为数据输入的工具。

滚动条有水平和垂直两种，属于 VB 的标准控件，可以直接通过工具箱中的水平滚动条和垂直滚动条工具来建立。

### 4.5.1  常用属性

1．Max 属性
该属性表示当滑块处于最大位置时所代表的值（-32768～32767）。
2．Min 属性
该属性表示当滑块处于最小位置时所代表的值（-32768～32767）。
3．SmallChange 属性
该属性表示用户单击滚动条两端箭头时，滑块移动的增量值。
4．LargeChange 属性
该属性表示用户在滚动条的空白处滑动时，滑块移动的增量值。
5．Value 属性
该属性表示滑块当前所处位置代表的值。

### 4.5.2  常用事件和方法

1．Scroll 事件
只在移动滚动块时被激活，单击滚动箭头或单击滚动条均不能激活该事件。
2．Change 事件
在滚动条的滚动块移动后可以激活，即释放滚动块、单击滚动箭头或单击滚动条时，均会激活该事件。

【例 4.8】设计一个调色板应用程序，如图 4.5.1 所示。使用三个滚动条作为三种基本颜色的输入工具，合成的颜色显示在右边的颜色区中。颜色区实际上是一个文本框（Text1），用合成的颜色设置其 BackColor 属性。当完成调色以后，用"设置前景颜色"（Command1）或"设置背景颜色"（Command2）按钮设置右边文本框（Text2）的颜色。设计步骤如下：

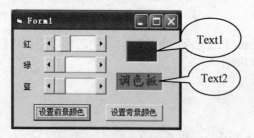

图 4.5.1　调色板的滚动条

（1）窗体上的三个滚动条的属性按表 4.5.1 所示设置。

表 4.5.1　滚动条属性

| 对象 | Name | Max | Min | SmallChange | LargeChange | Value |
|---|---|---|---|---|---|---|
| "红色"滚动条 | Hscroll1 | 255 | 0 | 1 | 25 | 0 |
| "绿色"滚动条 | Hscroll2 | 255 | 0 | 1 | 25 | 0 |
| "蓝色"滚动条 | Hscroll3 | 255 | 0 | 1 | 25 | 0 |

（2）各事件过程如下：

```
Dim Red As Long，Green As Long，Blue As Long
Sub.Hscroll1_Change()
    Red=Hscroll1.Value
    Green=Hscroll2.Value
    Blue=Hscroll3.Value
    Text1.BackColor=RGB(Red, Green, Blue)
'或 Text1.BackColor=Red+Green*256+Blue*256*256
End Sub
```

Hscroll2 和 Hscroll3 的事件过程与 Hscroll1 相同，略。

两命令按钮的事件过程如下：

```
Sub Commandl_Click()
    Text2.ForeColor.Text1.BackColor
'设置前景颜色
End Sub
Sub Command2_Click()
    Text2.BackColor=Text1.BackColor
'设置背景颜色
End Sub
```

# 4.6　定时器控件

定时器（Timer）控件在设计时是可见的，而在运行时就隐藏起来，但在后台每隔一定的时间间隔，就自动激发一次定时器事件而执行相应的程序代码。

## 4.6.1　重要属性

定时器控件有一个非常重要的属性 Interval，表示两个定时器事件之间的时间间隔，其值以毫秒（0.001 秒）为单位，介于 1~65535 之间，所以最大的时间间隔为 65535 毫秒。在程序运行期间，定时器控件并不显示在屏幕上，通常用一个标签来显示时间。当 Interval 属性值为 0 时表示屏蔽定时器。如果希望每 0.5 秒产生一个定时器事件，那么 Interval 属性值应设为 500。这样，每隔 500 毫秒引发定时器事件，从而执行相应的 Timer 事件过程。

## 4.6.2　常用事件和方法

定时器控件的主要事件是 Timer 事件，在每隔 Interval 指定的时间间隙就执行一次该事件过程。其语法格式为：

```
Sub Timer1_Timer()
```

【例 4.9】在窗体上设计一个数字时钟，如图 4.6.1 所示。设计步骤如下：

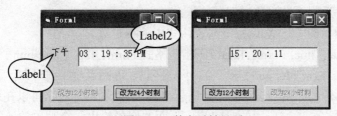

图 4.6.1　数字时钟界面

（1）建立应用程序用户界面与设置对象属性。

选择新建工程，进入窗体设计器，增加一个定时器控件 Timer1、两个标签 Label1、Label2、两个命令按钮 Command1、Command2。其中，定时器控件 Timer1 可以放在窗体的任何位置。部分对象的属性设置如表 4.6.1 所示。

表 4.6.1　例 4.9 的属性设置

| 对象 | 属性 | 属性值 | 说明 |
| --- | --- | --- | --- |
| Label1 | Caption | | 清空 |
| Label2 | Caption | | 清空 |
| | BorderStyle | 1-Fixed Single | |
| | BackColor | （白色） | |
| Command1 | Caption | 改为 12 小时制 | |
| Command2 | Caption | 改为 24 小时制 | |
| Timer1 | Interval | 1000 | |

（2）编写程序代码。

编写命令按钮 Command1 的 Click 事件代码：

```
Private Sub Command1_Click()
    Form1.Tag ="hh : mm : ss AM/PM"
    Command1.Enabled =False
    Command2.Enabled =True
    Label.Visible =True
End Sub
```

编写命令按钮 Command2 的 Click 事件代码：

```
Private Sub Command2_Click()
    Form1.Tag ="hh : mm : ss"
    Command2.Enabled =False
    Command1.Enabled =True
    Label1.Visible =False
End Sub
```

编写计时器控件 Timer1 的 Timer 事件代码：

```
Private Sub Timerl_Timer()
    Label2.Caption =Format(Time, Form1.Tag)
    Label1.Caption=IIf(Hour(Time)>12, "下午", "上午")
End Sub
```

【说明】

（1）函数 Time 返回系统当前时间。

（2）函数 Hour(时间表达式)返回时间表达式中的小时数。

（3）函数 Format(Time, Form1.Tag)按照指定格式 Form1.Tag ="hh : mm : ss AM/PM"（12 小时格式）或 Form1.Tag ="hh : mm : ss"（24 小时格式）返回系统当前时间。

定时器控件最自然的应用是设计一个计时器（秒表）。利用计时器可以在运动场上测试短跑项目的成绩，可以记录考试所用的时间等。下面的例子给出一个简单的计时器，单击"开始"按钮,开始计时,按钮变为"继续"。单击"暂停"按钮,停止计时,显示时间读数。任何时候单击"重置"按钮,时间读数都将重置为 0。

【例 4.10】一个简单计时器,如图 4.6.2 所示。设计步骤如下:

(1) 建立应用程序用户界面与设置对象属性。选择新建工程,进入窗体设计器,增加三个命令按钮 Command1、Command2 和 Command3、一个标签 Label1 和一个定时器控件 Timer1。其中定时器控件 Timer1 可以放在窗体的任何位置。各对象属性的设置参见表 4.6.2。

表 4.6.2  例 4.10 各对象属性设置

| 对象 | 属性 | 属性值 | 对象 | 属性 | 属性值 |
|---|---|---|---|---|---|
| Timer1 | Interval | 100 | Label1 | Caption | 00:00:00:0 |
| | Enabled | False | | BorderStyle | 1- Fixed Single |
| Command1 | Caption | 开始 | | | |
| Command3 | Caption | 暂停 | | BackColor | (白色) |
| | Enabled | False | Command2 | Caption | 重置 |

图 4.6.2  简单计时器的设计界面

(2) 编写程序代码。

编写 Command1(开始)的 Click 事件代码:

```
Private Sub Command1_Click()
    Command1.Caption ="继续"
    Command1.Enabled =False
    Command3.Enabled =True
    If Label1.Caption ="00:00:00:0" Then Form1.Tag =Timer
    Timer1.Enabled =True
End Sub
```

编写 Command2(重置)的 Click 事件代码:

```
Private Sub Command2_Click()
    Form1.Tag =Timer
    Label1.Caption ="00:00:00:0"
End Sub
```

编写 Command3(暂停)的 Click 事件代码:

```
Private Sub Command3_Click()
    Timer1.Enabled =False
    Command1.Enabld=True
    Command3.Enabled =False
```

```
End Sub
```
编写 Timer1 的 Timer 事件代码：
```
Private Sub Timer1_Timer()
    m=Timer – val(Form1.Tag)
    n0=(m*10) Mod 10
    m=Int(m)
    n1=Format(m Mod 60, "00.")
    n2=Format((m\60) Mod 60, "00:" )
    n3=Format(m\3600, "00:")
    Label1.Caption =n3 & n2 & nl & n0
End Sub
```
【说明】

（1）Timer1.Enabled =False 关闭计时器，Timer1.Enabled=True 打开计时器。

（2）函数 Timer 返回从午夜到此时的秒数，精确至 1/100000 秒。

（3）n0=(m*10) Mod 10 为 m 小数点后第一位数，m Mod 60 为 m 除以 60 所得的余数，即时间的秒数，其余类推。

# 4.7 鼠标和键盘事件

## 4.7.1 鼠标事件

所谓鼠标事件是由用户操作鼠标而引发的能被 VB 中的各种对象识别的事件。除了 Click 和 DblClick 之外，重要的鼠标事件还有下列三个：

MouseDown 事件：在按下任意一个鼠标按钮时被触发。

MouseUp 事件：在释放任意一个鼠标按钮时被触发。

MouseMove 事件：在移动鼠标时被触发。

在程序设计时，需要特别注意的是，当鼠标指针位于窗体中没有控件的区域时，窗体将识别鼠标事件。当鼠标指针位于某个控件上方时，该控件将识别鼠标事件。

与上述三个鼠标事件相对应的鼠标事件过程如下（以 Form 对象为例）：

Sub Form_MouseDown(Button As Integer,Shift As Integer,X As Single,Y As Single)

Sub Form_MouseUp(Button As Integer,Shift As Integer,X As Single,Y As Single)

Sub Form_MouseMove(Button As Integer,Shift As Integer,X As Single,Y As Single)

其中：

（1）Button 参数指示用户按下或释放了哪个鼠标按钮，如图 4.7.1 所示。在 Button 的二进制位中，$b_0=1$ 表示用户按下或释放鼠标的左键；$b_1=1$ 表示用户操作了鼠标器的右键；$b_2=1$ 表示鼠标器的中键被操作。例如，当 Button=2 时，表示用户按下或释放了鼠标的右键。

用户也可以使用下面的 VB 符号常量来检测鼠标的状态。例如，Button=2 可以改写为：

Button=vbRightButton

l-vbLeftButton：用户单击左键触发了鼠标事件。

2-vbRightButton：用户单击右键触发了鼠标事件。

4-vbMiddleButton：用户单击中键触发了鼠标事件。

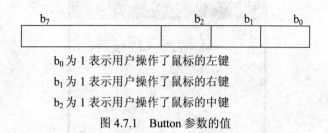

$b_0$ 为 1 表示用户操作了鼠标的左键

$b_1$ 为 1 表示用户操作了鼠标的右键

$b_2$ 为 1 表示用户操作了鼠标的中键

图 4.7.1　Button 参数的值

（2）Shift 是一个整数。该参数包含了 Shift、Ctrl 和 Alt 键的状态信息，如图 4.7.2 所示。

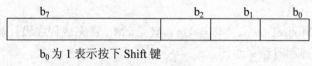

$b_0$ 为 1 表示按下 Shift 键

$b_1$ 为 1 表示按下 Ctrl 键

$b_2$ 为 1 表示按下 Alt 键

图 4.7.2　Shift 参数的值

在 Shift 的二进制位中，$b_0$=1 表示 Shift 键被按下；$b_1$=1 表示 Ctrl 键被按下；$b_2$=1 表示 Alt 键被按下。例如，当 Shift 为 2 时表示用户仅仅按下了 Ctrl 键；当 Shift 为 6 时表示用户同时按下了 Ctrl 键和 Alt 键。需要注意的是，用户可能同时按下多个键，因此需要与 Shift 参数进行"与"操作才能检测某个键是否被按下。例如，Shift=2 为 False 时并不表示没有按下 Ctrl 键，因为按下 Ctrl 键的同时按下 Shift 或 Alt 键该表达式也为 False。检测 Ctrl 键是否被按下的正确的方法是使用 Shift And 2 表达式。Shift、Ctrl、Alt 键切换常数如表 4.7.1 所示。

表 4.7.1　Shift、Ctrl、Alt 键切换常量

| 十进制 | 二进制 | 常量 | 按下按钮 |
| --- | --- | --- | --- |
| 1 | 001 | vbShiftMask | Shift 键 |
| 2 | 010 | vbCtrlMask | Ctrl 键 |
| 3 | 011 | vbShiftMask + vbCtrlMask | Shift 键+Ctrl 键 |
| 4 | 100 | vbAltMask | Alt 键 |
| 5 | 101 | vbShiftMask + vbAltMask | Shift 键+Alt 键 |
| 6 | 110 | vbCtrlMask + vbAltMask | Ctrl 键+Alt 键 |
| 7 | 111 | vbCtrlMask + vbAltMask + vbShiftMask | Ctrl 键+Alt 键+Shift 键 |

（3）X、Y 这两个值对应于当前鼠标的位置，采用的坐标系是用 ScaleMode 属性指定的坐标系。

例如，如果按住 Ctrl 键，然后在坐标为（2000，3000）的点上单击鼠标右键，则立即调用过程 Form_MouseDown，释放鼠标右键时调用过程 Form_MouseUp。此时四个参数的值分别为 vbRightButton、vbCtrlMask、2000 和 3000。

【例 4.11】简单的鼠标绘图程序。运行界面如图 4.7.3 所示。

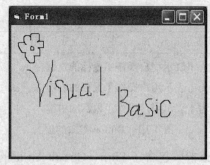

图 4.7.3    例 4.11 的执行界面

设计步骤如下：

（1）用窗体的 MouseDown、MouseUp、MouseMove 完成程序设计。当按下鼠标并移动鼠标时画图，当鼠标弹起时结束绘图。

（2）编写程序代码。

```
Dim drawstate As Boolean          '表示绘图状态
Dim x1 As Integer                 '起点 X 坐标
Dim y1 As Integer                 '起点 Y 坐标
Dim x2 As Integer                 '终点 X 坐标
Dim y2 As Integer                 '终点 Y 坐标
Private Sub Form_Load()
drawstate = False
End Sub


Private Sub Form_MouseDown(Button As Integer, Shift As Integer, X As Single, Y As Single)
drawstate = True
 x1 = X
 y1 = Y
End Sub


Private Sub Form_MouseMove(Button As Integer, Shift As Integer, X As Single, Y As Single)
 If drawstate = True Then
        x2 = X
        y2 = Y
        Line (x1, y1)-(x2, y2)
        x1 = x2
        y1 = y2
     End If
End Sub


Private Sub Form_MouseUp(Button As Integer, Shift As Integer, X As Single, Y As Single)
drawstate = False
End Sub
```

### 4.7.2 键盘事件

1. KeyPress 事件

当用户敲击键盘时将产生 KeyPress 事件。当用户按下和松开一个 ASCII 字符键时发生 KeyPress 事件。该事件被触发时,被按键的 ASCII 码将自动传递给事件过程的 KeyAscii 参数。在程序中,通过访问该参数,即可获知用户按下了哪一个键,并可识别字母的大小写。其语法格式为:

Sub Form_KeyPress(KeyAscii As Integer)      '窗体的事件过程

Sub Object_ KeyPress( [ Index As Integer, ] KeyAscii As Integer)  '控件的事件过程

其中:

参数 KeyAscii 是被按下字符键的标准 ASCII 码值。例如,用户按"a"键时,KeyAscii 参数值为 97;用户按"A"键时,KeyAscii 参数值为 65。对它进行改变可给对象发送一个不同的字符。将 KeyAscii 改变为 0 时可取消击键,这样一来对象便接收不到字符。

【说明】

(1)此类事件不单单用在窗体上,只要具有焦点的对象都可以接收该事件。一个窗体仅在它没有可视和有效的控件或 KeyPreview 属性被设置为 True 时才能接收该事件。

(2)并不是按下键盘上的任意一个键都会引发 KeyPress 事件,KeyPress 事件只对会产生 ASCII 码的按键有反应,包括数字、大小写的字母、Enter、Backspace、Esc、Tab 等键。对于例如方向键(箭头键)这样的不会产生 ASCII 码的按键,KeyPress 事件不会发生。

当控制焦点在某个对象上,同时用户按下键盘上的任一键,便会引发该对象的 KeyDown 事件,释放按键便触发 KeyUp 事件。

2. KeyUp 和 KeyDown 的事件过程

KeyUp 和 KeyDown 的事件过程形式如下:

Sub Form_KeyDown(KeyCode As Integer,Shift As Integer)

Sub Object_KeyDown( [ Index As Integer,] KeyCode As Integer,Shift As Integer)

Sub Form_KeyUp(KeyCode As Integer,Shift As Integer)

Sub Object_KeyUp( [Index As Integer,] KeyCode As Integer,Shift As Integer)

其中:

(1)KeyCode 参数值是用户所操作的那个键的扫描代码,它告诉事件过程用户所操作的物理键。例如,不管键盘处于小写状态还是大写状态,用户按"A"键,KeyCode 参数值相同。

对于有上档字符和下档字符的键,其 KeyCode 也是相同的,都是下档字符的 ASCII 码。表 4.7.2 列出部分字符的 KeyCode 和 KeyAscii 码以供区别。

表 4.7.2 KeyCode 与 KeyAscii 码

| 键(字符) | KeyCode | KeyAscii | 键(字符) | KeyCode | KeyAscii |
| --- | --- | --- | --- | --- | --- |
| A | &H41 | &H41 | % | &H35 | &H25 |
| A | &H41 | &H61 | 1(大键盘上) | &H31 | &H31 |
| 5 | &H35 | &H35 | 1(数字键盘上) | &H61 | &H31 |

（2）Shift 参数：是一个整数，表示的含义与鼠标事件中的 Shift 参数相同。

（3）Index 参数：是一个整数，用来唯一地指定一个控件数组中的控件。

在一个程序中，如果同时使用了键盘的 KeyPress、KeyDown、KeyUp 三个事件，那么其激活的先后顺序为 KeyDown、KeyPress、KeyUp 事件。

【说明】在默认情况下，当用户对当前具有控制焦点的控件进行键盘操作时，控件的 KeyPress、KeyUp 和 KeyDown 事件被触发，但是窗体的 KeyPress 与 KeyUp 和 KeyDown 事件不会发生。为了启用这三个事件，必须将窗体的 KeyPreview 属性设为 True，而默认值为 False。

如果窗体的 KeyPreview 属性设置为 True，则首先触发窗体的 KeyPress、KeyUp 和 KeyDown 事件，利用这些事件过程可以先滤去一些信息，然后传送给对象的 KeyPress、KeyUp 和 KeyDown 事件。也就是说，如果窗体的 KeyPreview 属性设为 True，并且窗体级事件过程修改了 KeyAscii 变量的值，则当前具有焦点的控件的 KeyPress 事件过程将接收到修改后的值。如果窗体级事件过程将 KeyAscii 设置为 0，则不再调用对象的 KeyPress 事件过程。

利用这个特性可以对输入的数据进行验证、限制和修改。例如，如果在窗体的如下 KeyPress 事件过程中将所有的字符都改成大写，则窗体上的所有控件接收到的都是大写字符。

```
Sub Form_KeyPress(KeyAscii As Integer)
    If KeyAscii>=Asc("a") And KeyAscii<=Asc("z") Then
        KeyAscii=KeyAscii+Asc("A") - Asc("a")
    End If
End Sub
```

【例 4.12】小鸡捉虫程序。用键盘上、下、左、右移动键移动小鸡图片，当小鸡遇到小虫时显示文字。运行界面如图 4.7.4 所示。设计步骤如下：

图 4.7.4　例 4.12 的执行界面

（1）属性设置如表 4.7.3 所示。上、下、左、右移动键的 KeyCode 值分别为 38、40、37 和 39。

表 4.7.3　属性设置

| 对象 | 控件名 | 属性 | 属性值 |
| --- | --- | --- | --- |
| Form | Form1 | Caption | 小鸡捉小虫 |
| Image | Image1 | Picture | Xc.Jpg |
| | Image2 | Picture | Xbj.jpg |
| Label | Label1 | Caption | 空 |

（2）编写程序代码。

```
Dim KEY_count As Integer                    '记录单击键盘次数
Private Sub Form_KeyDown(KeyCode As Integer, Shift As Integer)
    KEY_count = KEY_count + 1
    Select Case KeyCode
        Case 37
            Image2.Left = Image2.Left - 100
        Case 38
            Image2.Top = Image2.Top - 100
        Case 39
            Image2.Left = Image2.Left + 100
        Case 40
            Image2.Top = Image2.Top + 100
    End Select
    If Abs(Image1.Left - Image2.Left) < 200 And Abs(Image1.Top - Image2.Top) < 200 Then
        Label1 = "我跑了" & KEY_count & "步捉到了一只小虫。"
    End If
End Sub
```

### 4.7.3　拖放

Visual Basic 为用户提供了一种被称为"拖放（Drag and Drop）"的技术，即用鼠标将对象从一个地方拖到另一个地方再放下。在整个"拖放"操作过程中，用户首先在源对象上按下鼠标左键不放，然后把源对象拖动到目标对象上释放鼠标键。为了有助于理解这种拖放，可以把整个拖放过程分解成两个操作：一个是发生在源对象上的"拖"操作；另一个是发生在目标对象上的"放"操作，即把源对象"放"在目标对象上。在拖动的过程中，被拖动的对象变为灰色。

#### 4.7.3.1　属性、事件和方法

除了菜单、计时器和通用对话框外，其他控件均可在程序运行期间被拖放。下面介绍与拖放有关的属性、事件和方法。

1. 属性

有两个属性与拖放有关，即 DragMode、DragIcon。

（1）DragMode 属性。该属性用来设置自动或人工（手动）拖放模式。在默认情况下，该属性值为 0（人工方式）。为了能对一个控件执行自动拖放操作，必须把它的 DragMode 属性设置为 1。该属性可以在属性窗口中设置，也可以在程序代码中设置。例如：

```
Picture1.DragMode=1
```

（2）DragIcon 属性。在拖动一个对象的过程中，并不是对象本身在移动，而是移动代表的图标。也就是说，一旦要拖动一个控件，这个控件就变成一个图标，等放下后再恢复成原来的控件。DragIcon 属性含有一个图片或图标的文件名，在拖动时作为控件的图标。例如：

```
Picture1.DragIcon=Loadpicture("c:\vb98\graphics\icon\computer\disk06.ico")
```

用图标文件"disk06.ico"作为图片框 Picture1 的 DragIcon 属性。当拖动该图片框时，图

片框变成由 disk06.ico 所表示的图标。

2．事件

与拖放有关的事件是 DragDrop 和 DragOver。

（1）DragDrop 事件。当把控件（图标）拖到目标之后，如果松开鼠标键，则产生一个 DragDrop 事件。该事件过程格式如下：

Sub <对象名>_DragDrop (Source As Control, X As Single,Y As Single)

End Sub

该事件过程含有三个参数。其中：

● Source 是一个对象变量，其类型为 Control，该参数含有被拖动对象的属性。例如：

If Source.Name = "Folder" Then ⋯⋯

该语句用来判断被拖动对象的 Name 属性是否为"Folder"。

● 参数 X、Y 是松开鼠标键放下对象时鼠标光标的位置。

（2）DragOver 事件。DragOver 事件用于图标的移动。当拖动对象越过一个控件时，产生 DragOver 事件，其事件过程格式如下：

Sub <对象名>_DragOver(Source As Control, X As Single, Y As Single, State As Integer)

End Sub

该事件过程有四个参数，其中：

● Source 参数的含义同前。

● X、Y 是拖动时鼠标光标的坐标位置。

● State 参数是一个整数值，可以取以下三个值：

0——鼠标光标正进入目标对象的区域。

1——鼠标光标正退出目标对象的区域。

2——鼠标光标正位于目标对象的区域之内。

3．方法

与拖放有关的方法有 Move 和 Drag。下面主要介绍 Drag 方法。

Drag 方法的格式为：

控件. Drag 整数

不管控件的 DragMode 属性如何设置，都可以用 Drag 方法来人工地启动或停止一个拖放过程。"整数"的取值为 0、1 或 2，其含义分别为：

0——取消指定控件的拖放。

1——当 Drag 方法出现在控件的事件过程中时，允许拖放指定的控件。

2——结束控件的拖动，并发出一个 DragDrop 事件。

4.7.3.2　自动拖放

下面通过一个简单例子说明如何实现自动拖放操作。

第一步：在窗体上建立一个图片框，并把图标文件 qqmail.ico 装入该图片框中。图标文件 qqmail.ico 在"c:\Program Files\Tencent\skins\花语"目录下。

第二步：在属性窗口中找到 DragMode 属性，将其值由默认的"0-Manual"改为"1-Automatic"。

设置完上述属性后，运行该程序，即可自由地拖动图片框。但是，当松开鼠标键时，被拖动的控件又回到原来位置。其原因是，Visual Basic 不知道把控件放到什么位置。

第三步：在程序代码窗口的"对象"框中选择"Form"，在"过程"框中选择"DragDrop"，编写如下事件过程：

```
Private Sub Form_DragDrop(Source As Control, x As Single, y As Single)
Picture1.Move x, y
End Sub
```

上述过程中"Picture1.Move x, y"语句的作用是：将源对象（Picture1）移到（Move）鼠标光标（x, y）处。

经过上面三步，就可以拖动控件了。不过在拖动时，整个 Picture1 控件都随着鼠标移动。按照拖放的一般要求，拖动过程中应把控件变成图标，放下时再恢复为控件。这可以通过以下两种方法来实现。

（1）在设计阶段，不要用 Picture 属性装入图像，而是用 DragIcon 属性装入图像，其操作与用 Picture 属性装入类似，即在建立图像框后，在属性窗口中找到并单击 DragIcon 属性条，然后利用 Load Picture 对话框把图像装入图片框内。不过，这样装入后，图片框看上去仍是空白，只有在拖动时才能显示出来。

（2）在执行阶段，通过程序代码设置 DragIcon 属性。一般有以下三种形式：

```
Picture1.DragIcon=LoadPicture("c:\Program Files\Tencent\skins\花语\qqmail.ico")
Picture1.DragIcon=Picture1.Picture
Picture2.DragIcon=Picture1.DragIcon
```

【例 4.13】例如，在窗体上建立两个控件，拖动其中一个控件，当把它放到第二个控件上时，该控件消失，单击窗体后再度出现。设计步骤如下：

（1）首先在窗体上建立两个图片框，并在第一个图片中装入一个图标（例如 qqmail.ico）。

（2）然后编写如下过程：

```
Private Sub Form_Load()
Picture1.DragIcon=Picture1.Picture
Picture1.DragMode=1
End Sub
```

上述过程把图片框 Picture1 的 Picture 属性赋给其 DragIcon 属性，这样就可以在拖动时只显示图标而不显示整个控件。同时把拖放设置为自动方式。

（3）下面的过程可以使 Picture1 消失在 Picture2 上：

```
Private Sub Picture2_DragDrop(Source As Control, x As Single, y As Single)
Source.Visible =False
End Sub
```

该过程是当把 Picture1 放到 Picture2 上时发生的事件，此时 Picture1 的 Visible 属性被设置为 False，即消失不见。

（4）下面的过程可以在单击窗体时使 Picture1 再度出现：

```
Private Sub Form_Click()
Picture1.Visible =True
End Sub
```

用下面的过程可以把 Picture1 拖到窗体上的（x, y）处：

```
Sub Form_DragDrop(Source As Control, x As Single, y As Single)
```

```
Source.Move x, y
End Sub
```

运行上面的程序，可以把 Picture1 拖到窗体的任何位置。当拖到 Picture2 上时，图形消失，此时如果单击窗体，则图形（Picture1）重新出现。

如果希望某个控件在被拖过一个特定区域时能有某种不同的显示，则可以用 DragOver 事件过程来实现。例如在上面的例子中，当拖动图片框 Picture1 经过 Picture2 时，为了使 Picture2 改变颜色，则可以按如下步骤修改：

（1）首先设置 Picture1 的 DragIcon 属性和 Picture2 的颜色：

```
Private Sub Form_Load()
Picture1.DragIcon=Picture1.Picture
Picture1.DragMode=1
Picture2.ForeColor=RGB(255, 0, 0)        '设置前景色
Picture2.BackColor=RGB(0, 0, 255)        '设置背景色
End Sub
```

过程中的 RGB 函数用来设置颜色。

（2）下面的过程通过 DragOver 事件，在拖动 Picture1 经过 Picture2 时，改变 Picture2 的颜色：

```
Private Sub Picture2_DragOver(Source As Control, X As Single,Y As Single,State As Integer)
Dim temp As Long
If State =0 Or State =1 Then
Beep
Beep
temp=Picture2.BackColor
Picture2.ForeColor=temp
End If
End Sub
```

该过程是用鼠标拖动 Picture1 经过 Picture2 时产生的反应。State 参数为 0 表示进入 Picture2，而 State 参数为 1 则表示离开 Picture2。在进入或离开 Picture2 时，响铃（Beep），并使 Picture2 的前景色与背景色交换。

（3）其余三个事件过程不变：

```
Private Sub Form_Click()
Picture1.Visible =True
End Sub
Private Sub Form_DragDrop(Source As Control, X As Single, Y As Single)
Source.Move X, Y
End Sub
Private Sub Picture2_DragDrop(Source As Control, X As Single,Y As Single)
Source.Visible =0
End Sub
```

#### 4.7.3.3  手动拖放

前面介绍的拖放称为自动拖放，因为 DragMode 属性被设置为 "1-Automatic"。只要不改变该属性，随时都可以拖动每个控件。与自动拖放不同，手动拖放不必把 DragMode 属性设置

为 "1-Automatic"，仍保持默认的 "0-Manual"，而且可以由用户自行决定何时拖动，何时停止。例如，当按下鼠标键时开始拖动，松开键时停止拖动。如前所述，按下和松开鼠标键分别产生 MouseDown、MouseUp 事件。

前面介绍的 Drag 方法可以用于手动拖放。该方法的操作值为 1 时可以拖放指定的控件；为 0 或 2 时停止，如为 2 则在停止拖放后产生 DragDrop 事件。Drag 方法与 MouseDown、MouseUp 事件过程结合使用，可以实现手动拖放。

为了试验手动拖放，可以按如下步骤操作：

（1）在窗体上建立一个图片框，装入一个图标（例如 qqmail.ico）。

（2）设置图片框的 DragIcon 属性：

```
Private Sub Form_Load()
Picture1.DragIcon = Picture1.Picture
End Sub
```

（3）用 MouseDown 事件过程打开拖动开关：

```
Private Sub Picture1_MouseDown(Button As Integer,Shift As Integer,x As Single,y As Single)
Picture1.Drag1
End Sub
```

上述过程是按下鼠标键时所产生的操作，即用 Drag 方法打开拖动开关，产生拖动操作。

（4）关闭拖放开关，停止拖动，并产生 DragDrop 事件：

```
Private Sub Picture1_MouseUp(Button As Integer, x As Single,y As Single)
Picture1.Drag2
End Sub
```

（5）编写 DragDrop 事件过程：

```
Private Sub Picture2_DragDrop(Source As Control, X As Single,Y As Single)
Source.Move(x-source.Width/2),(y-source.Height/2)
End Sub
```

关闭拖动开关（用 Drag2）后，将停止拖动，并产生 DragDrop 事件。即在松开鼠标键后，把控件放到鼠标光标位置。在一般情况下，鼠标光标所指的是控件的左上角，而在该过程中，鼠标光标所指的是控件的中心。

【例 4.14】用手动拖放模拟文件操作：从文件夹中取出文件，放入文件柜中，在放入前，先打开文件柜的抽屉，放入后再关上。设计步骤如下：

（1）首先执行 "文件" 菜单中的 "新建工程" 命令，建立一个新的工程，在窗体上画两个图片框、一个命令按钮和一个标签，窗体及各控件的属性设置如表 4.7.4 所示。设计好的窗体如图 4.7.5 所示。

表 4.7.4 程序中使用的对象

| 对象 | 属性 | 设置值 |
| --- | --- | --- |
| 图片框 1 | Tag | Folder |
| | Picture | Folder02.ico |
| | DragMode | 1-Automatic |
| | BorderStyle | 0-None |
| | DragIcon | Folder01.ico |

续表

| 对象 | 属性 | 设置值 |
|---|---|---|
| 图片框 2 | Picture<br>DragMode<br>BorderStyle | Files03a.ico<br>1-Automatic<br>0-None |
| 标签 | Caption<br>Alignment | （空白）<br>1-Right Justify |
| 命令按钮 | Caption | quit |

（2）编写如下事件过程：

```
Private Sub Picture1_DragDrop(Source As Control, X As Single, Y As Single)
    If Source.Tag="Folder" Then
        Picture2.Picture=LoadPicture("c:\vb\common\graphics\icons\files03a.ico")
    End If
End Sub
Private Sub Picture1_DragOver(Source As Control, X As Single,Y As Single,State As Integer)
  If Source.Tag="Folder" Then
      Picture2.Picture=LoadPicture("c:\vb\common\graphics\icons\files03b.ico")
      Label1.Caption="Folder Received"
  End If
If State=1 Then
      Picture2.Picture=LoadPicture("c:\vb\common\graphics\icons\files03a.ico")
Label1.Caption=""
  End If
End Sub
Private Sub Command1_Click()
  End
End Sub
```

程序运行后，把鼠标光标移到文件夹上，按下鼠标左键，文件夹上将出现一个"文件袋"，将这个文件袋拖到文件柜上，文件柜下面的抽屉即被打开，松开鼠标键，文件袋放入文件柜后将关上文件柜的抽屉，并显示相应的信息，如图 4.7.5 所示。如果把文件袋拖到文件柜上后不松开鼠标，而是拖到其他地方，则表示不把文件袋放入文件柜，文件柜的抽屉也被关上。

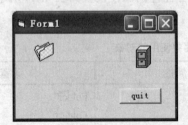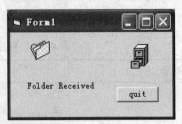

图 4.7.5 例 4.14 界面

第一个图片框（Picture1）中被装入了两个图标文件，一个是文件夹，一个是文件袋，文件夹用 Picture 属性装入，文件袋用 DragIcon 属性装入。程序运行后，文件袋不显示，把鼠标光标移到图片框上，按下左键，文件袋即显示出来，给人一种从文件夹中取文件的感觉，然后即可将其拖走。

该程序有一定的动画效果，这种效果是通过几个处于不同状态的图标文件来实现的。

# 习题四

## 一、选择题

1. 如果窗体上有命令按钮 OK，在代码编辑窗口有与之对应的 CmdOK_Click()事件，则命令按钮控件的名称属性和 Caption 属性分别为（　　）。

    A．OK，Cmd
        B．Cmd，OK

    C．CmdOK，OK
      D．OK，CmdOK

2. 在程序中可以通过复选框和单选按钮的（　　）属性值来判断它们的当前状态。

    A．Caption
        B．Value

    C．Checked
       D．Selected

3. 命令按钮能响应的事件是（　　）。

    A．Dblclick
       B．Click

    C．Scroll
        D．Load

4. 设置组合框的风格，可用的属性是（　　）。

    A．BackStyle
      B．BorderStyle

    C．Style
        D．Sorted

5. 要设置定时器的触发周期，需设置的属性是（　　）。

    A．Interval
        B．Enabled

    C．Value
        D．Text

6. 若要获得滚动条的当前值，可访问的属性是（　　）。

    A．Min
        B．Max

    C．Text
        D．Value

## 二、填空题

1. 删除列表框中所有项目使用的方法是_____，从列表框中删除某项目使用的方法是_____。

2. 列表框的 FontBold 属性的类型是_____。

3. 单选按钮控件在执行过程中有两种状态，而复选框控件在执行过程中有 3 种状态，分别是_____、_____、_____。

4. 组合框控件是 Windows 应用程序中一种比较常见的控件，其 Style 属性取 0 时，表示_____，取 1 时表示_____，取 2 时表示_____。

## 三、编程题

首先在 VB 中建立一个新的工程，在该工程中建立一个窗体 Form1，在该窗体上建立一个标签 Label1、一个图片框 Picture1、一个框架 Frame1、两个定时器 Timer1 和 Timer2 以及两个命令按钮（使用 Command1 控件数组）。在框架 Frame1 中放置 5 个标签（使用 Label2 控件数组）、两个单选按钮（使用 Option1 控件数组）和一个组合框 Combo1。

将定时器 Timer1（用于控制图片框中图形的显示）的 Interval 设置为 400，定时器 Timer2（用于控制 Label2 标签中时间的显示）的 Interval 设置为 1000。在组合框 Combo1 中设置一个初始选项：汉族、回族、满族。

对其他控件的外观设置相应的属性，其设计界面如图 1 所示。

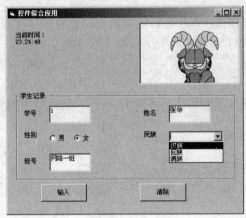

图 1

# 第5章 数据文件

应用程序必须在内存中运行，运行结果也保存在内存中，但计算机的内存是会时刻刷新的，当计算机关闭时，内存中的数据将全部丢失。所以，必须将应用程序以文件的形式保存在磁盘、磁带等长期存储设备上。因此，应用程序需要具备存储数据到磁盘或从磁盘读入数据的能力，由于长期存储设备上的数据是由文件构成的，因此非标准的输入输出通常称为文件处理。Visual Basic 为用户提供了强大的对文件系统的支持能力，使用户可以很方便地访问文件系统。本章将介绍与文件系统有关的内容，包括：文件概述、Visual Basic 的文件处理功能以及与文件系统有关的控件。

## 5.1 文件概述

在计算机科学技术中，常用"文件"这一术语来表示输入输出操作的对象。所谓"文件"，是指记录在外部介质上的数据的集合。例如用 Word 或 Excel 编辑制作的文档或表格就是一个文件，把它存放到磁盘上就是一个磁盘文件，输出到打印机上就是一个打印机文件。广义地说，任何输入输出设备都是文件。计算机以这些设备为对象进行输入输出，对这些设备统一按"文件"进行处理。

在程序设计中，文件是十分有用而且是不可缺少的。这是因为：

* 文件是使一个程序可以对不同的输入数据进行加工处理、产生相应的输出结果的常用手段。
* 使用文件可以方便用户，提高上机效率。
* 使用文件可以不受内存大小的限制。因此，文件是十分重要的。在某些情况下，不使用文件将很难解决所遇到的实际问题。

### 5.1.1 文件概念

1. 记录

计算机处理数据的基本单位，由若干个相互关联的数据项组成，相当于表格中的一行。在数据处理中，表示一件事或一个人的某些属性就构成一个记录。

2. 文件

为了有效地存取数据，数据必须以某种特定的方式存放，这种特定的方式称为文件结构。Visual Basic 文件由记录组成，相当于一张表。例如：某班有 45 个同学，则 45 个同学的记录组成了 1 个学生成绩文件。

### 5.1.2 文件类型

Visual Basic 根据计算机访问文件的方式分为三类：顺序访问模式、随机访问模式、二进制访问模式，这三种访问模式分别对应三种文件：顺序文件、随机文件、二进制文件。

1. 顺序访问模式

顺序文件的结构比较简单，文件中的记录一个接一个地存放。在这种文件中，只知道第一个记录的存放位置，其他记录的位置无从知道。当要查找某个数据时，只能从文件头开始，一个记录一个记录地顺序读取，直至找到要查找的记录为止。顺序文件的组织比较简单，只要把数据记录一个接一个地写到文件中即可。但维护困难，为了修改文件中的某个记录，必须把整个文件读入内存，修改完后再重新写入磁盘。顺序访问模式是专门用来处理文本文件的。文本文件中的每一行字符串是一条记录，每条记录可长可短，记录与记录之间是以换行符为分隔符号。其主要优点是占空间少，容易使用。

2. 随机访问模式

文件中的每条记录长度都相同，每条记录都有记录号，记录与记录之间不需特殊的分隔符。用户只要给出记录号，就可直接访问记录。与顺序模式相比，它的优点是存取速度快，更新容易，但占用空间较大。

3. 二进制访问模式

二进制文件是最原始的文件类型，它直接把二进制码存放在文件中，没有格式。二进制访问模式以字节数来定位数据，允许程序按所需的任何方式组织和访问数据，也允许对文件中各字节数据进行存取访问和改变。

# 5.2  文件的打开与关闭

在 Visual Basic 中，数据文件的操作按下述步骤进行：

（1）打开（或建立）文件。一个文件必须先打开或建立后才能使用。如果一个文件已经存在，则打开该文件；如果不存在，则建立该文件。

（2）进行读、写操作。在打开（或建立）的文件上执行所要求的输入输出操作。在文件处理中，把内存中的数据传输到相关联的外部设备（例如磁盘）并作为文件存放的操作叫做写数据，而把数据文件中的数据传输到内存中的操作叫做读数据。一般来说，在主存与外设的数据传输中，由主存到外设叫做输出或写，而由外设到主存叫做输入或读。

（3）关闭文件。

文件处理一般需要以上 3 步。在 Visual Basic 中，数据文件的操作通过有关的语句和函数来实现。

## 5.2.1  文件的打开

如前所述，在对文件进行操作之前，必须先打开或建立文件。Visual Basic 用 Open 语句打开或建立一个文件。其格式为：

Open 文件说明[For 方式][Access 存取类型][锁定]As[#]文件号 [Len=记录长度]

Open 语句的功能是：为文件的输入输出分配缓冲区，并确定缓冲区所使用的存取方式。

【说明】

（1）格式中的 Open、For、Access、As 以及 Len 为关键字，"文件说明"为要打开或要创建的文件名（包含路径），其他参量的含义如下：

① 方式：指定文件的输入输出方式，可以是下述操作之一：

Output：指定顺序输出方式。

Input：指定顺序输入方式。

Append：指定顺序输出方式。与 Output 不同的是，当用 Append 方式打开文件时，文件指针被定位在文件末尾。如果对文件执行写操作，则写入的数据附加到原来文件的后面。

Random：指定随机存取方式，也是默认方式。在 Random 方式中，如果没有 Access 子句，则在执行 Open 语句时，Visual Basic 试图按下列顺序打开文件：

● 读/写

● 只读

● 只写

Binary：指定二进制方式文件。在这种方式下，可以用 Get 和 Put 语句对文件中任何字节位置的信息进行读写。在 Binary 方式中，如果没有 Access 子句，则打开文件的类型与 Random 方式相同。

"方式"是可选的，如果省略，则为随机存取方式，即 Random。

②存取类型：放在关键字 Access 之后，用来指定访问文件的类型。可以是下列类型之一：

Read：打开只读文件。

Write：打开只写文件。

Read Write：打开读写文件。这种类型只对随机文件、二进制文件及用 Append 方式打开的文件有效。

"存取类型"指出了在打开的文件中所进行的操作。如果要打开的文件已由其他过程打开，则不允许指定存取类型，否则 Open 失败，并产生出错信息。

③锁定：该子句只在多用户或多进程环境中使用，用来限制其他用户或其他进程对打开的文件进行读写操作。锁定类型包括：

默认：如不指定锁定类型，则本进程可以多次打开文件进行读写。在文件打开期间，其他进程不能对该文件执行读写操作。

Lock Shared：任何机器上的任何进程都可以对该文件进行读写操作。

Lock Read：不允许其他进程读该文件。只在没有其他 Read 存取类型的进程访问该文件时，才允许这种锁定。

Lock Write：不允许其他进程写这个文件。只在没有其他 Write 存取类型的进程访问该文件时，才能使用这种锁定。

Lock Read Write：不允许其他进程读写这个文件。

如果不使用 Lock 子句，则默认为 Lock Read Write。

④文件号：是一个整型表达式，其值在 1～511 范围内。执行 Open 语句时，打开文件的文件号与一个具体的文件相关联，其他输入输出语句或函数通过文件号与文件发生关系。

⑤记录长度：是一个整型表达式。当选择该参量时，为随机存取文件设置记录长度。对于用随机访问方式打开的文件，该值是记录长度；对于顺序文件，该值是缓冲字符数。"记录长度"的值不能超过 32767 字节。对于二进制文件，将忽略 Len 子句。

在顺序文件中，"记录长度"不需要与各个记录的大小相对应，因为顺序文件各个记录的长度可以不相同。当打开顺序文件时，在把记录写入磁盘或从磁盘读出记录之前，"记录长度"指出要装入缓冲区的字符数，即确定缓冲区的大小。缓冲区越大，占用空间越多，文件的输入输出操作越快。反之，缓冲区越小，剩余的内存空间越大，文件的输入输出操作越慢。默认时缓冲区的容量为 512 字节。

（2）为了满足不同的存取方式的需要，对同一个文件可以用几个不同的文件号打开，每个文件号有自己的一个缓冲区。对于不同的访问方式，可以使用不同的缓冲区。但是，当使用 Output 或 Append 方式时，必须先将文件关闭，才能重新打开文件。而当使用 Input、Random 或 Binary 方式时，不必关闭文件就可以用不同的文件号打开文件。

（3）Open 语句兼有打开文件和建立文件两种功能。在对一个数据文件进行读、写、修改或增加数据之前，必须先用 Open 语句打开或建立该文件。如果为输入（Input）方式打开的文件不存在，则产生"文件未找到"错误；如果为输出（Output）、附加（Append）或随机（Random）访问方式打开的文件不存在，则建立相应的文件；此外，在 Open 语句中，任何一个参量的值如果超出给定的范围，则产生"非法功能调用"错误，而且文件不能被打开。

下面是一些打开文件的例子：

Open "Price.dat" For Output As #1

建立并打开一个新的数据文件，使记录可以写到该文件中。

Open "Price.dat" For Output As #1

如果文件"Price.dat"已存在，该语句打开已存在的数据文件，新写入的数据将覆盖原来的数据。

Open "Price.dat" For Append As #1

打开已存在的数据文件，新写入的记录附加到文件的后面，原来的数据仍在文件中。如果给定的文件名不存在，则 Append 方式可以建立一个新文件。

Open "Price.dat" For Input As #1

打开已存在的数据文件，以便从文件中读出记录。

以上例子中打开的文件都是按顺序方式输入输出。

Open "Price.dat" For Random As #1

按随机方式打开或建立一个文件，然后读出或写入定长记录。

Open "Records" For Random Access Read Lock Write As #1

为读取"Records"文件，以随机存取方式打开该文件。该语句设置了写锁定，但在 Open 语句有效时，允许其他进程读。

Open "c:\abc\abcfile.dat" For Random As #1 Len = 256

用随机方式打开 c 盘上 abc 目录下的文件，记录长度为 256 字节。

Filename$ ="ADtat.txt"

Open Filename$ For Append As #3

该例先把文件名赋给一个变量，然后打开该文件。

### 5.2.2  文件的关闭

文件的读写操作结束后，应将文件关闭，这可以通过 Close 语句来实现。其格式为：

Close[[#]文件号][,[#]文件号]……

【说明】

（1）"文件号"是 Open 语句打开文件时制定的文件号。

例：Close #1          '关闭文件号为 1 的文件

　　　Close #1,#2　　　　　'关闭文件号为 1 和 2 的文件
　　　Close　　　　　　　　'关闭所有已打开的文件
（2）除了用 Close 语句关闭文件外，在程序结束时将自动关闭所有打开的数据文件。

### 5.2.3　文件操作语句和函数

　　文件的主要操作是读和写，这些内容将在后面各章节介绍，本节主要介绍通用的语句和函数。这些语句和函数主要用于文件的读写操作。

1. FreeFile 函数

　　用 FreeFile 函数可以得到一个在程序中没有使用的文件号。当程序中打开的文件较多时，这个函数很有用。特别是当在通用过程中使用文件时，用这个函数可以避免使用其他 Sub 或 Function 过程中正在使用的文件号。利用这个函数，可以把未使用的文件号赋给一个变量，用这个变量作文件号，不必知道具体的文件号是多少。

　　【例 5.1】用 FreeFile 函数获取一个文件号。

```
Private Sub Form_Click()
 filename$ = InputBox$( "请输入要打开的文件名：")
 Filenum = FreeFile
 Open filename$ For Output As Filenum
 Print filename$; " opened as file # "; Filenum
 Close # Filenum
 End Sub
```

　　该过程把要打开的文件的文件名赋给变量 filename$（从键盘上输入），而把可以使用的文件号赋给变量 Filenum。程序运行后，在输入对话框中输入"datafile.dat"，单击"确定"按钮，程序输出：

```
datafile.dat opened as file # 1
```

2. LOF 函数

　　格式：

```
LOF(文件号)
```

　　LOF 函数返回给文件分配的字节数（即文件的长度），与 DOS 下用 Dir 命令所显示的数值相同。"文件号"的含义同前。在 Visual Basic 中，文件的基本单位是记录，每个记录的默认长度是 128 个字节。因此，对于由 Visual Basic 建立的数据文件，LOF 函数返回的将是 128 的倍数，不一定是实际的字节数。例如，假定某个文件的实际长度是 257（128×2+1）个字节，则用 LOF 函数返回的是 384（128×3）个字节。对于用其他编辑软件或字处理软件建立的文件，LOF 函数返回的将是实际分配的字节数，即文件的实际长度。

　　用下面的程序段可以确定一个随机文件中记录的个数：

```
RecordLength = 60
 open "c:\prog\Myrelatives" For Random As #1
 x = LOF(1)
 NumberOfRecords = x\RecordLength
```

3. EOF 函数

　　格式：

```
EOF(文件号)
```

EOF 函数用来测试文件的结束状态。"文件号"的含义同前。利用 EOF 函数，可以避免在文件输入时出现"输入超出文件尾"错误。因此，它是一个很有用的函数。在文件输入期间，可以用 EOF 测试是否到达文件末尾。对于顺序文件来说，如果已到文件末尾，则 EOF 函数返回 True，否则返回 False。

当 EOF 函数用于随机文件时，如果最后执行的 Get 语句未能读到一个完整的记录，则返回 True，这通常发生在试图读文件结尾以后的部分时。

EOF 函数常用来在循环中测试是否已到文件尾，一般结构如下：

```
Do While Not EOF(1)
'文件读写语句
Loop
```

# 5.3  顺序文件

在顺序文件中，记录的逻辑顺序与存储顺序相一致，对文件的读写操作只能一个记录一个记录地顺序进行。读操作是把文件中的数据读到内存，标准输入是从键盘上输入数据，而键盘设备也可以看作是一个文件。写操作是把内存中的数据输出到屏幕上，而屏幕设备也可以看作是一个文件。

## 5.3.1  顺序文件的写操作

前面讲过，数据文件的写操作分为 3 步，即打开文件、写入文件和关闭文件。其中打开文件和关闭文件分别由 Open 和 Close 语句来实现，写入文件由 Print #或 Write #语句来完成。

1.  Print #语句

格式：

Print #文件号,[[Spc(n)|Tab(n)][表达式表][;|,]]

Print #语句的功能是，把数据写入文件中。以前曾多次用到 Print 方法，Print #语句与 Print 方法的功能是类似的。Print 方法所"写"的对象是窗体、打印机或控件，而 Print #语句所"写"的对象是文件。

在上面的格式中，"文件号"的含义同前，数据被写入该文件号所代表的文件中。其他参量含义与 Print 方法中相同。例如：

Print #1,A,B,C

把变量 A、B、C 的值写到文件号为 1 的文件中。而

Print A,B,C

则把变量 A、B、C 的值"写"到窗体上。

【说明】

（1）格式中的"表达式表"可以省略。在这种情况下，将向文件中写入一个空行。

例如：

Print #1

（2）和 Print 方法一样，Print #语句中的各数据项之间可以用分号隔开，也可以用逗号隔开，分别对应紧凑格式和标准格式。数值数据由于前有符号位，后有空格，因此使用分号不会给以后读取文件造成麻烦。但是，对于字符串数据，特别是变长字符串数据来说，用分号分隔就有可能引起麻烦，因为输出的字符串数据之间没有空格。例如，设

A$="Beijing", B$ ="Shanghai", C$="Tianjin"

则执行

Print #1,A$;B$;C$

后，写到磁盘上的信息为"BeijingShanghaiTianjin"。为了使输出的各字符串明显地分开，可以人为地插入逗号，即改为：

Print #1,A$,",";B$,",";C$

这样写入文件中的信息为"Beijing,Shanghai,Tianjin"。

但是，如果字符串本身含有逗号、分号和有意义的前后空格及回车或换行，则须用双引号（ASCII 码为 34）作为分隔符。例如，执行

a$ = "Camera, Automatic"

b$ ="6784.1278"

Print #1,Chr$(34);a$;Chr$(34);Chr$(34);b$;Chr$(34)

写入文件的数据为："Camera,Automatic" "6784.1278"。

（3）实际上，Print #语句的任务只是将数据送到缓冲区，数据由缓冲区写到磁盘文件的操作是由文件系统来完成的。对于用户来说，可以理解为由 Print #语句直接将数据写入磁盘文件。但是，执行 Print #语句后，并不是立即把缓冲区中的内容写入磁盘，只有在满足下列条件之一时才写盘：

● 关闭文件（Close）；

● 缓冲区已满；

● 缓冲区未满，但执行下一个 Print #语句。

【例 5.2】编写程序，用 Print #语句向文件中写入数据。

```
Private Sub Form_Click()
    open "c:\temp\tel.dat" For Output As #1
    Tpname$ = InputBox$("请输入姓名：","数据输入")
    tptel$= InputBox$("请输入电话号码：","数据输入")
    tPaddr$ =InputBox$("请输入地址：","数据输入")
    Print # 1,Tpname$,tptel$,tPaddr$
    Close #1
End Sub
```

过程首先在 c 盘的 temp 目录下打开一个名为"tel.dat"的输出（Output）文件，文件号为1，然后在 3 个输入对话框中分别输入姓名、电话号码、地址，程序用 Print #语句把输入的数据写入文件"tel.dat"中。最后用 Close 语句关闭文件。

2. Write #语句

格式：

Write #文件号,表达式表

与 Print #语句一样，用 Write #语句可以把数据写入顺序文件中。

例如：

Write #1, A, B, C

变量 A、B、C 的值写入文件号为 1 的文件中。

【说明】

（1）当使用 Write #语句时，文件必须以 Output、Append 方式打开。"表达式表"中的各

项以逗号分开。

（2）Write #语句与 Print #语句的功能基本相同，其主要区别有以下两点：

①当用 Write #语句向文件写数据时，数据在磁盘上以紧凑格式存放，能自动地在数据间插入逗号，并给字符串加上双引号。一旦最后一项被写入，就插入新的一行。

②用 Write #语句写入的正数的前面没有空格。

【例 5.3】在磁盘上建立一个电话号码文件，存放单位名称和该单位的电话号码。

程序如下：

```
Private Sub Form_Click()
 open "a:\tel.dat" For Output As #1
 unit$ = InPutBox$("Enter unit : " )
While UCase(unit$ )<>"DONE"
 tel$ =InputBox$ ("Telephone number :")
 Write #1,unit$,tel$
unit$ =InputBox$("Enter unit :")
 Wend
 Close #1
 End
 End Sub
```

上述程序反复地从键盘上输入单位名称和电话号码，并写到磁盘文件"tel.dat"中，直到输入"DONE"为止。读者可以把用该程序建立的文件与前一个例子建立的文件进行比较，看它们有什么区别（用"记事本"查看）。

如果需要向电话号码文件中续加新的电话号码，则须把操作方式由 Output 改为 Append，即把 open 语句改为：

```
 open "a:\ tel.dat" For Append As #1
```

实际上，由于 Append 方式兼有建立文件的功能，因此最好在开始建立文件时就使用 Append 方式。

（3）如果试图用 Write #语句把数据写到一个用 Lock 语句限定的顺序文件中去，则会发生错误。由 Open 语句建立的顺序文件是 ASCII 文件，可以用字处理程序来查看或修改。顺序文件由记录组成，每个记录是一个单一的文本行，它以回车换行序列结束。每个记录又被分成若干个字段，这些字段是记录中按同一顺序反复出现的数据块。在顺序文件中，每个记录可以具有不同的长度，不同记录中的字段的长度也可以不一样。当把一个字段存入变量时，存储字段的变量的类型决定了该字段的开头和结尾。当把字段存入字符串变量时，下列符号标示该字符串的结尾：

- 双引号（"）：当字符串以双引号开头时；
- 逗号（,）：当字符串不以双引号开头时；
- 回车-换行：当字段位于记录的结束处时。

如果把字段写入一个数值变量，则下列符号标示出该字段的结尾：

- 逗号；
- 一个或多个空格；
- 回车-换行。

【例 5.4】从键盘上输入 4 个学生的数据，然后把它们存放到磁盘文件中。学生的数据包括姓名、学号、年龄、住址，用一个记录类型来定义。按下述步骤编写程序：

（1）执行"工程"菜单中的"添加模块"命令，建立标准模块，定义如下记录类型：

```
Type stu
stname As String *10
num As Integer
age As Integer
addr As String *20
End Type
```

将该模块以文件名"exam5_4.bas"存盘。

（2）在窗体层输入如下代码：

```
option Base 1
```

（3）编写如下的窗体事件过程：

```
Private Sub Form_Click()
Static stud() As stu
Open "c:\stu_list" For Output As #1
n = InputBox("Enter number of student :")
ReDim stud(n) As stu
For i = 1 To n
stud(i).stname = InputBox$(" Enter Name : ")
stud(i).num = InputBox(" Enter number : ")
stud(i).age = InputBox(" Enier age : ")
stud(i).addr = InputBox$(" Enter address :")
Write #1, stud(i).stname, stud(i).num, stud(i).age, stud(i).addr
Next i
Close #1
End
End Sub
```

将上述事件过程（在窗体中）以文件名"exam5_4.frm"存盘。整个程序以文件名"exam5_4.vbp"存盘。

程序运行后，在输入对话框中输入学生人数，键入 4 并单击"确定"按钮后，即开始输入每个学生的数据。4 个学生的数据输入完后，结束程序。此时屏幕上并没有信息输出，只是把从键盘上输入的数据写到磁盘文件中。可以在字处理软件中查看该文件的内容：

```
"王大力", 20011, 20, "3 号楼  204 室"
"张虹", 20012, 19, "3 号楼  205 室"
"向荣", 20013, 20, "3 号楼  208 室"
"钟华", 20014, 21, "3 号楼  209 室"
```

可以看出，由于是用 Write #语句执行写操作，文件中各数据项之间用逗号隔开，字符串数据放在双引号中。

## 5.3.2　顺序文件的读操作

顺序文件的读操作分 3 步进行，即打开文件、读数据文件和关闭文件。其中打开文件如前所述，读操作由 Input #语句和 Line Input #语句来实现。

1. Input #语句

格式：

Input #文件号,变量表

Input #语句从一个顺序文件中读出数据项，并把这些数据项赋给程序变量。例如：

Input #1, A,B,C

从文件中读出 3 个数据项，分别把它们赋给 A、B、C 三个变量。

【说明】

（1）"变量表"由一个或多个变量组成，这些变量既可以是数值变量，也可以是字符串变量或数组元素，从数据文件中读出的数据赋给这些变量。文件中数据项的类型应与 Input #语句中变量的类型匹配。

（2）在用 Input #语句把读出的数据赋给数值变量时，将忽略前导空格、回车或换行符，把遇到的第一个非空格、非回车和换行符作为数值的开始，遇到空格、回车或换行符则认为数值结束。对于字符串数据，同样忽略开头的空格、回车或换行符。如果需要把开头带有空格的字符串赋给变量，则必须把字符串放在双引号中。

（3）Input #与 InputBox 函数类似，但 InputBox 要求从键盘上输入数据，而 Input #语句要求从文件中输入数据，而且执行 Input #语句时不显示对话框。

（4）Input #语句也可用于随机文件。

【例 5.5】把前面建立的学生数据文件（stu_list）读到内存，并在屏幕（窗体）上显示出来。该程序的标准模块仍使用前面程序中的 exam5_4.bas，窗体层代码也与前一个程序相同。窗体事件过程如下：

```
Private Sub Form_Click()
    Static stud() As stu
    Open "c:\stu_list" For Input As #1
    n = InputBox(" enter number of student :")
    ReDim stud(n) As stu
    FontSize = 12
    Print "姓名"; Tab(20); "学号"; Tab(30); "年龄"; Tab(40); "住址"
    For i = 1 To n
    Input #1, stud(i).stname, stud(i).num, stud(i).age, stud(i).addr
    Print stud(i).stname; Tab(20); stud(i).num; Tab(30); stud(i).age; _
    Tab(40); stud(i).addr
    Next i
    Close #1
End Sub
```

该过程首先以输入方式打开文件 stu_list，它是前面一个程序建立的学生数据文件。数组定义方式与前面的程序相同。在 For 循环中，用 Input #语句读入 4 个学生的数据，并在窗体上显示出来。程序运行后，单击窗体，在输入对话框中输入 4，然后单击"确定"按钮，执行结果如图 5.3.1 所示。

在 Visual Basic 中，取消了早期 BASIC 版本中的 READ-DATA 语句，这给大量的数据输入造成诸多不便。当需要输入几十个、上百个甚至更多的数据时，如果用 InputBox 函数一个一个地输入，效率太低。这个问题可以通过 Input #语句从文件中读取数据来解决。

【例 5.6】编写程序，对数值数据排序。

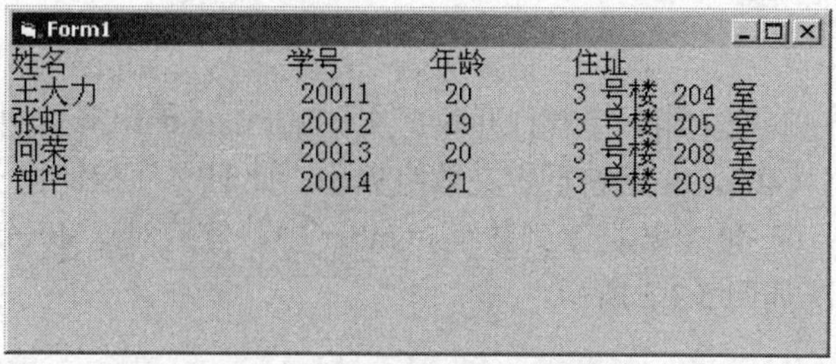

图 5.3.1　数据文件的读操作

排序有很多种方法。下面用冒泡法对数值数据排序。需要排序的数据放在一个数据文件中，名为 sortdata.dat，内容如下：

```
40
32 43 52 324 345 76 89 56 74 129
143 231 54 38 90 321 98 72 88 56
832 81 92 30 52 63 85 821 432 549
8 –23 546 –213 435 –9 567 856 30 784
```

文件中共有 41 个数值数据，第一个数据 40 表示数据个数，实际参加排序的有 40 个数据。各数据之间用空格或回车符分开。可以用任何字处理软件或编辑软件建立 sortdata.dat 文件（一般用"记事本"建立，如果用 Word 建立，则应保存为"纯文本"文件）。

在窗体层编写如下代码：

```
Option Base 1
```

编写如下事件过程：

```
Private Sub Form_Click()
Static number() As Integer
Open "c:\sortdata.dat" For Input As #1
Input #1, n
ReDim number(n) As Integer
FontSize = 12
For i = 1 To n
Input #1, number(i)
Next i
For i = n To 2 Step -1
For j = 1 To i - 1
If number(j) > number(j + 1) Then
temp = number(j + 1)
number(j + 1) = number(j)
number(j) = temp
End If
Next j
Next i
Close #1
```

```
For i = 1 To n
Print number(i);
If i Mod 10 = 0 Then Print
Next i
End Sub
```

上述过程先定义一个空数组，接着打开数据文件 sortdata.dat（该文件存放在 c 盘的根目录下），读取第一个数据（40），并用它重定义数组大小。此时文件指针位于第二个数据，For 循环从第二个数据开始，把 40 个数据读到数组 number 中，然后对这 40 个数值数据排序，并输出排序结果。执行情况如图 5.3.2 所示。

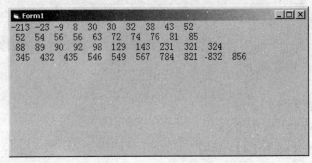

图 5.3.2　数值数据排序

2．Line Input #语句

格式：

Line Input #文件号,字符串变量

Line Input #语句从顺序文件中读取一个完整的行，并把它赋给一个字符串变量。"文件号"的含义同前。"字符串变量"是一个字符串简单变量名，也可以是一个字符串数组元素名，用来接收从顺序文件中读出的字符行。它可以读取顺序文件中一行的全部字符，直至遇到回车符为止。此外，对于以 ASCII 码存放在磁盘上的各种语言源程序，都可以用 Line Input #语句一行一行地读取。

Line Input #与 Input #语句功能类似，只是 Input #语句读取的是文件中的数据项，而 Line Input #语句读的是文件中的一行。Line Input #语句也可用于随机文件。Line Input #语句常用来复制文本文件。

【例 5.7】把一个磁盘文件的内容读到内存并在文本框中显示出来，然后把该文本框中的内容存入另一个磁盘文件。

首先用字处理程序（例如"记事本"）建立一个名为"smtextl.txt"的文件（该文件存放在 d 盘的根目录下），内容如下：

经五丈原

铁马云雕共绝尘，柳营高压汉宫春。

天清杀气屯关右，夜半妖星照渭滨。

下国卧龙空痛主，中原得鹿不由人。

象床宝帐无言语，从此樵周是老臣。

该文件有 5 行，输入时每行均以回车键结束。

在窗体上建立一个文本框，在属性窗口中把该文本框的 MultiLine 属性设置为 True，然后编写如下的事件过程：

```
Private Sub Form_Click()
Open "d:\smtext1.txt" For Input As #1
Text1.FontSize = 14
Text1.FontName = "幼圆"
Do While Not EOF(1)
Line Input #1, aspect$
whole$ = whole$ + aspect$ + Chr$(13) + Chr$(10)
Loop
Text1.Text = whole$
Close #1
Open "d:\smtext2.txt" For Output As #1
Print #1, Text1.Text
Close #1
End Sub
```

上述过程首先打开一个磁盘文件 smtext1.txt，用 Line Input #语句把该文件的内容一行一行地读到变量 aspect$ 中，每读一行，就把该行连到变量 whole$，加上回车换行符。然后把变量 whole$ 的内容放到文本框中，并关闭该文件。此时文本框中分行显示文件"smtext1.txt"的内容，如图 5.3.3 所示。之后，程序建立一个名为"smtext2.txt"的文件，并把文本框的内容写入该文件。程序运行结束后，文本框及两个磁盘文件中具有相同的内容。

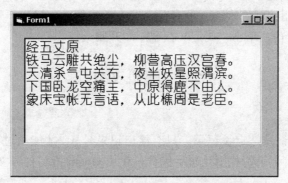

图 5.3.3   在文本框中显示文件内容

3.  Input$ 函数

格式：

Input$(n, #文件号)

Input$ 函数返回从指定文件中读出的 n 个字符的字符串。也就是说，它可以从数据文件中读取指定数目的字符。例如：

x$ = Input$(100,#1)

从文件号为 1 的文件中读取 100 个字符，并把它赋给变量 x$。

Input$ 函数执行所谓"二进制输入"。它把一个文件作为非格式的字符流来读取。例如，它不把回车-换行序列看作是一次输入操作的结束标志。因此，当需要用程序从文件中读取单个字符时，或者是用程序读取一个二进制的或非 ASCII 码文件时，使用 Input$ 函数较为适宜。

【例 5.8】编写程序，在文件中查找指定的字符串。

为了查找文件中指定的字符串，可以先打开文件，用 Input$(1,1)搜索要查找的字符串的首字符，再试着进行完整的匹配。更直观的做法是：把整个文件读入内存，放到一个变量中，然后从这个变量中查找所需要的字符串，这种方法不仅容易实现，而且效率更高。在 Visual Basic 6.0 中，一个字符串变量最多可存放约 21 亿个字符。

可以编写一个查找任何文件中指定字符串的通用程序。为了简单起见，这里编写查找 DOS 下批处理文件 autoexec.bat 中指定字符串的程序。不过，对它稍加修改，就可以变成通用程序。

程序如下：

```
Private Sub Form_Click()
Q$ = InputBox$("请输入要查找的字符串：")
Open "c:\autoexec.bat" For Input As #1
X$ = Input$(LOF(1),1)                    '把整个文件内容读入变量 X$中
Close
y = InStr(1,X$,Q$)
if y<>0 Then
Print "找到字符串" ;Q$
Else Print "未找到字符串"; Q$
End if
End Sub
```

该过程首先打开文件 autoexec.bat，用 Input$函数把整个文件读入内存变量 X$，然后用 InStr 函数在 X$中查找所需要的字符串（Q$）。如果找到了，则 y 的值不为 0；如果没有找到，则 y 值为 0。根据 y 的值输出相应的信息。程序运行后，单击窗体，显示一个输入对话框，在对话框中输入要查找的字符串，单击"确定"按钮后即开始查找。

# 5.4  随机文件

随机文件有以下特点：

（1）随机文件的记录是定长记录，只有给出记录号 n，才能通过"(n–1)×记录长度"计算出该记录与文件首记录的相对地址。因此，在用 Open 语句打开文件时必须指定记录的长度。

（2）每个记录划分为若干个字段，每个字段的长度等于相应的变量的长度。

（3）各变量（数据项）要按一定格式置入相应的字段。

（4）打开随机文件后，既可读也可写。

随机文件以记录为单位进行操作。在这一节中，"记录"兼有两个方面的含义，一个是记录类型，即用 Type...End Type 语句定义的类型；另一个是要处理的文件的记录。两者有联系，也有区别，要注意区分。

## 5.4.1  随机文件的打开与读写操作

随机文件与顺序文件的读写操作类似，但通常把需要读写的记录中的各字段放在一个记录类型中，同时应指定每个记录长度。

5.4.1.1　随机文件的写操作

随机文件的写操作分为以下 4 步:

**1. 定义数据类型**

随机文件由固定长度的记录组成, 每个记录含有若干个字段。记录中的各个字段可以放在一个记录类型中, 记录类型用 Type…End Type 语句定义。Type…End Type 语句通常在标准模块中使用, 如果放在窗体模块中, 则应加上关键字 Private。

**2. 打开随机文件**

打开随机文件与顺序文件不同, 打开一个随机文件后, 既可用于写操作, 也可用于读操作。打开随机文件的一般格式为:

Open"文件名称"For Random As #文件号 [Len = 记录长度]

"记录长度"等于各字段长度之和, 以字符 (字节) 为单位。如果省略"Len =记录长度", 则记录的默认长度为 128 个字节。

**3. 将内存中的数据写入磁盘**

随机文件的写操作通过 Put 语句来实现, 其格式为:

Put #文件号,[记录号],变量

这里的"变量"是除对象变量和数组变量外的任何变量 (包括含有单个数组元素的下标变量)。Put 语句把"变量"的内容写入由"文件号"所指定的磁盘文件中。

**【说明】**

(1)"记录号"的取值范围为 $1\sim2^{31}$-1, 即 $1\sim2147483647$。对于用 Random 方式打开的文件, "记录号"是需要写入的编号。如果省略"记录号", 则写到下一个记录位置, 即最近执行的 Get 或 Put 语句后或由最近的 Seek 语句所指定的位置。省略"记录号"后, 逗号不能省略。例如:

Put # 2,,Filebuff

(2) 如果所写的数据的长度小于在 Open 语句的 Len 子句中所指定的长度, Put 语句仍然在记录的边界后写入后面的记录, 当前记录的结尾和下一个记录开头之间的空间用文件缓冲区现有的内容填充。由于填充数据的长度无法确定, 因此最好使记录长度与要写的数据的长度相匹配。

(3) 如果要写入的变量是一个变长字符串, 则除写入变量外, Put 语句还写入两个字节的一个描述符, 因此, 由 Len 子句所指定的记录长度至少应比字符串的实际长度多两个字节。

(4) 如果要写入的变量是一个可变数值类型变量(VarType 值为 0~7), 则除写入变量外, Put 语句还要写入两个字节用来标记变体变量的 VarType。例如, 当写入 VarType 为 3 的变体时, Put 语句要写入 6 个字节:其中两个字节用来把变体标记为 3 (Long 型), 另外 4 个字节存放 Long 型数据。因此, 在 Len 子句中指出的记录长度至少应比存放变量所需要的实际长度多两个字节。

(5) 如果要写入的是其他类型的变量 (即非变长字符串或变体类型), 则 Put 语句只写入变量的内容, 由 Len 子句所指定的记录长度应大于或等于所要写的数据的长度。

**4. 关闭文件**

关闭文件的操作与顺序文件相同。

5.4.1.2　随机文件的读操作

从随机文件中读取数据的操作与写文件操作步骤类似, 只是把第三步中的 Put 语句用 Get

语句来代替。其格式为：

Get #文件号,[记录号],变量

Get 语句把由"文件号"所指定的磁盘文件中的数据读到"变量"中。"记录号"的取值范围同前，它是要读的记录的编号。如果省略"记录号"，则读取下一个记录，即最近执行的 Get 或 Put 语句后的记录，或由最近的 Seek 函数指定的记录。省略"记录号"后，逗号不能省略。例如：

Get #1, , FileBuff

Get 语句的其他说明，包括"文件号"、"变量"的含义以及在读变长字符串、变体变量时的一些规则，均与 Put 语句类似，不再重复。

下面通过一个例子说明随机文件的读写操作。

【例 5.9】建立一个随机存取的工资文件，然后读取文件中的记录。

为了便于说明问题，使用如表 5.4.1 所示的简单的文件结构。

表 5.4.1　简单的文件结构

| 姓名 | 单位 | 年龄 | 工资 |
|---|---|---|---|
| …… | …… | …… | …… |

按以下步骤操作：

（1）定义数据类型。工资文件的每个记录含有 4 个字段，其长度（字节数）及数据类型见表 5.4.2。

表 5.4.2　字段的长度及数据类型

| 项目 | 长度 | 类型 |
|---|---|---|
| 姓名（EmName） | 10 | 字符串 |
| 单位（Unit） | 15 | 字符串 |
| 年龄（Age） | 2 | 整型数 |
| 工资（Salary） | 4 | 单精度数 |

根据表 5.4.2 规定的字段长度和数据类型，定义记录类型。执行"工程"菜单中的"添加模块"命令，建立标准模块，在该模块中定义如下的记录类型：

```
Type RecordType
EmName As String * 10
Unit As String * 15
Age As Integer
Salary As Single
End Type
```

定义了上述记录类型后，可以在窗体层定义该类型的变量：

```
Dim recordvar As RecordType
```

（2）打开文件，并指定记录长度。

由于随机文件的长度是固定的，因此应在打开文件时用 Len 子句指定记录长度，如果不指定，则记录长度默认为 128 个字节。从前面可以知道，要建立的随机文件的每个记录的长度为 10+15+2+4＝31 个字节，因此可以用下面的语句打开文件：

Open "Employee.dat" For Random As #1 Len = 31

记录类型变量的长度就是记录的长度，可以通过 Len 函数求出来，即：

记录长度=Len(记录类型变量)=Len(recordvar)

因此，打开文件的语句可以改为：

Open"Employee.dat" For Random As #1 Len = Len(recordvar)

**注意**：上面语句中有两个 Len，其中等号左边的 Len 是 Open 语句中的子句，而等号右边的 Len 是一个函数。

（3）从键盘上输入记录中的各个字段，对文件进行读写操作打开文件后，就可以输入数据，并把数据记录写入磁盘文件，这可以通过下面的程序来实现：

```
recordvar.EmName = InputBox$("职工姓名：")
recordvar.Unit = InputBox$("所在单位：")
recordvar.Age = InputBox("职工年龄：")
recordvar.Salary = InputBox("职工工资：")
recordnumber = recordnumber +1
Put # 1,,recordvar
```

用上面的程序段可以把一个记录写入磁盘文件 Employee.dat。把这段程序放在循环中，就可以把指定数量的记录写入文件中。不必关闭文件，就可以从文件中读取记录。例如：

```
Get #1,,recordvar
```

（4）关闭文件。以上是建立和读取工资文件的一般操作，在具体编写程序时，应设计好文件的结构。下面给出完整的程序。

在标准模块中定义下面的记录类型：

```
Type RecordType
  EmName As String * 10
  Unit As String * 15
  Age As Integer
  Salary As Single
End Type
```

在窗体层定义记录类型变量和其他变量：

```
Dim recordvar As RecordType
Dim position As Integer
Dim recordnumber As Integer
```

编写如下通用过程，执行输入数据及写盘操作：

```
Sub File_Write()
 Do
 recordvar.EmName = InputBox$("职工姓名：  ")
 recordvar.Unit = InputBox$("所在单位：  ")
 recordvar.Age = InputBox("职工年龄：  ")
 recordvar.Salary = InputBox("职工工资：  ")
 recordnumber = recordnumber + 1
 Put #1, recordnumber, recordvar
 aspect$ = InputBox$(" More (Y / N) ")
 Loop Until UCase$(aspect$) = "N"
End Sub
```

随机文件建立后，可以从文件中读取数据。从随机文件中读数据有两种方法，一种是顺序读取，一种是通过记录号读取。由于顺序读取不能直接访问任意指定的记录，因而速度较慢。

编写如下通用过程，执行顺序读文件操作：

```
Sub File_read1()
Cls
FontSize = 12
For I = 1 To recordnumber
  Get #1, I, recordvar
  Print recordvar.EmName, recordvar.Unit,
  Print recordvar.Age, recordvar.Salary, Loc(1)
Next I
End Sub
```

该过程从前面建立的随机文件 Employee.dat 中顺序地读出全部记录，从头到尾读取，并在窗体上显示出来。

随机文件的主要优点之一，就是可以通过记录号直接访问文件中任一个记录，从而可以大大提高存取速度。在用 Put 语句向文件写记录时，就把记录号赋给了该记录。在读取文件时，通过把记录号放在 Get 语句中可以从随机文件取回一个记录。下面是通过记录号读取随机文件 Employee.dat 中任一记录的通用过程：

```
Sub File_read2()
Getmorerecords = True
Cls
FontSize = 12
Do
recordnum = InputBox(" 输入您想查看的记录号：  ( 0 to end ) : ")
If recordnum > 0 And recordnum <= recordnumber Then
Get #1, recordnum, recordvar
Print recordvar.EmName; " "; recordvar.Unit; " ";
Print recordvarAge; " "; recordvar.Salary; " "; Loc(1)
MsgBox "  单击确定按钮继续  "
ElseIf recordnum = 0 Then
Getmorerecords = False
Else
MsgBox " Input value out of range , re-enter it"
End If
Loop While Getmorerecords
End Sub
```

该过程在 Do…Loop 循环中要求输入要查找的记录号，如果输入的记录号在指定的范围内，则在窗体上输出相应记录的数据，当输入的记录号为 0 时结束程序；如果输入的记录号不在指定的范围内，则显示相应的信息，并要求重新输入。

上述 3 个通用过程分别用来建立随机文件、用顺序方式和通过记录号读取文件记录。在下面的窗体事件过程中调用这 3 个过程：

```
Private Sub Form_Click()
Open "c:\Employee.dat" For Random As #1 Len = Len(recordvar)
recordnumber = LOF(1) / Len(recordvar)
newline = Chr$(13) + Chr$(10)
msg$ = "1.建立文件"
```

```
    msg$ = msg$ + newline + "2.顺序方式读记录"
    msg$ = msg$ + newline + "3.通过记录号读文件"
    msg$ = msg$ + newline + "4.删除记录"
    msg$ = msg$ + newline + "0.退出程序"
    msg$ = msg$ + newline + newline + " 请输入数字选择：（0-4）"
begin:
    resp = InputBox(msg)
    Select Case resp
        Case 0
            Close #1
            End
        Case 1
            File_Write
        Case 2
            File_read1
            MsgBox "单击确定按钮继续"
        Case 3
            File_read2
        Case 4
            p = InputBox("输入记录号：")
            'deleterec (p)
        Case Else
            MsgBox "输入超出范围！请重新输入！"
    End Select
GoTo begin
End Sub
```

上述程序运行后，单击窗体，显示一个输入对话框，如图 5.4.1 所示。此时输入 0～3（暂时不输入 4）中任一数字，即可调用相应的通用过程执行随机文件的读写操作。

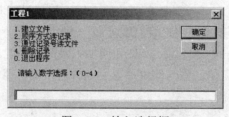

图 5.4.1　输入选择框

该程序可以执行 4 种操作，即写文件、顺序读文件、通过记录号读文件和删除文件中指定的记录。其中删除记录将在后面介绍。

程序的执行情况如下：

（1）程序运行后，单击窗体，显示输入对话框，在对话框中输入 1，单击"确定"按钮，调用 file_write 通用过程，执行写操作，输入表 5.4.3 中的数据。

表 5.4.3　程序中输入的数据

| 职工姓名 | 职工单位 | 职工年龄 | 职工工资 |
| --- | --- | --- | --- |
| 陈秀娟 | 计算机系 | 38 | 890 |
| 王修利 | 金融系 | 38 | 1009 |
| 李美好 | 图书馆 | 50 | 789 |

每输入完一个记录，都要询问"More(Y/N)?"键入"Y"继续输入，输入完最后一条记录后，键入"N"并单击"确定"按钮，退出 file_write 过程，回到如图 5.4.1 所示的对话框。

（2）输入 2，单击"确定"按钮，调用 file_read1 过程，顺序读取文件中的每个记录，并在窗体上显示出来，如图 5.4.2 所示。输出结果中的最后一列是记录号，单击信息对话框中的"确定"按钮，返回输入对话框。

图 5.4.2  顺序读取文件中的记录

（3）键入 3，单击"确定"按钮，调用 file_read2 过程，通过记录号读取文件记录，再键入 2，显示记录号为 2 的记录。

显示指定记录后，显示提示对话框，单击"确定"按钮继续，查找下一个记录。输入 0 结束，返回选择框。

### 5.4.2  随机文件记录的增加与删除

1. 增加记录

在随机文件中增加记录，实际上是在文件的末尾追加记录。其方法是，先找到文件最后一个记录的记录号，然后把要增加的记录写在后面。

前面的通用过程 file_write 具有建立文件和增加记录两种功能。运行前面的程序，出现对话框后键入 1，输入一条新记录。输入结束后返回选择对话框，键入 2 并确定后，可看到新增加的记录在原来记录的后面。

2. 删除记录

在随机文件中删除一个记录时，并不是真正的删除记录，而是把下一条记录重写到要删除的记录的位置，其后所有记录依次前移。

编写删除记录的通用过程如下：

```
Sub deleterec(position As Integer)
repeat:
Get #1, position + 1, recordvar
If Loc(1) > recordnumber Then GoTo finish
Put #1, position, recordvar
position = position + 1
Goto repeat
finish:
recordnumber = recordnumber + 1
End Sub
```

上述过程用来删除文件中某个指定的记录，参数 position 是要删除的记录的记录号。该过程后面的记录覆盖前面要删除的记录，其后的记录依次前移，移动完成后，最后的记录号减 1。

该过程是前面程序的一部分，可以在前面的事件过程中调用，把事件过程中"Case 4"后面的部分改为：

p=InputBox("输入记录号：")

Deleterec(p)

程序运行后，在选择对话框中输入 4，将显示一个对话框，要求输入要删除的记录的记录号，输入 2 并单击"确定"按钮，第 2 个记录即被删除，回到选择对话框，此时如果输入 2，单击"确定"按钮，即可看到第 2 个记录已被删除。

## 5.5　和文件系统有关的控件

在程序设计中，许多应用程序必须显示关于磁盘驱动器、目录和文件的信息。为使用户能够利用文件系统，Visual Basic 提供了两种选择。可以使用由 CommonDialog 控件提供的标准对话框，或者使用 DriverListBox、DirListBox 和 FileListBox 这三种特殊的控件的组合创建自定义对话框。

文件系统控件使用户能在应用程序中检查可用的磁盘文件并从中选择。若只需要标准的"打开文件"或"保存"对话框，则应考虑使用 CommonDialog 控件。

### 5.5.1　目录列表框控件、驱动器列表框控件和文件列表框控件

为了描述一个具体的文件，必须建立驱动器、目录和文件等系统资源的管理方式，因此在许多应用程序的设计和调用过程中需要通过目录列表框控件、驱动器列表框控件和文件列表框控件来共同显示关于磁盘驱动器、目录和文件的信息。驱动器列表框控件、目录列表框控件和文件列表框控件都属于文件系统控件。它们可以单独使用，在更多的情况下这三种控件是通过组合来使用的。

1. 重要属性

文件系统控件的重要属性见表 5.5.1。

表 5.5.1　文件系统控件的重要属性

| 属性 | 适用的控件 | 作用 | 示例 |
|---|---|---|---|
| Drive | 驱动器列表框 | 包含当前选定的驱动器名 | Drive.Drive="C" |
| Path | 目录和文件列表框 | 包含当前路径 | Dir1.Path="C:\WNT" |
| FileName | 文件列表框 | 包含选定的文件名 | MsgBoxFile1.FileName |
| Pattern | 文件列表框 | 决定显示的文件类型 | File1.Pattern="*.bmp" |

在表 5.5.1 所列的四个属性中，FileName 和 Pattern 属性能够在设计时设置，而 Drive 和 Path 属性只能在运行时设置，不能在设计状态设置。引用 FileName 属性时仅仅返回选定的文件名，需要用 Path 属性才能得到文件路径，但是在设置时文件名之前可以带路径。

2. 重要事件

文件系统控件的重要事件见表 5.5.2。

表 5.5.2　文件系统控件的重要事件

| 事件 | 适用的控件 | 事件发生的时机 |
|---|---|---|
| Change | 驱动器和目录列表框 | 驱动器的 Change 事件在选择一个新的驱动器或通过代码改变 Drive 属性的设置时发生；目录列表框的 Change 事件在双击一个新的目录或通过代码改变 Path 属性的设置时发生 |
| PathChange | 文件列表框 | 当文件列表框的 Path 属性改变时发生 |
| PatternChange | 文件列表框 | 当文件列表框的 Pattern 属性改变时发生 |
| Click | 目录和文件列表框 | 当鼠标单击时发生 |
| DblClick | 文件列表框 | 当鼠标双击时发生 |

【例 5.10】设计一个文件管理系统。当用户在文件列表框中单击可执行文件时运行该程序。

假定驱动器、目录和文件列表框的名称分别为 Drive1、Dir1 和 File1，组合框的名称为 Combo1，其 Style 属性为 2。界面如图 5.5.1 所示。

图 5.5.1　文件管理系统举例

三个文件系统控件必须协调工作才能构成一个文件管理系统。为了使它们之间能产生同步效果，需编写如下的事件过程。

```
'当用户在驱动器列表框选择一个新的驱动器后，Drive1 的 Drive 属性改变，触发 Change 事件
Sub Drive1_Change()
Dir1.Path = Drive1.Drive
End Sub
'当目录列表框的 Path 属性改变，触发 Change 事件
Sub Dir1_Change()
    File1.Path = Dir1.Path
End Sub
```

图 5.5.1 中的组合框用来决定文件列表框中显示的文件类型。当用户在组合框中选定文件类型后，文件列表框中就仅仅显示该类型的文件。组合框的选项在窗体的 Load 过程中装入，有关的过程代码如下：

```
Sub Form_Load()
    Combo1.AddItem "所有文件(*.*)"
    Combo1.AddItem "可执行程序文件(*.EXE)"
    Combo1.AddItem "位图文件(*.BMP)"
    Combo1.ListIndex = 0
End Sub
Private Sub Combo1_Click()
Select Case Combo1.Text
    Case "所有文件(*.*)"
        File1.Pattern = "*.*"
    Case "可执行程序文件(*.EXE)"
        File1.Pattern = "*.exe"
    Case "位图文件(*.BMP)"
        File1.Pattern = "*.bmp"
End Select
End Sub
```

当用户在文件列表框中单击某个可执行文件时，运行 File1_Click 事件过程，执行该文件，代码如下：

```
Private Sub File1_Click()
    fname = File1.Path & "\" & File1.FileName
    Print fname
    x = Shell(fname, 1)
End Sub
```

## 5.5.2 通用对话框控件

Visual Basic 6.0 提供了丰富的系统资源调用途径，通用对话框控件使用户可以通过对话框填写的方式来实现某些重要的系统操作，它提供了诸如打开和保存文件、设置打印选项、选择颜色和字体等操作的一组标准对话框；此外，在运行 Windows 帮助引擎时，控件还能够显示帮助。

CommonDialog 控件不是 Visual Basic 工具箱内的默认控件，需要在开发环境中选择 "工程/部件" 菜单命令，并在随即出现的对话框中选择 "Microsoft Common Dialog Control 6.0" 选项，将其添加到工具箱中，其大小不能改变。

在程序运行时，控件本身被隐藏。要在程序中显示通用对话框，必须对控件的 Action 属性赋予正确的值。

1. 通用对话框

（1）Action 属性。Action 属性和方法见表 5.5.3。

表 5.5.3　Action 属性和方法

| Action 属性 | 方法 | 说明 |
| --- | --- | --- |
| 1 | ShowOpen | 显示文件打开对话框 |
| 2 | ShowSave | 显示"另存为"对话框 |
| 3 | ShowColor | 显示"颜色"对话框 |
| 4 | ShowFont | 显示"字体"对话框 |
| 5 | ShowPrinter | 显示"打印"或"打印选项"对话框 |
| 6 | ShowHelp | 显示帮助对话框 |

（2）Font 属性集。包括 FontName（字体名）、FontSize（字体大小）、FontBold（粗体）、FontItalic（斜体）、FontStrikthru（删除线）和 FontUnderline（下划线）。

（3）CancelError 属性。通用对话框内有一个"取消"按钮，用于向应用程序表示用户想取消当前操作。当 CancelError 属性设置为 True 时，若用户单击"取消"按钮，通用对话框自动将错误对象 Err.Number 设置为 32755（cdlCancel）以便供程序判断。若 CancelError 属性设置为 False（缺省值），则单击"取消"按钮时不产生错误信息。

（4）DialogTitle 属性。每个通用对话框都有默认的对话框标题，DialogTitle 属性可由用户自行设计对话框标题栏上显示的内容，默认值为"打开"。

（5）Flags 属性。通用对话框的 Flags 属性可修改每个具体对话框的默认操作。

2．"打开"对话框

（1）FileName：该属性值为字符串，用于设置和得到用户所选的文件名（包括路径名）。

（2）FileTitle：该属性设计时无效，在程序中为只读，用于返回文件名。它与 FileName 属性不同，不包含路径。

（3）Filter：该属性用于过滤文件类型，使文件列表框中只显示指定类型的文件。可以在设计时设置该属性，也可以在代码中设置该属性。其格式为：

文件说明|文件类型

例如，如果想要在"打开"对话框的"文件类型"列表框中显示如图 5.5.2 所示的多种文件类型，则 Filter 属性应设置为：

Word 文档|*.doc|文本文件|*.txt |所有文件|*.*

（4）FilterIndex：FilterIndex 属性表示所定义的过滤器的索引值，第一个过滤器索引值为1。如图 5.5.2 中 FilterIndex=2。

（5）InitDir：该属性用来指定"打开"对话框中的初始目录。若显示当前目录，则该属性不需要设置。

使用"打开"对话框的步骤如下：

（1）在窗体上增加 CommonDialog 控件。

（2）在属性窗口中或设计代码来设置属性。

（3）使用 CommonDialog 控件的 ShowOpen 方法来显示"打开"对话框。

3．"另存为"对话框

有一个 DefaultExt 属性，它表示所存文件的默认扩展名。

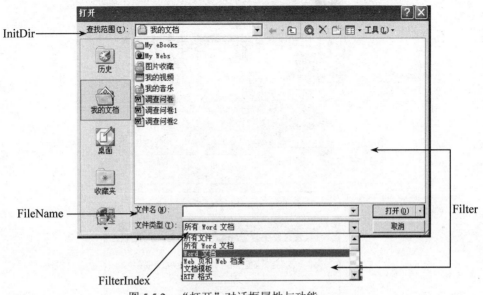

图 5.5.2　"打开"对话框属性与功能

4. "颜色"对话框

"颜色"对话框是当 Action 为 3 时的通用对话框，用来选择颜色，或者创建自定义颜色，如图 5.5.3 所示。

图 5.5.3　"颜色"对话框

Color 属性是"颜色"对话框最重要的属性，它返回或设置选定的颜色。当用户在调色板中选中某颜色时，该颜色值赋给 Color 属性。

5. "字体"对话框

"字体"对话框是当 Action 为 4 时的通用对话框，如图 5.5.4 所示，供用户选择字体的名字、样式、大小等。

在使用 CommonDialog 控件选择字体之前，必须设置 Flags 属性值。该属性通知 CommonDialog 控件是否显示屏幕字体、打印机字体或两者皆有。如果没有设置 Flags 属性值而直接使用 CommonDialog 控件，Visual Basic 将显示如图 5.5.5 所示的出错提示。

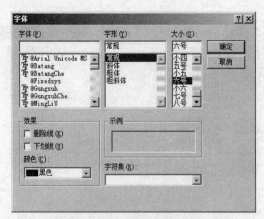

图 5.5.4　"字体"对话框

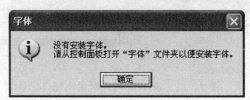

图 5.5.5　没有设置 Flags 属性

通用对话框用于字体操作时涉及到的重要属性有：

（1）Flags 属性。Flags 属性设置值见表 5.5.4。

表 5.5.4　"字体"对话框 Flags 属性设置值

| 常数 | 值 | 说明 |
| --- | --- | --- |
| cdlCFScreenFonts | &H1 | 屏幕字体 |
| cdlCFPrinterFonts | &H2 | 打印机字体 |
| cdlCFBoth | &H3（1+2） | 两种字体皆有 |
| cdlCFEffects | &H100 或（256D） | 出现删除线、下划线、颜色元素 |

（2）Color 属性。该属性值表示字体的颜色，要使用这个属性，必须使 Flags 含有 cdlCFEffects 值。Flags=cdlCFBoth or cdlCFEffects，也可用 Flags=&H103 表示该设置。

6. "打印"对话框

"打印"对话框是当 Action 为 5 时的通用对话框，仅仅是一个供用户选择打印参数的界面，所选参数存于各属性中，再由编程来处理打印操作。

重要属性有：

（1）Copies：该属性为整型值，指定打印份数。

（2）FromPage：打印时起始页号。

（3）ToPage：打印终止页号。

Printer 对象表示所安装的默认打印机，将 Print 方法的输出发送到 Printer 对象就可实现打印，EndDoc 方法可结束 Printer 对象的操作。

【例 5.11】通用对话框应用举例。运行初始效果如图 5.5.6 所示。

图 5.5.6　通用对话框应用举例

在窗体中设置 5 个命令按钮 Command1（打开）、Command2（另存为）、Command3（颜色）、Command4（字体）、Command5（打印），一个通用对话框 CommonDialog1，一个 RichTextBox 控件 RichTextBox1。程序代码如下：

```
Private Sub Command1_Click()
    On Error GoTo nofile '设置错误陷阱
    RichTextBox1.Text = ""
    CommonDialog1.InitDir = "C:\Windows"                '设置初始目录
    CommonDialog1.Filter = "所有文件(*.*)|*.*|文本文件(*.txt)|*.txt|RTF 格式文件(*.rtf)|*.rtf"
    '过滤文件类型
    CommonDialog1.FilterIndex = 1
    CommonDialog1.CancelError = True                    '控制 "取消" 按钮
    '以上三行代码可在设计时直接设置
    CommonDialog1.ShowOpen                              '或用 Action=1 显示文件打开对话框
    Open CommonDialog1.FileName For Input As #1         '打开文件
    Do While Not EOF(1)                                 '按行读出文件中所有内容
    Line Input #1, temp
    RichTextBox1.Text = RichTextBox1.Text & temp
    Loop
    Close #1
    Exit Sub                                            '正常退出本过程
nofile:                                                 '以下为错误处理
    If Err.Number = 32755 Then                          '单击 "取消" 按钮
    RichTextBox1.Text = "放弃操作"
    Else
    RichTextBox1.Text = "其他错误!"
    End If
End Sub
Private Sub Command2_Click()
    CommonDialog1.Filter = "所有文件(*.*)|*.*|文本文件(*.txt)|*.txt|RTF 格式文件(*.rtf)|*.rtf"
    CommonDialog1.ShowSave                              '或用 Action=2 显示文件另存为对话框
    Open CommonDialog1.FileName For Output As #1
    Print #1, RichTextBox1.Text
    Close #1
End Sub
```

```
Private Sub Command3_Click()
    CommonDialog1.CancelError = False
    CommonDialog1.ShowColor                              '或用 Action=3 打开"颜色"对话框
    RichTextBox1.SelColor = CommonDialog1.Color          '设置文本框内选定文本的颜色
End Sub
Private Sub Command4_Click()
    CommonDialog1.Flags = cdlCFBoth Or cdlCFEffects      '设置 Flags 值，也可写成 3 or 256
    CommonDialog1.ShowFont
    If CommonDialog1.FontName <> "" Then                 '如果选择了字体
    RichTextBox1.SelFontName = CommonDialog1.FontName     '设置文本框内选定文本的字体
    End If
    RichTextBox1.SelFontSize = CommonDialog1.FontSize     '设置选定文本的字体大小
    RichTextBox1.SelBold = CommonDialog1.FontBold         '设置选定文本的粗体字
    RichTextBox1.SelItalic = CommonDialog1.FontItalic     '设置选定文本的斜体字
    RichTextBox1.SelStrikeThru = CommonDialog1.FontStrikethru  '设置选定文本的删除线
    RichTextBox1.SelUnderline = CommonDialog1.FontUnderline    '设置选定文本的下划线
    RichTextBox1.SelColor = CommonDialog1.Color           '设置选定文本的颜色
End Sub
Private Sub Command5_Click()
    CommonDialog1.ShowPrinter                             '打开"打印"对话框
    For i = 1 To CommonDialog1.Copies
    Printer.Print RichTextBox1                            '打印文本框中的内容
    Next i
    Printer.EndDoc                                       '结束文档打印
End Sub
```

7. 帮助对话框

帮助对话框是当 Action 为 6 时的通用对话框，可以用于制作应用程序的联机帮助。帮助对话框本身不能建立应用程序的帮助文件，只能将已创建好的帮助文件从磁盘中提取出来，并与界面连接起来，达到显示并检索帮助信息的目的。

重要属性有：

（1）HelpCommand：该属性用于返回或设置所需要的联机 Help 帮助类型。有关类型请参阅 VB 帮助系统。

（2）HelpFile：该属性用于指定 Help 文件的路径及其文件名称。即找到帮助文件，再从文件中找到相应内容，显示在 Help 窗口中。

（3）HelpKey：该属性用于在帮助窗口中显示由该关键字指定的帮助信息。例如，如果想在标准帮助窗口中显示帮助文件 VB.HLP 中有关 CommonDialog Control 的帮助信息，那么应按如下要求设置属性：

```
CommonDialog1.HelpCommand = vbHelpContents           '帮助类型
CommonDialog1.HelpFile = "VB.HLP"                     '帮助文件
CommonDialog1.HelpKey = "Common Dialog Control"       '指定关键字
CommonDialog1.ShowHelp                               '打开帮助窗口
```

（4）HelpContext：返回或设置所需要的 HelpTopic 的 Context ID，一般与 HelpCommand 属性（设置为 vbHelpContents）一起使用，指定要显示的 HelpTopic。

【例5.12】编写一个应用程序，添加一个通用对话框控件和一个命令按钮控件。命令按钮 Caption 属性设置为"显示帮助系统"，在运行期间，当单击"显示帮助系统"按钮时，调用 notepad.hlp 文件，如图 5.5.7 所示。程序代码如下：

图 5.5.7　帮助对话框应用

```
Private Sub Command1_Click()
CommonDialog1.HelpCommand= cdlHelpContents
CommonDialog1.HelpFile = "C:\WINDOWS\Help\notepad.hlp"
CommonDialog1.HelpKey = "创建页眉、页脚"
CommonDialog1.ShowHelp
End Sub
```

# 习题五

## 一、选择题

1. 设在工程中有一个标准模块，其中定义了如下记录类型：

```
Type Books
NameAs String*10
TelNum As String*20
EndType
```

在窗体上画一个名为 Command1 的命令按钮，要求当执行事件过程 Command1_Click 时，在顺序文件 Person.txt 中写入一条记录。下列能够完成该操作的事件过程是（　　）。

A．
```
Private Sub Command1_Click()
Dim B As Books
Open "c:Werson.txt" For Output As #1
B.Name=InputBox("输入姓名")
B.TelNum=InputBox("输入电话号码")
Write #1,B.Name, B.TelNum
Close #1
End Sub
```

B．
```
Private Sub Command1_Click()
Dim B As Books
Open "c:Werson.txt" For Input As #l
```

```
            B.Name=InputBox("输入姓名")
            B.TelNum=InputBox("输入电话号码")
            Print #1, B.Name, B.TelNum
            Close #1
        End Sub
    C. Private Sub Command1_Click()
            Dim B As Books
            Open "c:Person.txt" For Output As #1
            B.Name=InputBox("输入姓名")
            B.TelNum=InputBox("输入电话号码")
            Write #1,B
            Close #l
        End Sub
    D. Private Sub Command1_Click()
            Open "c:Person.txt" For Input As #1
            Name=InputBox("输入姓名")
            TelNum=InputBox("输入电话号码")
        Print #1, Name, Telnum
        Close #1
        End Sub
```

2. 目录列表框的 Path 属性的作用是（    ）。
   A. 显示当前驱动器或指定驱动器上的目录结构
   B. 显示当前驱动器或指定驱动器上的某目录下的文件名
   C. 显示根目录下的文件名
   D. 显示该路径下的文件

3. 在 VB 中文件访问的类型有（    ）。
   A. 顺序，随机，二进制            B. 顺序，随机，字符
   C. 顺序，十六进制，随机          D. 顺序，记录，字符

4. 下列各类文件中，（    ）是对文件的编码方式而言的。
   A. 流式文件                      B. 有结构文件
   C. 二进制文件                    D. 数据文件

## 二、编程题

1. 在名称为 Form1 的窗体上建立两个单选按钮，名称分别为 Opt1 和 Opt2，标题分别为"100-200 之间素数"和"200-400 之间素数"，一个文本框，名称为 Text1，两个命令按钮，其名称分别为 Cmd1 和 Cmd2，标题分别为"计算"、"存盘"（如图 1 所示）。程序运行后，如果选中一个单选按钮并单击"计算"按钮，则计算出该单选按钮标题所指明的所有素数之和，并在文本框中显示出来。如果单击"存盘"按钮，则把计算结果存入 out.txt 文件中，该文件必须放在 c 盘根目录中。

**注意**：保存程序时窗体文件名为 wy7.frm，工程文件名为 wy7.vbp。

2. 在窗体上有一个名为 L1 的列表框，列表框中有若干的列表项（见图 2），通过属性窗口设置列表框的 MultiSelect 属性为 1。还有两个命令按钮，名称分别是 C1 和 C2，标题分别是"全选"和"存盘"。要求在程序运行时，单击 C1 按钮则将 L1 中的全部列表项选中，然后单击 C2 按钮，将 L1 中的全部列表项写入文本文件 out7.txt 中，并将 out7.txt 保存在 c 盘根目录下。

3. 在名称为 Form1 的窗体上建立一个文本框（名称为 Text1，Multiline 属性为 True，ScrollBars 属性为 2）和两个命令按钮（名称分别为 Cmd1 和 Cmd2，标题分别为"读入数据"和"保存数据"），如图 3 所示。程序运行后，如果单击"读入数据"按钮，则读入 in.txt（自己创建）文件中的 100 个整数，放入一个数组中（数组下界为 1），并在文本框 Text1 中显示出来；如果单击"保存数据"按钮，则把数组中的前 50 个数据在文本框 Text1 中显示出来，并存入考生文件夹中的文件 result.txt 中（考生文件夹中有标准模块 prog.bas，其中的 putdata 过程可以把指定个数的数组元素存入 result.txt 文件，考生可以把该模块文件添加到自己的工程中）。

**注意**：窗体文件名为 wy7.frm，工程文件名为 wy7.vbp，结果存入 result.txt 文件。

图 1

图 2

图 3

# 第6章 用户界面设计

本章介绍在 VB 中用户界面设计的工具和方法，包括：菜单、多文档界面（MDI）、工具栏、状态栏和 RichTextBox 控件等。并通过一个简易写字板系统实例加以综合应用，使读者通过学习，在界面的设计和应用程序的开发两方面都得到训练。

## 6.1 菜单设计

菜单是 Windows 应用程序设计中最重要的元素之一。菜单广泛存在于 Windows 应用程序中，它给用户提供了一种更加友好、直观的界面。菜单用于给命令进行分组，使用户能够更方便、更直观地访问这些命令。

### 6.1.1 菜单的基本结构

在实际应用中菜单分为两种基本类型：下拉式和弹出式两种。下拉式菜单位于窗口的顶部，弹出式菜单是独立于窗体菜单栏而显示在窗体内的浮动菜单。图 6.1.1 说明了下拉式菜单系统的组成结构。一般有一个主菜单，称为菜单栏，菜单栏出现在窗体的标题栏下面，包含一个或多个菜单名，每个菜单名以下拉列表形式包含若干个菜单项。菜单项可以包括菜单命令、分隔条和子菜单标题。只有菜单名没有菜单项的菜单称为"顶层菜单"。每个菜单命令对应一个应用程序，菜单命令项可以有热键与快捷键，而菜单名只能有热键。当选择子菜单标题时又会"下拉"出下一级菜单项列表，成为子菜单。Visual Basic 的菜单系统最多可达 6 层。

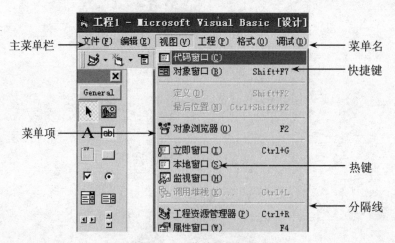

图 6.1.1 菜单的组成元素

一般来说，菜单都在窗口的顶部，但 Visual Basic 也支持弹出菜单。弹出菜单是独立于窗体菜单栏而显示在窗体内的浮动菜单，它能以灵活的方式为用户提供更加便利的操作，可以根据用户单击鼠标右键时的位置,动态地调整菜单项的显示位置,同时也改变菜单项的显示内容,因此弹出式菜单又称为"快捷菜单"。

### 6.1.2 创建下拉式菜单

#### 6.1.2.1 菜单编辑器

Visual Basic 提供的菜单编辑器可以非常方便地在应用程序的窗体上建立菜单。在设计状态,选择"工具/菜单编辑器"命令,就可打开"菜单编辑器"对话框,如图 6.1.2 所示。

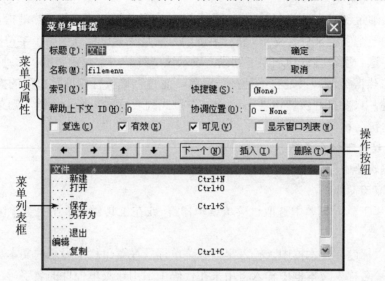

图 6.1.2 "菜单编辑器"对话框

在这个窗口中可以指定菜单结构,设置菜单项的 Caption、Enabled、Visible、Checked 属性以及其他属性。每一个菜单项都是一个控件对象,只有 Click 事件。菜单项最重要的属性是:

(1)Caption(标题)。用于设置应用程序菜单上出现的字符,它与控件的 Caption 属性类似。

(2)Name(名称)。用于定义菜单项的控件名,这个属性不会出现在屏幕上,在程序中用来引用该菜单项。

(3)Index(索引)。设置菜单控件数组的下标,相当于控件数组的 Index 属性。

1. 创建菜单项

创建菜单项的步骤如下:

(1)在"标题"栏输入该菜单项的文本。

(2)在"名称"栏输入程序中要引用该菜单项的名称(类似于控件的 Name)。

(3)单击"下一个"按钮或"插入"按钮,建立下一个菜单项。

(4)单击"确定"按钮,关闭"菜单编辑器"对话框。

菜单项的属性设置与通常控件属性设置类似。"复选"(Checked)框可使菜单项左边加上标记"√";"有效"(Enabled)框用于控制菜单项是否可被选择;"可见"(Visible)框决定菜单项是否可见。

菜单操作按钮中的上下箭头按钮可调整菜单项在菜单列表框中的排列位置，左右箭头按钮可调整菜单项的层次。在菜单列表框中，下级菜单项标题前比上一级菜单项多"...."标志。

**2. 分隔菜单项**

在菜单项很多的菜单上可以使用水平线将菜单项划分为一些逻辑组。在菜单编辑器中建立菜单分隔线的步骤与建立菜单项的步骤相似，唯一的区别就是在标题栏输入一个连字符（减号）"-"。

**3. 热键与快捷键**

如果需要通过键盘来访问菜单项，可以为菜单定义热键与快捷键。热键指使用 Alt 键和菜单项标题中的一个字符来打开菜单。建立热键的方法是在菜单标题的某个字符前加上一个&符号，在菜单中这一字符会自动加上下划线，表示该字符是一个热键字符。

快捷键与热键类似，只是它不是打开菜单，而是直接执行相应菜单项的操作。要为菜单项指定快捷键，只要打开快捷键（shortcut）下拉式列表框并选择一个键，则菜单项标题的右边会显示快捷键名称。

**6.1.2.2 建立下拉式菜单**

在菜单编辑器中创建菜单时，按以下步骤操作：

（1）选取该窗体。

（2）在"工具"菜单中选取"菜单编辑器"，或在工具栏上单击"菜单编辑器"按钮，打开菜单编辑器。

（3）在"标题"文本框中，输入第一个菜单标题在菜单栏上显示的文本。

（4）在"名称"文本框中输入将用来在代码中引用该菜单控件的名字。

（5）单击向右或向左箭头按钮，可以改变该控件的缩进级。

（6）如果需要的话，可以设置控件的其他属性。

（7）选取"下一个"按钮就可以再建一个菜单控件，或者单击"插入"按钮可以在现有的控件之间增加一个菜单控件，也可以单击向上与向下箭头按钮，在现有菜单控件之中移动菜单。

（8）最后，单击"确定"按钮关闭菜单编辑器。

**【例 6.1】** 参照 Windows 的记事本，建立一个有菜单功能的文本编辑器。

假定所要建立的菜单结构如表 6.1.1 所示，建立菜单大致可分成以下三个步骤：

（1）建立控件。本例中只要在窗体上放置一个文本框和一个通用对话框，并设置文本框的多行属性和滚动条。

（2）设计菜单。打开菜单编辑器，按表 6.1.1 对每一个菜单项输入标题、名称和选择相应的快捷键。

当完成所有输入工作后，菜单设计窗口如图 6.1.2 所示，单击"确定"按钮，就完成了整个菜单的建立工作。

（3）为事件过程编写代码。在菜单建立好以后，还需要编写相应的事件过程。本例中我们仅对"打开"菜单项编程，使用一个通用对话框，打开所选定的文本文件，并将文件内容传送到文本框。

表 6.1.1 文本编辑器菜单结构

| 标题 | 名称 | 快捷键 | 标题 | 名称 | 快捷键 |
|---|---|---|---|---|---|
| 文件 | FileMenu | | 编辑 | EditMenu | |
| ....新建 | FileNew | Ctrl+N | ....复制 | EditCopy | Ctrl+C |
| ....打开 | FileOpen | Ctrl+O | ....剪切 | EditCut | Ctrl+X |
| ....保存 | FileSave | Ctrl+S | ....粘贴 | EditPaste | Ctrl+V |
| ....另存为 | FileSaveAs | | | | |
| ....退出 | FileExit | | | | |

程序如下：

```
Private Sub FileOpen_Click()
    On Error GoTo nofile                              '设置错误陷阱
    CommonDialog1.Filter = "文本文件|*.txt"            '设置通用对话框的属性
    CommonDialog1.CancelError = True
    CommonDialog1.ShowOpen                            '显示文件"打开"对话框
    Text1.Text = ""                                   '清除文本框的内容
    Open CommonDialog1.FileName For Input As #1       '打开文件进行读操作
    Do While Not EOF(1)
        Line Input #1, inputdata                      '读一行数据到变量 inputdata
        Text1.Text = Text1.Text & inputdata & vbCrLf  'vbCrLf 为回车换行
    Loop
    Close #1                                          '关闭文件
    Exit Sub
nofile:                                               '错误处理
    If Err.Number = 32755 Then Exit Sub               '单击"取消"按钮
End Sub
```

### 6.1.3 动态菜单

如果需要随着应用程序的变化动态地增减菜单项，这就必须使用菜单控件数组。在"菜单编辑器"对话框，加入一个菜单项，将其索引（Index）项属性设置为 0，然后可以加入名称相同、Index 相邻的菜单项。也可以只有一个 Index 为 0 的选项，在运行时通过菜单控件数组名和索引值使用 Load 方法加入新的菜单项。使用 Unload 方法删除菜单项。

【例 6.2】使例 6.1 中的"文件"菜单能保留最近打开过的文件清单。

在例 6.1 的基础上，在"文件"菜单的"退出"选项前面（或后面）插入一个菜单项 RunMenu，设置索引属性为 0，使 RunMenu 成为菜单数组，Visible 属性设置为 False，再插入一个名为 bar3 的分隔线，Visible 属性也设置为 False。在菜单的最后加入名称为 MenuDel，标题为"删除菜单项"的菜单。效果如图 6.1.3 所示。

假定要保留的文件清单限定为 4 个文件名，设定一个全局变量 iMenucount 记录文件打开的数量，当 iMenucount 小于 5 时，每打开一个文件，就用 Load 方法向 RunMenu 数组加入动态菜单成员，并设置菜单项标题为所打开的文件名，对于第五个以后打开的文件不再需要加入数组元素，采用先进先出的算法刷新记录最先使用的动态菜单成员的标题。为简单起见，我们不考虑同名文件重复打开和动态菜单项标题排列顺序，代码如下：

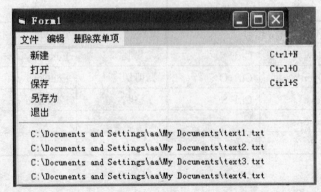

图 6.1.3　动态菜单效果

```
iMenucount=iMenucount+1                          '记录文件打开的数量
If iMenucount<5 Then                             '如果已打开的文件数量<5
    bar3.Visible=True                            '显示分隔线
    Load RunMenu(iMenucount)                     '装入新菜单项并显示对应文件名
    RunMenu(iMenucount).Caption=CommonDialog1.FileName
    RunMenu(iMenucount).Visible=True
Else
    '第五个以后的文件刷新数组控件第 i 项的标题
    i=iMenucount Mod 4
    If i=0 Then i=4
    RunMenu(i).Caption=CommonDialog1.FileName
End If
```

将上述代码段插入到例 6.1 FileOpen_Click 事件内语句 Close #l 与 Exit Sub 两行之间，并设置 iMenucount 为全局变量即可。

要删除所建立的动态菜单项，使用 Unload 方法，本例在菜单项 MenuDel_Click 事件中演示菜单项删除的编程思路，代码如下：

```
Private Sub MenuDel_Click()
    Dim n As Integer
If iMenucount>4 Then                             '如果文件数大于 4
    n=4
Else
    n=iMenucount
End If
For i=1 To n
    Unload RunMenu(i)                            '删除菜单项
Next i
iMenucount=0                                     '重置文件打开数
bar3.Visible=False                               '隐藏分隔线
End Sub
```

如果在退出本程序时将最近打开过的 4 个文件名保存到磁盘文件，下一次再启动本程序时从磁盘文件读出清单写入到数组，则程序就具有记忆功能了。

有关动态菜单项的操作可在 RunMenu_Click(Index As Integer)事件中编程完成。

### 6.1.4　弹出菜单

设计弹出菜单与设计一般的菜单类似，如果不希望菜单出现在窗口的顶部，只需将菜单名的 Visible 属性设置为 False，即在菜单编辑器内不选中"可见"复选框。Visual Basic 提供了 PopupMenu 方法来显示弹出菜单。当使用 PopupMenu 方法时，它忽略 Visible 属性的设置。

该方法的使用形式是：

[对象.]PopupMenu 菜单名[,标志,x,y]

其中：菜单名是必需的，其他参数是可选的。

x、y 参数指定弹出菜单显示的位置。

标志参数用于进一步定义弹出菜单的位置和性能，它可采用表 6.1.2 中的数值。可以选择位置值和性能值，将其用"或"运算符组合。结合 MouseDown 或 MouseUp 事件过程使用 PopupMenu 方法。

表 6.1.2　标志参数用于描述弹出菜单位置

| 分类 | 常数 | 值 | 说明 |
|------|------|----|------|
| 位置 | vbPopupMenuLeftAlign | 0 | x 位置确定弹出菜单的左边界（默认） |
|  | vbPopupMenuCenterAlign | 4 | 弹出菜单以 x 为中心 |
|  | vbPopupMenuRightAlign | 8 | x 位置确定弹出菜单的右边界 |
| 性能 | vbPopupMenuLeftButton | 0 | 只能用鼠标右键触发弹出菜单（默认） |
|  | vbPopupMenuRightButton | 2 | 能用鼠标左键和右键触发弹出菜单 |

例如，在例 6.1 中要加入有关"编辑"这部分菜单的弹出菜单功能，用鼠标右键单击 Text1 时能弹出 EditMenu 菜单中的菜单项，并以鼠标指针坐标 x 为弹出菜单的中心，可使用如下代码：

```
Private Sub Text1_MouseDown(Button As Integer,Shift As Integer,x As Single,y As Single)
    If Button=2 Then PopupMenu EditMenu,VbPopupMenuCenterAlign
End Sub
```

这里，Button=2 表示按下鼠标右键，EditMenu 为"编辑"菜单名，VbPopupMenuCenterAlign 指定弹出菜单的位置（可以使用数值&H4）。

**注意：** 在 VB 的文本框中，即使不编程也可以得到一个弹出式菜单。

如果要在各个控件对象上都能弹出 EditMenu 菜单，就需要在各个控件对象的 MouseDown 事件过程使用 PopupMenu 方法。

## 6.2　工具栏和状态栏

工具栏为用户提供了对于应用程序中最常用的菜单命令的快速访问，进一步增强应用程序的菜单界面，事实上已经成为 Windows 应用程序的标准功能。制作工具栏有两种方法：一是手工制作，即利用图形框和命令按钮制作，比较烦琐；另一种方法通过组合使用 ToolBar、ImageList 控件，使得工具栏制作与菜单制作一样简单易学。

状态栏 StatusBar 控件可显示各种状态信息。

使用这些控件前必须打开"工程/部件"对话框，选择 Microsoft Windows Common Controls 6.0，将控件添加到工具箱，见图 6.2.1。

创建工具栏的步骤如下：

（1）在 ImageList 控件中添加所需的图像。

（2）在 ToolBar 控件中创建 Button 对象。

（3）在 ButtonClick 事件中用 Select Case 语句对各按钮进行相应的编程。

在多文档界面（MDI）的应用程序开发中，工具栏和状态栏应放在 MDI 父窗体中。

### 6.2.1  在 ImageList 控件中添加图像

ImageList 控件不单独使用，专门为其他控件提供图像库，是一个图像容器控件。工具栏按钮的图像就是通过 ToolBar 控件从 ImageList 的图像库中获得的。

图 6.2.1   工具箱

在窗体上增加 ImageList 控件后，选中该控件，默认名为 ImageList1，再单击右键，从弹出菜单中选择"属性"，然后在"属性页"对话框中选择"图像"选项卡，如图 6.2.2 所示。

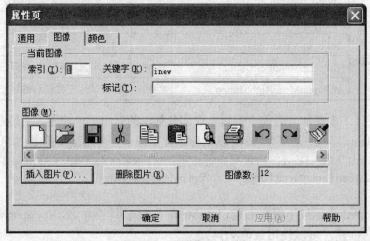

图 6.2.2   "图像"选项卡

其中：

"索引（Index）"表示每个图像的编号，在 ToolBar 的按钮中引用。

"关键字（Key）"表示每个图像的标识名，在 ToolBar 的按钮中引用。

"图像数"表示已插入的图像数目。

"插入图片"按钮，插入新图像，图像文件的扩展名为.ico、.bmp、.gif、.jpg 等。

"删除图片"按钮，删除选中的图像。

本例中，建立的 ImageList 控件名为"ImageList1"，参见图 6.2.2 中顺序装入的 12 个图像，使用添加图像的顺序号作为图像索引属性值，每个图像的属性见表 6.2.1。

表 6.2.1 ImageList1 控件与 ToolBar1 控件连接关系

| ImageList1 控件属性 | | | ToolBar1 控件属性 | | | | |
|---|---|---|---|---|---|---|---|
| 索引<br>Index | 关键字<br>Key | 图像<br>Bmp | 索引<br>Index | 关键字<br>Key | 样式<br>Style | 工具提示文本<br>ToolTipText | 图像<br>Image |
| 1 | INew | new | 1 | TNew | 0 | 新建 | 1 |
| 2 | IOpen | open | 2 | TOpen | 0 | 打开 | 2 |
| 3 | ISave | save | 3 | TSave | 0 | 保存 | 3 |
| 4 | ICut | cut | 4 | SPl | 3 | 说明:间隔 | |
| 5 | ICopy | copy | 5 | TCut | 0 | 剪切 | 4 |
| 6 | IPaste | paste | 6 | TCopy | 0 | 复制 | 5 |
| 7 | IPreview | preview | 7 | TPaste | 0 | 粘贴 | 6 |
| 8 | IPrint | print | 8 | TPreview | 0 | 预览 | 7 |
| 9 | IUndo | undo | 9 | TPrint | 0 | 打印 | 8 |
| 10 | IRedo | redo | 10 | TUndo | 0 | 撤销 | 9 |
| 11 | IPaint | paint | 11 | TRedo | 0 | 恢复 | 10 |
| 12 | IHelp | help | 12 | TPaint | 0 | 格式刷 | 11 |
| | | | 13 | THelp | 0 | 帮助 | 12 |

## 6.2.2 在 ToolBar 控件中添加按钮

ToolBar 工具栏可以建立多个按钮,每个按钮的图像来自 ImageList 对象中插入的图像。

### 1. 为工具栏连接图像

在窗体上增加 ToolBar 控件后,打开"属性页"对话框,选择"通用"选项卡,如图 6.2.3 所示。其中:

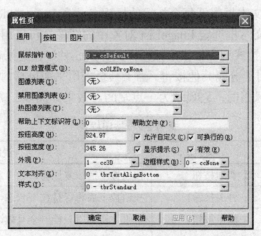

图 6.2.3 "通用"选项卡

"图像列表"下拉式列表框表示与 ImageList 控件的连接,此例选择 ImageList1 控件名。
"可换行的"复选框被选中表示当工具栏的长度不能容纳所有的按钮时,在下一行显示,否则剩余的不显示。

"样式"是 VB 6.0 新增的功能，用于设置工具栏的风格。0-tbrStandard 表示采用标准风格；1-tbrFlat 表示采用平面风格。

**注意**：当 ImageList 控件与 ToolBar 控件相关联后，就不能对其进行编辑。若要对 ImageList 控件进行增、删图像，必须先在 ToolBar 控件的"图像列表"下拉式列表框中设置"无"，也就是与 ImageList 切断联系，否则 VB 提示无法对 ImageList 控件进行编辑。

2. 为工具栏增加按钮

在设计时可在 ToolBar 控件的"属性页"对话框内，选择"按钮"选项卡，如图 6.2.4 所示，单击"插入"按钮可以在工具栏上插入 Button 对象。

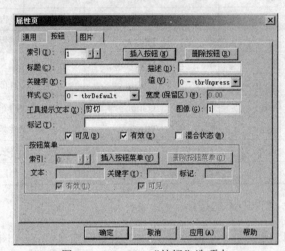

图 6.2.4　ToolBar"按钮"选项卡

该选项卡中主要属性有：

"索引（Index）"文本框表示每个按钮的数字编号，在 ButtonClick 事件中引用。

"关键字（Key）"文本框表示每个按钮的标识名，在 ButtonClick 事件中引用。

"图像（Image）"文本框选定 ImageList 对象中的图像，可以用图像的 Key 或 Index 值。

"样式（Style）"下拉式列表框指定按钮样式，共 5 种，含义见表 6.2.2。按钮样式取值为 3 时，该 Button 对象可用于分隔其他按钮。当工具栏采用平面风格时，它显示为一条细窄的竖线；当工具栏采用标准风格时，它显示为一点空间。效果如图 6.2.5 所示。

表 6.2.2　按钮样式

| 值 | 常数 | 按钮 | 说明 |
|---|---|---|---|
| 0 | tbrDefault | 普通按钮 | 按钮按下后恢复原态，如"新建"按钮 |
| 1 | tbrCheck | 开关按钮 | 按钮按下后将保持按下状态，如"加粗"按钮 |
| 2 | tbrButtonGroup | 编组按钮 | 一组按钮同时只能一个有效，如"左对齐"按钮 |
| 3 | tbrSeparator | 分隔按钮 | 把左右的按钮分隔开 |
| 4 | tbrPlaceholder | 占位按钮 | 用来安放其他按钮，可设置按钮宽度 |
| 5 | tbrDropDown | 菜单按钮 | 具备下拉式菜单，如 Word 中的"字符缩放"按钮 |

图 6.2.5　设计的工具栏效果

### 6.2.3　响应 ToolBar 控件事件

ToolBar 控件常用的事件有两个：ButtonClick 和 ButtonMenuClick。前者对应按钮样式为 0～2 的菜单按钮，后者对应样式为 5 的菜单按钮。

实际上，工具栏上的按钮是控件数组，单击工具栏上的按钮会发生 ButtonClick 事件或 ButtonMenuClick 事件，我们可以利用数组的索引（Index 属性）或关键字（Key 属性）来识别被单击的按钮，再使用 Select Case 语句完成代码编制。现以 ButtonClick 事件举例。

（1）用索引 Index 确定按钮。本例的部分程序段为：

```
Private Sub Toolbarl_ ButtonClick(ByVal Button As ComctlLib.Button)
Select Case Button.Index
Case 1                        ' "单击新建"按钮，执行新建过程，该过程代码在标准模块
     FileNewProc
Case 2                        ' "单击打开"按钮，执行打开过程
     FileOpenProc
…
End Select
End Sub
```

（2）用关键字 Key 确定按钮。使用关键字 Key 确定按钮必须在设计时为每个按钮设置标识名，即需要在图 6.2.4 所示的选项卡的"关键字"文本框中输入每个按钮的标识名。以下程序段与（1）中程序段作用相同，仅用 Button.Key 代替 Button.Index。

```
Private Sub Toolbarl_ButtonClick(ByVal Button As MSComctlLib.Button)
Select Case Button.Key
Case "TNew"
     FileNewProc
Case "TOpen"
     FileOpenProc
     …
End Select
End Sub
```

使用 Button.Key 程序可读性好，而且当按钮有增、删时，使用关键字不影响程序。

当单击菜单按钮时响应 ButtonMenuClick 事件，该事件形式如下：

```
Private Sub object_ButtonMenuClick([index As Integer,]ByVal ButtonMenu As ComctlLib.ButtonMenu)
…
End Sub
```

其中：index 表示菜单按钮在控件数组中的索引，ButtonMenu 表示对菜单按钮对象的引用。

### 6.2.4　状态栏

StatusBar 控件能够提供一个长方条，通常在窗体的底部，也可通过 Align 属性决定状态栏

出现的位置。状态栏一般用来显示系统信息和对用户的提示，例如，系统日期、软件版本、光标的当前位置和键盘的状态等。

1. 建立状态栏

设计时，在窗体上增加 Statusbar 控件后，打开其"属性页"对话框，选择"窗格"标签，如图 6.2.6 所示，就可进行所需的设计。

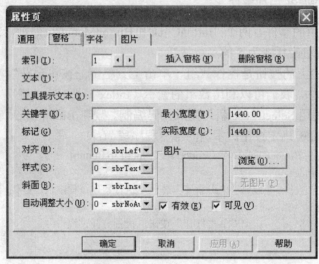

图 6.2.6　"窗格"选项卡

其中：

"插入窗格"按钮可以在状态栏增加新的窗格，最多可分成 16 个窗格。

"索引（Index）"、"关键字（Key）"文本框分别表示每个窗格的编号和标识。

"文本（Text）"文本框显示窗格上的文本。

"浏览"按钮可插入图像，图像文件的扩展名为.ico 或.bmp。

"样式（Style）"下拉式列表框指定系统提供的显示信息。

本例设置了 5 个窗格，见图 6.2.7。

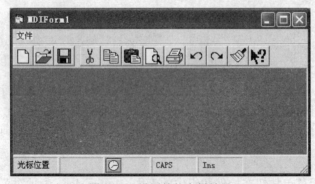

图 6.2.7　设置的状态栏效果

2. 运行时改变状态栏

运行时，能重新设置窗格 Panel 对象以反映不同的功能，这些功能取决于应用程序的状态和各控制键的状态。有些状态要通过编程实现，有些系统已具备。本例中第 2 个窗格的值要通过编程实现，动态地反映光标在文本框中的位置，第 3～5 个窗格不必编程。由于 RichTextBox1 控件在子窗体，而 StatusBar 控件在 MDI 窗体，子窗体代码段如下：

```
Private Sub RichTextBox1_Click()
'当单击文本框时，当前光标位置在状态栏的第 2 个窗格显示
    MDIform1.StatusBar1.Panels(2).Text=RichTextBox1.SelStart
End Sub
```

运行时还可以控制状态栏显示与否。本例"选项"菜单下的"状态栏"选项被选中，显示状态栏。当取消选中，状态栏不显示，如图 6.2.8 所示。

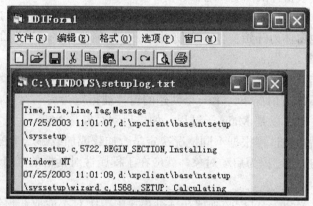

图 6.2.8　状态栏不显示

对应的代码段如下：

```
Private Sub mnuStatus_Click()
    If mnuStatus.Checked Then
        MDIform1.StatusBar1.Visible=False
        mnuStatus.Checked=False
    Else
        MDIform1.StatusBar1.Visible=True
        mnuStatus.Checked=True
    End If
End Sub
```

# 6.3　多重窗体设计

多重窗体是指一个应用程序中有多个并列的普通窗体，每个窗体可以有自己的界面和程序代码，完成不同的功能。多文档界面是指一个应用程序（父窗体）中包含多个文档（子窗体），绝大多数基于 Windows 的大型应用程序都是多文档界面，如 Microsoft Excel 和 Microsoft Word 等。多文档界面可同时打开多个文档，它简化了文档之间的信息交换。

## 6.3.1　有关语句与方法

当一个程序中需要多个界面时，如输入数据窗体、显示统计结果窗体及某些对话框等，

则需要用到多个窗体，称为多重窗体。

1. 添加窗体

用户可以通过"工程"菜单中的"添加窗体"命令或工具条上的"添加窗体"按钮来打开"添加窗体"对话框，选择"新建"选项卡新建一个窗体；选择"现存"选项卡把一个属于其他工程的窗体添加到当前工程中，这是因为每一个窗体都是以独立的 FRM 文件保存的。

但当添加一个已有的窗体到当前工程时，有两个问题要注意：

（1）该工程内的每个窗体的 Name 属性不能相同，否则不能将现存的窗体添加进来。

（2）在该工程内添加进来的现存窗体实际上在多个工程中共享，因此，对该窗体所做的改变，会影响到共享该窗体的所有工程。

在拥有多个窗体的程序中，要有一个开始窗体。系统默认窗体名为 Form1 的窗体为开始窗体，如要指定其他窗体为开始窗体，应使用"工程"菜单中"属性"命令。

2. 设置启动对象

一个应用程序若具有多个窗体，它们都是并列关系。在程序运行过程中，首先执行的对象被称为启动对象。缺省情况下，第一个创建的窗体被指定为启动对象，即启动窗体。启动对象既可以是窗体，也可以是 Main 子过程。如果启动对象是 Main 子过程，则程序启动时不加载任何窗体，以后由该过程根据不同情况决定是否加载或加载哪一个窗体。

如果要设置 Main 子过程为启动对象，就应在工程属性对话框的"启动对象"下拉列表框中选择"Sub Main"。

需要注意的是，Main 子过程必须放在标准模块中，绝对不能放在窗体模块内。

3. 有关窗体的语句、方法

一个窗体显示在屏幕上之前，该窗体必须先"建立"，接着被装入内存（Load），最后显示（Show）在屏幕上。同样，当窗体暂时不需要时，可以从屏幕上隐藏（Hide），直至从内存中删除（Unload）。

下面是有关窗体的语句和方法：

（1）Load 语句。该语句把一个窗体装入内存。执行 Load 语句后，可以引用窗体中的控件及各种属性，但此时窗体没有显示出来。用 Load 语句装入窗体，其形式如下：

Load 窗体名称

在首次用 Load 语句将窗体调入内存时依次发生 Initialize 和 Load 事件。

（2）Unload 语句。该语句与 Load 语句的功能相反，它从内存中删除指定的窗体。其形式如下：

Unload 窗体名称

Unload 的一种常见用法是 Unload Me，其意义是关闭窗体自己。在这里，关键字 Me 代表 Unload Me 语句所在的窗体。

在用 Unload 语句将窗体从内存中卸载时依次发生 QueryUnload 和 Unload 事件。

（3）Show 方法。该方法用来显示一个窗体，它兼有加载和显示窗体两种功能。也就是说，在执行 Show 时，如果窗体不在内存中，则 Show 自动把窗体装入内存，然后再显示出来。其形式如下：

[窗体名称. ]Show[模式]

其中："模式"用来确定窗体的状态，有 0 和 1 两个值。若"模式"为 1，表示窗体是

"模式型"（Modal），用户无法将鼠标移到其他窗口，也就是说，只有在关闭该窗体后才能对其他窗体进行操作，如 Office 软件中"帮助"菜单的"关于"命令所打开的对话框窗口即是这种窗口。若"模式"为 0，表示窗体是"非模式型"（Modaless），可以对其他窗口进行操作，如"编辑"菜单的"替换"对话框就是一个非模式对话框的实例。"模式"的默认值为 0。

省略窗体名称时默认为当前窗体。

当窗体成为活动窗口时发生窗体的 Activate 事件。

（4）Hide 方法。该方法用来将窗体暂时隐藏起来，但并没有从内存中删除。其形式如下：

[窗体名称.]Hide

省略窗体名称时默认为当前窗体。

4．不同窗体间数据的存取

不同窗体数据的存取分为两种情况：

（1）存取控件中的属性。在当前窗体中要存取另一个窗体中某个控件的属性，表示如下：

另一个窗体名.控件名.属性

例如，设置当前窗体 Forml 中的 Text1.Text 的值为 Form2 窗体中的 Text1、Text2 两个控件的数值和，实现的语句如下：

Text1.Text=Val(Form2.Text1)+Val(Form2.Text2)

（2）存取变量的值。这时，必须规定在要存取的窗体内声明的是全局（Public）变量，表示如下：

另一个窗体名.全局变量名

为了方便起见，要在多个窗体中存取的变量一般应放在标准模块（.BAS）内声明。

### 6.3.2 多重窗体程序设计

【例 6.3】输入学生五门课程的成绩，计算总分及平均分并显示。

本例有三个窗体 Forml、Form2、Form3，分别作为本应用程序的主窗体、输入和输出窗体名。还有一个标准模块 Module，存放多窗体间共用的全局变量声明。工程资源管理器窗口及各窗体界面如图 6.3.1 所示。

Forml 窗体，如图 6.3.1 所示，这是本应用程序的主窗体，运行后看到的第一个窗体。该窗体上有三个命令按钮。单击"输入成绩（cmdInput）"、"计算成绩（cmdcount）"按钮分别显示 Form2 和 Form3 窗体。

Form2 窗体，如图 6.3.1 所示，这是在主窗体上单击了"输入成绩"按钮后弹出的窗体。该窗体上有五个用于输入学生成绩的文本框（名称分别为 txtMath、txtPhysics、txtChemistry、txtChinese 和 txtEnglish）和一个"返回"按钮（名称为 cmdReturn）。

Form3 窗体，如图 6.3.1 所示，这是在主窗体上单击了"计算成绩"按钮后弹出的窗体。该窗体上有两个用于显示学生平均成绩和总分的文本框（名称分别为 txtAverage 和 txtTotal），以及一个"返回"按钮（名称为 cmdReturn）。

Module 标准模块存放多窗体间共用的全局变量声明，即：

Public sMath!,sPhysics!,sChemistry!,sChinese!,sEnglish!

 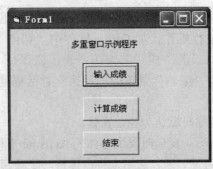

图 6.3.1　多重窗体示例

对于不同窗体间的显示，可利用 Show 和 Hide 方法，例如在当前主窗体要显示输入成绩窗体的事件过程如下：

```
Private Sub cmdInput_Click()
Forml.Hide                '隐藏主窗体
Form2.Show                '显示 Form2 窗体
End Sub
```

不同窗体间的数据存取可通过下述介绍的两种方法来实现。

方法一：通过标准模块内声明的全局变量。

Form2 窗体的 cmdReturn_Click 事件过程用于将文本框输入的值赋值给全局变量。

```
Private Sub cmdReturn_Click()
    sMath=Val(txtMath.Text)
    sPhysics=Val(txtPhysics.Text)
    sChemistry=Val(txtChemistry.Text)
    sChinese=Val(txtChinese.Text)
    sEnglish=Val(txtEnglish.Text)
    Form2.Hide
    Forml.Show
End Sub
```

Form3 窗体的 Form_Activate 事件过程用于计算总分和平均分，并显示。

```
Private Sub Form_Activate()
    Dim sTotal As Single
    sTotal=sMath+sPhysics+sChemistry+sChinese+sEnglish
    txtAverage.Text=sTotal/5
    txtTotal.Text=sTotal
End Sub
```

方法二：直接利用控件，在 Form3 窗体的 Form_Activate 事件过程实现同样的效果。

```
Private Sub Form_Activate()
    Dim Total As Single
    With Form2                    '在 Form3 窗体存取 Form2 窗体的控件
    Total=Val(.txtMath.Text)+Val(.txtPhysics.Text)+Val(.txtChemistry.Text)+_
    Val(.txtChinese.Text)+Val(.txtEnglish.Text)
    End With
    txtAverage.Text=Total/5
    txtTotal.Text=Total
End Sub
```

# 6.4 多文档界面设计

多文档界面由父窗体和子窗体组成，父窗体或称 MDI 窗体是作为子窗体的容器。子窗体或称文档窗体显示各自文档，所有子窗体具有相同的功能。这在基于 Windows 的 Office 软件中得到了充分使用。

多文档界面有如下特性：

（1）所有子窗体均显示在 MDI 窗体的工作区中。用户可改变、移动子窗体的大小，但被限制在 MDI 窗体中。

（2）当最小化子窗体时，它的图标将显示在 MDI 窗体上而不是在任务栏中。当最小化 MDI 窗体时，所有的子窗体也被最小化，只有 MDI 窗体的图标出现在任务栏中。

（3）当最大化一个子窗体时，它的标题与 MDI 窗体的标题一起显示在 MDI 窗体的标题栏上。

（4）MDI 窗体和子窗体都可以有各自的菜单，当子窗体加载时覆盖 MDI 窗体的菜单。

为了便于介绍和有利于读者的理解，现通过一个实例进行有关内容的叙述。

## 6.4.1 创建 MDI 父窗体及子窗体

开发多文档界面的一个应用程序至少需要两个窗体：一个（只能一个）MDI 窗体和一个（或若干个）子窗体。在不同窗体中共用的过程、变量应存放在标准模块中。

**1. 创建和设计 MDI 父窗体**

用户要建立一个 MDI 窗体，可以选择"工程"菜单中的"添加 MDI 窗体"命令。

MDI 窗体是子窗体的容器，在该窗体中可以有菜单栏、工具栏、状态栏，但不可以有文本框等控件。本例的 MDI 窗体名为"MDIForm1"，MDI 窗体上有菜单栏、工具栏和状态栏，都需要编程时自己建立，在该菜单下，有"新建"、"打开"、"保存"和"退出"四个菜单项。工具栏、状态栏的建立在后面几节中介绍。

**2. 创建和设计 MDI 子窗体**

MDI 子窗体主要是显示应用程序的文档，因此，在该窗体上应有文本框，也可以有菜单栏。

MDI 子窗体是一个 MDIChild 属性为 True 的普通窗体。因此，要创建一个 MDI 子窗体，应先创建一个新的普通窗体，然后将它的 **MDIChild** 属性设置为 True 即可。在工程管理器窗口可以看到，子窗体的图标与普通窗体的图标不同，如图 6.4.2 所示。若要建立多个子窗体，则重复进行上述操作。

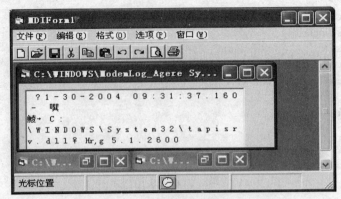

图 6.4.1　多文档界面

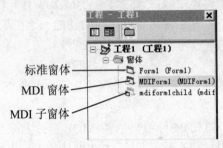

标准窗体 ——

MDI 窗体 ——

MDI 子窗体 ——

图 6.4.2　三种形式的窗体

　　显然，创建以文档为中心的应用程序，为了能在运行时提供若干个子窗体以存取不同的文档，则在设计时事先创建好若干个子窗体的方法是不可取的。一般可先创建一个子窗体作为这个应用程序文档的模板，然后通过对象变量来实现。本例中先建立了一个 Name 为"MDIform1Child"的窗体模板，则下面的语句：

```
Dim NewDoc As New MDIform1Child
```

就会为 frmMDIChild 建立一个新的实例 NewDoc，新实例具有与 MDIform1Child 窗体相同的属性、控件和代码。

　　**注意：** New 表示隐式地创建对象的关键字，关键字后应是"类名"。实际上，在工程中添加的窗体有着特殊性，它既是窗体类，也是窗体对象，与在窗体上建立的控件具有不同的性质。请比较下面的代码：

```
Dim NewDoc As New Form1          '声明并创建一个 NewDoc 窗体变量
Newdoc.show                      '新窗体显示在屏幕上
```

假定窗体上有个名为 Text1 的 TextBox，下述语句将产生错误：

```
Dim objText As New Text1         '该语句不能定义文本框对象
```

　　由于这个特殊性，使得应用程序在运行中可以打开若干个文档窗口。窗体程序运行时建立一个子窗体的程序代码如下：

```
Public Sub FileNewProc()
    Dim NewDoc As New MDIform1Child
    Static No As Integer
    No=No+1
    NewDoc.Caption="no"&No
```

NewDoc.Show　　　　　　　　　'显示子窗体

End Sub

每调用 FileNewProc 过程一次，则产生一个"MDIform1Child"的实例，效果如图 6.4.3 所示。

图 6.4.3　多文档窗口

本例的 MDI 子窗体的菜单栏有五个菜单，分别为"文件"、"编辑"、"格式"、"选项"和"窗口"，每个菜单有若干个菜单项。为了便于对文档实现不同字体、字号的混排和图形的插入，此例使用 RichTextBox 控件。

【说明】在 MDIform1 和 MDIform1Child 中均有"新建"菜单项，为减少代码的重复性，可将上述 FileNewProc 过程保存在标准模块中，供各窗体模块调用。

MDI 子窗体的设计与 MDI 窗体无关，但在运行时总是包含在 MDI 窗体中。在该子窗体上必须有存放文档的控件，也可有子窗体菜单。

### 6.4.2　加载与关闭 MDI 窗体及其子窗体

显示 MDI 窗体及其子窗体的方法是 Show。

加载子窗体时，其父窗体（MDI 窗体）会自动加载并显示。而加载 MDI 窗体时，其子窗体并不会自动加载。

MDI 窗体有 AutoShowChildren 属性，决定是否自动显示子窗体。如果它被设置为 True，则当改变子窗体的属性（如 Caption 等）后，会自动显示该子窗体，不再需要 Show 方法；如果设置 AutoShowChildren 为 False，则改变子窗体的属性值后，不会自动显示该子窗体，子窗体处于隐藏状态，直至用 Show 方法把它们显示出来。MDI 子窗体没有 AutoShowChildren 属性。

在代码中指定当前窗体的另一种方法是用 Me 关键字。用 Me 关键字来引用当前代码正在运行的窗体。当需要把当前窗体实例的引用参数传递给过程时，这个关键字很有用。

### 6.4.3　确定活动子窗体和活动控件

当程序运行时建立了一个子窗体的许多实例（副本）来存取多个文档，它们具有相同的属性和代码，如何操作特定的窗体和特定的控件，保持各自的状态信息，这对程序员来说是一个非常重要的问题。

在 VB 中，提供了访问 MDI 窗体的两个属性，即 ActiveForm 和 ActiveControl，前者表示具有焦点的或者最后被激活的子窗体，后者表示活动子窗体上具有焦点的控件。

例如，假设想从子窗体的文本框中把所选文本复制到剪贴板上，在应用程序的"编辑"菜单上有一个"复制"菜单项，它的 Click 事件调用 CopyProc 子过程，把选定的文本复制到剪贴板上，CopyProc 的代码如下：

```
Sub CopyProc()
        ClipBoard.SelText=MDIform1.ActiveForm.ActiveControl.SelText
End Sub
```

**注意**：当访问 ActiveForm 属性时，至少应有一个 MDI 子窗体被加载或可见，否则会返回一个错误。

# 6.5　制作简易写字板系统

## 6.5.1　任务和要求

1. 任务

创建一个文本编辑器。

2. 要求

- 能够编辑文本文档、RichText 文档，其文字处理能力类似于 Word。
- 具有打开文件、保存文件的功能。
- 具有剪切、复制、粘贴、设置文字的字体及大小、颜色、对齐等文字编辑功能。
- 字符串查找功能。
- 打印预览功能。

## 6.5.2　窗体设计

- 在窗体上设置主菜单。主菜单包括"文件"、"编辑"、"字体"、"字号"等七个菜单项，每个菜单项又有自己的下拉菜单。
- 在主菜单下添加一个工具栏，设有"新建"、"打开"、"保存"、"复制"、"剪切"、"粘贴"等按钮，运行后当鼠标光标置于某一按钮图标之上时，自动显示该按钮的键名。
- 文本处理使用 RichTextBox 控件。
- 窗体上配置一个 CommonDialog 控件和一个 ImageList 控件。

## 6.5.3　功能程序设计

1. 打开、保存和打印文件

打开、保存文件使用的是公用对话框（CommonDialog）。公用对话框是一种定制控件，提供了六种方法可以显示不同类型的对话框：

ShowOpen：显示打开文件对话框。

ShowSave：显示保存文件对话框。

ShowFont：显示"字体"对话框。

ShowColor：显示"颜色"对话框。

ShowPrinter：显示"打印"对话框。

ShowHelp：显示帮助对话框。

例如，打开文件时，使用对话框的 ShowOpen 方法，格式如下：

CommonDialog.ShowOpen

（1）打开文件。打开文件的程序设计如下：

```
Private Sub open_Click()
        Dim Rtffile As String
        CommonDialog1.Filter="text 文件(*.txt)|*.txt|rtf 文件(*.rtf)|*.rtf"
        CommonDialog1.FilterIndex=2
        CommonDialog1.ShowOpen
        Rtffile=CommonDialog1.FileName
        RichTextBox1.LoadFile Rtffile
End Sub
```

【说明】程序代码的第 2 行使用了 CommonDialog 控件的 Filter 属性。Filter 属性用于设定或返回文件的筛选标准，筛选规则的写法如下：

提示信息|筛选器

例如，设置筛选器只显示文本文件时，可写为：

CommonDialog1.Filter="文本文件(*.txt)|*.txt"

如果需要多种筛选器，则设置语句如下：

CommonDialog1.Filter="文本文件(*.txt)|*.txt|位图文件(*.bmp)|*.bmp"

设置的 Filter 属性可以在对话框中显示相应的文本类型列表。

程序代码的第 5 行使用了 CommonDialog 控件的 FileName 属性，FileName 属性用于设置或返回路径及文件名称。

程序代码的第 6 行使用了 RichTextBox 控件的 LoadFile 方法，可以将文本文件、Rtf 文件装入 RichTextBox 控件。格式如下：

RichTextBox1.LoadFile　文件名.文件类型

其中，文件类型参数如下：

rtfRTF：rtf 类型的文件。

rtfText：文本文件。

（2）保存文件。显示保存对话框使用的是对话框的 ShowSave 方法。

保存文件的程序设计如下：

```
Private Sub save_Click()
        Dim Rtffile As String
        CommonDialog1.Filter="text 文件(*.txt)|*.txt|rtf 文件(*.rtf)|*.rtf"
        CommonDialog1.FilterIndex=2
        CommonDialog1.ShowOpen
        Rtffile=CommonDialog1.FileName
        RichTextBox1.SaveFile Rtffile
        ab=False
End Sub
```

【说明】使用 RichTextBox 控件的 SaveFile 方法可以将 RichTextBox 控件上的文档存储为文件。语句格式如下：

RichTextBox1.SaveFile 文件名.文件类型

（3）打印功能。显示"打印"对话框用到的是 ShowPrinter 方法。

```
Private Sub print_Click()
        On Error GoTo Error
        CommonDialog1.ShowPrinter
        Error
End Sub
```

2. 编辑功能设计

文本编辑功能是通过 RichTextBox 控件的属性和方法进行设计的。

（1）选定文本颜色。程序中使用 RichTextBox 控件的 SelColor 属性返回或设置该控件中所选定文本颜色的值。程序设计如下：

● 黑色

```
Private Sub hei_Click()
        RichTextBox1.SelColor=RGB(0,0,0)
        RichTextBox1.SetFocus
        hong.Checked=Not hong.Checked
End Sub
```

● 红色

```
Private Sub hong_Click()
        RichTextBox1.SelColor=RGB(255,0,0)
        RichTextBox1.SetFocus
        hong.Checked=Not hong.Checked
End Sub
```

● 绿色

```
Private Sub lv_Click()
        RichTextBox1.SelColor=RGB(0, 255,0)
        RichTextBox1.SetFocus
        hong.Checked=Not hong.Checked
End Sub
```

● 蓝色

```
Private Sub lan_Click()
        RichTextBox1.SelColor=RGB(0,0,255)
        RichTextBox1.SetFocus
        hong.Checked=Not hong.Checked
End Sub
```

（2）文本字体样式。使用 RichTextBox 控件的下列属性设定该控件中所选定文本的字体样式。

SelBold：设置 RichTextBox1 控件中所选定文本的字体样式为粗体。

SelItalic：设置 RichTextBox1 控件中所选定文本的字体样式为斜体。

SelStrikethru：设置 RichTextBox1 控件中所选定文本的字体样式带删除线。

SelUnderline：设置 RichTextBox1 控件中所选定文本的字体样式带下划线。

程序设计如下：

- 粗体

```
Private Sub ht_Click()
    If ht.Checked Then
            ht.Checked =False
            RichTextBox1.SelBold=False
        Else
            ht.Checked=True
            RichTextBox1.SelBold=True
    End If
End Sub
```

- 下划线

```
Private Sub xhx_Click()
    If xhx.Checked Then
            xhx.Checked =False
            RichTextBox1.SelUnderline=False
        Else
            xhx.Checked=True
            RichTextBox1.SelUnderline=True
    End If
End Sub
```

- 斜体

```
Private Sub xt_Click()
    If xt.Checked Then
        xt.Checked =False
            RichTextBox1.SelItalic=False
        Else
            xt.Checked=True
            RichTextBox1.SelItalic=True
    End If
End Sub
```

- 删除线

```
Private Sub scx_Click()
    If scx.Checked Then
        scx.Checked =False
            RichTextBox1.SelStrikethru=False
        Else
            scx.Checked=True
            RichTextBox1.SelStrikethru=True
    End If
End Sub
```

（3）文本字体的大小。使用 RichTextBox 控件的 SelFontSize、SelFontName 属性指示文字的大小和文字的类型。例如：

```
RichTextBox.SelFontSize＝20
RichTextBox.SelFontName＝"幼圆"
```

即选择文字大小为 20 磅、文字的类型为"幼圆"。

程序设计代码如下：

- 8 磅

```
Private Sub ba_Click()
        RichTextBox1.SelFontSize=8
        RichTextBox1.SetFocus
        ba.Checked=Not ba.Checked
End Sub
```

- 20 磅

```
Private Sub es_Click()
        RichTextBox1.SelFontSize=20
        RichTextBox1.SetFocus
        ba.Checked=Not ba.Checked
End Sub
```

- 12 磅

```
Private Sub se_Click()
        RichTextBox1.SelFontSize=12
        RichTextBox1.SetFocus
        ba.Checked=Not ba.Checked
End Sub
```

- 16 磅

```
Private Sub sl_Click()
        RichTextBox1.SelFontSize=16
        RichTextBox1.SetFocus
        ba.Checked=Not ba.Checked
End Sub
```

- 标准

```
Private Sub bz_Click()
        RichTextBox1.SelBold=True
        RichTextBox1.SelFontSize=9
        RichTextBox1.SetFocus
        bz.Checked=Not bz.Checked
End Sub
```

（4）对齐。使用 RichTextBox 控件的 SelAlignment 属性实现文本段落的对齐方式。

程序设计如下：

- 居中对齐

```
Private Sub center_Click()
        RichTextBox1.SelAlignment=2
End Sub
```

- 左对齐

```
Private Sub center_Click()
        RichTextBox1.SelAlignment=0
End Sub
```

- 右对齐

```
Private Sub center_Click()
        RichTextBox1.SelAlignment=1
End Sub
```

（5）剪切、复制、粘贴和删除。使用 Windows 剪贴板对象可以实现应用程序和剪贴板之间的数据交换，从而实现图形或文本的剪切、复制和粘贴。这里介绍与文本编辑时进行剪切、复制和粘贴有关的几种方法。

Clear 方法：用于清除 Windows 剪贴板中已有的内容。

SetText 方法：将文本信息发送到剪贴板，使用如下格式：

Clipboard.SetText Data,format

其中，Data 是发送到剪贴板的字符信息，format 表示数据格式。例如，format 的取值为 vbCFRTF 时，表示数据 3，为 rft 文件格式；format 的取值为 vbCFText 时，表示数据为文本。

将字符串发送到剪贴板的代码如下：

Clipboard.SetText RichTextBox1.SelText

GetText 方法：用于从剪贴板上获得文本数据，使用如下格式：

Clipboard.GetText(format)

其中参数 format 的取值与 SetText 相同。将剪贴板的字符串发送到 RichTextBox 的代码如下：

```
If Clipboard.GetFormat(vbCFRTF) Then
    RichTextBox.SelText=Clipboard.GetData(vbCFRTF)
ElseIf Clipboard.GetFormat(vbCFText) then
    RichTextBox.SelText= Clipboard.GetText
End If
```

程序代码设计如下：

- 复制

```
Private Sub copy_Click()
    Clipboard.SetText RichTextBox1.SelText
End Sub
```

- 剪切

```
Private Sub cut_Click()
    Clipboard.SetText RichTextBox1.SelText
    RichTextBox1.SelRTF=""
End Sub
```

- 粘贴

```
Private Sub paste_Click()
    If Clipboard.GetFormat(vbCFRTF) Then
        RichTextBox1.SelText=Clipboard.GetText
    ElseIf Clipboard.GetFormat(vbCFText) Then
        RichTextBox1.SelText=Clipboard.GetText
    End If
End Sub
```

- 删除

```
Private Sub del_Click()
    RichTextBox1.SelText=""
```

End Sub

（6）查找功能。使用 RichTextBox 控件的 Find 方法可以查找字符串，而 GetLineFromChar 方法返回查找字符串的位置。

例如，从起始文字（0）开始查找字符串"abc"，将找到的字符串返回给 n1，找不到字符串返回-1，并将找到的字符串反色显示，同时 GetLineFromChar 方法将找到的字符串位于窗口的那一行赋给变量 line。程序代码如下：

```
N1= RichTextBox1.Finde("abc",0)
Line= RichTextBox1.GetLineFromChar(n1)
```

● 查找

```
Private Sub find_Click()
    findstr=InputBox("请输入字符串：", "输入",RichTextBox1.SelText)
    If Len(findstr)>0 Then
        RichTextBox1.find findstr, 0
        findpos= RichTextBox1.SelStart +1
        findN.Enabled=True
    End If
End Sub
```

● 查找下一个

```
Private Sub findN_Click()
    If Len(findstr)>0 Then
        RichTextBox1.find findstr, findpos
        findpos= RichTextBox1.SelStart +1
    End If
End Sub
```

### 6.5.4 工具栏设计

在工具栏上根据需要可以配置多个按钮，工具栏上的按钮能够和命令按钮（CommandBotton）一样感应鼠标的各种事件。其中最重要的事件是 ToolBar 控件的 ButtonClick 事件。如果将工具栏上的按钮依次按 1～n 编号，则在代码设计中使用

If Button.Index=1 Then 处理 1

语句格式，可以确定按钮 1 所进行的处理。也可以使用 Select 语句编写 ButtonClick 事件过程。程序代码如下：

```
Private Sub ToolBar1_ButtonClick()
    Select Case Button.Index
        Case 1
            处理 1
        Case 2
            处理 2
        ……
    End Select
End Sub
```

我们也可以在设计时给每个按钮设定一个"键名"，使用键名和 Select 语句编写的事件过程则更简明。例如：

```
Private Sub ToolBar1_ButtonClick()
    Select Case Button.key
        Case Is="A 按钮"
            处理 1
        Case Is="B 按钮"
            处理 2
    ……
    End Select
End Sub
```

文本编辑器中工具栏的程序设计如下：

```
Private Sub Toolbar1_ButtonClick(By Val Button As MSComctLib.Button)
    Select Case Button.Index
        Case 1
            new_Click
        Case 2
            open_Click
        Case 3
            save_Click
        Case 4
            cut_Click
        Case 5
            copy_Click
        Case 6
            paste_Click
        Case 7
            del_Click
        Case 8
            find_Click
        Case 9
            left_Click
        Case 10
            center_Click
        Case 11
            right_Click
        Case 12
            ht_Click
        Case 13
            xhx_Click
        Case 14
            xt_Click
        Case 15
            scx_Click
        Case 16
            about_Click
    End Select
End Sub
```

### 6.5.5 初始化和其他功能

初始化中包括了对主窗体的设计和编辑器中其他功能的设计。设计程序如下：

```
Dim findstr As String
Dim findpos As Integer
Dim ab As Boolean
```

● 帮助

```
Private Sub about_Click()
    frmAbout.Show
End Sub
Private Sub Form_Load()
    RichTextBox1.Width=form1.Width-300
    RichTextBox1.Height=form1.Height-1800
    ab=True
End Sub
Private Sub Form_Resize()
    RichTextBox1.Width=form1.Width-300
    RichTextBox1.Height=form1.Height-1800
End Sub
Private Sub many_Click()
    CommonDialog1.ShowColor
    RichTextBox1.SelColor= CommonDialog1.Color
End Sub
```

● 新建

```
Private Sub new_Click()
    RichTextBox1.Text=""
End Sub
```

● 退出

```
Private Sub exit_Click()
    Dim stat As Integer
    If ab Then
        stat=MsgBox("文件已被修改，是否保存？ ",vbYesNo Or vbQuestion, "警告")
    End If
    If stat=6 Then
      save_Click
      Unload Me
End Sub
```

# 习题六

## 一、选择题

1. 以下叙述中错误的是（　　）。

　　A．在同一窗体的菜单项中，不允许出现标题相同的菜单项

　　B．在菜单的标题栏中，"&" 所引导的字母指明了访问该菜单项的访问键

  C．程序运行过程中，可以重新设置菜单的 Visible 属性

  D．弹出式菜单也在菜单编辑器中定义

2．设在菜单编辑器中定义了一个菜单项，名为 menul。为了在运行时隐藏该菜单项，应使用的语句是（　　）。

  A．menul.Enabled=True     B．menul.Enabled=False

  C．menul.Visible=True     D．menul.Visible=False

3．以下叙述中错误的是（　　）。

  A．在程序运行时，通用对话框控件是不可见的

  B．在同一程序中，用不同的方法（如ShowOpen或ShowSave等）打开的通用对话框具有不同的作用

  C．调用通用对话框控件的ShowOpen方法，可以直接打开在该通用对话框中指定的文件

  D．调用通用对话框控件的ShowColor方法，可以打开"颜色"对话框

4．在用通用对话框控件建立打开或保存文件对话框时，如果需要指定文件列表框所列出的文件类型是文本文件（即txt文件），则正确的描述格式是（　　）。

  A．"text(.txt)|(*.txt)"     B．"文本文件(.txt)|(*.txt)"

  C．"text(.txt)|| (*.txt)"     D．"text(.txt)(*.txt)"

5．以下叙述中错误的是（　　）。

  A．一个工程中只能有一个Sub Main过程

  B．窗体的Show方法的作用是将指定的窗体装入内存并显示该窗体

  C．窗体的Hide方法和Unload方法的作用完全相同

  D．若工程文件中有多个窗体，可以根据需要指定一个窗体为启动窗体

6．以下叙述中错误的是（　　）。

  A．一个工程中可以包含多个窗体文件

  B．在一个窗体文件中用Private定义的通用过程能被其他窗体调用

  C．在设计VB程序时，窗体、标准模块、类模块等需要分别保存为不同类型的磁盘文件

  D．全局变量必须在标准模块中定义

7．以下是MDI子窗体在运行时特性的叙述，错误的是（　　）。

  A．子窗体在MDI窗体的内部区域显示

  B．子窗体在MDI窗体的外部区域显示

  C．当子窗体最小化时，它的图标在MDI窗体内显示

  D．当子窗体最大化时，其标题与 MDI 窗体标题合并，并显示在 MDI 窗体的标题栏中

8．MDI应用程序的主窗体和子窗体分别有各自的菜单。当运行该MDI应用程序，并打开一个窗体后，在MDI主窗体的菜单条上显示的是（　　）。

  A．MDI主窗体上定义的菜单

  B．MDI子窗体上定义的菜单

  C．MDI主窗体菜单和子窗体菜单的简单组合

  D．MDI 主窗体菜单和子窗体菜单组合到一起，且相同的部分不重复出现

9．菜单控件仅支持以下（　　）事件。

    A．Click       B．MouseDown      C．KeyPress     D．Load

10．以下说法正确的是（   ）。

    A．通过改变属性窗口中的name属性，来改变窗体的标题

    B．Private表示此过程只可被本工程中的其他过程调用

    C．在多文档应用中，每次只能有一个活动的子窗体可以进行输入/编辑

    D．列表框包含了组合框的功能

## 二、综合题

1．在名称为 Form1 的窗体上建立两个主菜单，其标题分别为"文件"和"帮助"，名称分别为 vbFile 和 vbHelp。在"文件"菜单下有三个子菜单项，分别为"新建"、"打开"和"存盘"，其名称分别为 vbNew、vbOpen 和 vbSave。要求程序运行后，如果选中"文件"下的某个菜单项，则通过 MsgBox 对话框显示该菜单项的标题（如图 1 所示）。

**\*注意：保存时窗体文件名为 wy5.frm，工程文件名为 wy5.vbp。**

图 1

2．本题描述如下：

在名称为 Form1，标题为"调用系统对话框"的窗体上有一个文本框、六个命令按钮及一个通用对话框，通过 CommonDialog 实现对系统一些对话框的调用，如图 2 所示。请编写"打开"按钮的功能，并限制打开的类型为可执行文件（\*.com 和\*.exe），默认打开文件类型为 exe 文件。

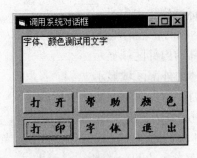

图 2

3．在窗体上建立一个名称为 Text1 的文本框，然后建立两个主菜单，标题分别为"学生信息"、"帮助"，名称分别为 vbMenu 和 vbHelp，其中"学生信息"菜单包括"张三"、"李四"、"王五"三个子菜单，名称分别为 vbMenu1、vbMenu2、vbMenu3。要求程序运行后，如果在"学生信息"的下拉菜单中选择"张三"，则在文本框内显示"张三"，如图 3 所

示；如果选择"李四"，则在文本框内显示"李四"；如果选择"王五"，则在文本框内显示"王五"。

**\*注意**：保存时窗体文件名为 wy6.frm，工程文件名为 wy6.vbp。

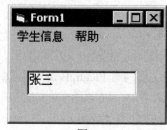

图 3

### 三、问答题

1. 在设计时能否改变通用对话框的大小？
2. 怎样在"打开"对话框内过滤多种文件类型？怎样在"另存为"对话框内传送文件名？
3. 要控制字体的颜色，应设置"字体"对话框的什么属性？值应为什么？
4. 菜单名和菜单项有什么区别？热键和快捷键有什么区别？
5. 怎样在程序中通过单击菜单标题使菜单项左边加上或删除标记"√"？
6. 如何建立动态菜单？
7. 如何显示弹出菜单？
8. ToolBar、ImageList 控件的作用是什么？如何将它们连接？
9. 状态栏最多有多少个窗格？如何控制状态栏的显示与否？
10. 在加载 MDI 窗体时，能否自动加载子窗体？

# 第 7 章　图形设计及多媒体应用

Visual Basic 提供了丰富的图形和多媒体功能。不仅可以通过图形控件进行图形和绘图操作，还可以通过图形方法在窗体或图形框上输出文字和图形，还可以作用于打印机对象。

Visual Basic 提供的图形控件最主要的有 PictureBox（图形框）、Image（图像框）、Line（画线工具）和 Shape（形状）。Visual Basic 的图形方法有 Line、Circle、Pset、Point 和 PaintPicture 等。

Visual Basic 中常用的多媒体控件有 Multimedia Control、ShockWave Flash 和 Media Player 等。

本章讨论图形和多媒体的基本操作，并通过几个例子来说明 Visual Basic 图形功能和多媒体的实际应用，例如，动画的实现和图形漫游等。

## 7.1　图形的绘制

### 7.1.1　图形控件

Visual Basic 提供了四个基本控件以简化与图形有关的操作，它们是 PictureBox 控件、Image 控件、Shape 控件和 Line 控件。Image、Shape 和 Line 控件需要较少的系统资源，且包含 PictureBox 控件中可用的属性、方法和事件的子集，因此，比 PictureBox 控件显示得快。

VB 提供了两种绘图方式，一是使用绘图控件，如 Shape 和 Line 控件；二是使用绘图方法，如 Line 方法和 Circle 方法等。图形控件的优点是可使用较少的代码创建图形。例如，在窗体上放置一个圆，既可用 Circle 方法，也可用 Shape 控件。Circle 方法要求在运行时用代码创建圆，而用 Shape 控件创建圆只需在设计时简单地把它拖动到窗体上，并通过设置特定的属性即可完成。

1. PictureBox（图形框）

PictureBox 控件可以为用户显示图片，也可作为其他控件的容器。实际显示的图片由 Picture 属性决定。在程序运行时显示或替换图片，可以使用 LoadPicture 函数在图形框中装入图形。详细内容前面章节已经介绍，这里不再赘述。

2. Image（图像框）

在窗体上使用图像框的步骤与图形框相同。但是图像框比图形框占用更少的内存，描绘得更快。与图形框不同的是图像框内不能存放其他控件。

3. Line（画线工具）

Line 控件是图形控件，它显示水平线、垂直线或者对角线。设计时 Line 控件最重要的属性是 BorderWidth 和 BorderStyle 属性。BorderWidth 确定线的宽度，BorderStyle 确定线的形状。运行时 Line 控件最重要的属性是 x1、y1 和 x2、y2 属性，它们控制线的两个端点的位置。

4. Shape（形状）

Shape 控件是图形控件，显示矩形、正方形、椭圆、圆形、圆角矩形或者圆角正方形。当

Shape 控件放到窗体时显示为一个矩形，通过 Shape 属性可确定所需要的几何形状，如表 7.1.1 所示。FillStyle 属性为 Shape 控件指定填充的图案，也可利用 FillColor 属性为 Shape 控件着色。

表 7.1.1　Shape 形状

| Shape 属性值 | 形状 |
| --- | --- |
| 0 | 矩形（默认值） |
| 1 | 正方形 |
| 2 | 椭圆形 |
| 3 | 圆形 |
| 4 | 圆角矩形 |
| 5 | 圆角正方形 |

【例 7.1】用 Shape 控件数组的 Shape 属性显示 Shape 控件的 6 种形状，并填充不同的图案，如图 7.1.1 所示。

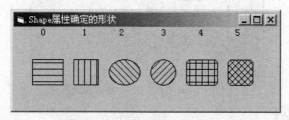

图 7.1.1　Shape 属性确定的形状

```
Private Sub Form_Activate()
    Dim i As Integer
    Print "  0    1    2    3    4    5"
    Shape1(0).Shape=0
    Shape1(0).FillStyle=2
    For i=1 To 5
        Shape1(i).Left=Shape1(i-1).Left+750
        Shape1(i).Shape=i
        Shape1(i).FillStyle=i+2
        Shape1(i).Visible=True
    Next i
End Sub
```

### 7.1.2　常用绘图方法

1．Line 方法

Line 方法用于画直线或矩形，其语法格式如下：

[对象.]Line[[Step](x1,y1)]-[Step](x2,y2)[,颜色][,B[F]]

【说明】

（1）"对象"指示 Line 在何处产生结果，它可以是窗体或图形框，默认时为当前窗体。

（2）(xl,y1)为线段的起点坐标或矩形的左上角坐标。如省略，起点位于由 CurrentX、

CurrentY 指示的位置；(x2,y2)为线段的终点坐标或矩形的右下角坐标。

（3）关键字 Step 表示采用当前作图位置的相对值；关键字 B 表示画矩形；关键字 F 表示用画矩形的颜色来填充矩形，F 必须与关键字 B 一起使用。如果只用 B 不用 F，则矩形的填充由 FillColor 和 FillStyle 属性决定。

用 Line 方法在窗体上绘制图形时，如果将绘制过程放在 Form_Load 事件内，必须将窗体的 AutoRedraw 属性设置为 True，当窗体的 Form_Load 事件完成后，窗体将产生重画过程，否则所绘制的图形无法在窗体上显示。

【例 7.2】用 Line 方法的不同参数画出图形，如图 7.1.2 所示。

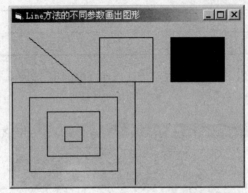

图 7.1.2　Line 方法的不同参数画出图形

```
Private Sub Form_Paint()
    Cls
    Scale (0, 0)-(13, 11)
    Line (1, 1)-(4, 4), 4
    Line (5, 1)-(8, 4), 4, B
    Line (9, 1)-(12, 4), 4, BF
    For i = 0 To 3
        Line (i, 4 + i)-(7 - i, 11 - i), , B
    Next i
End Sub
```

2．Circle 方法

Circle 方法用于画圆、椭圆、圆弧和扇形，其语法格式如下：

[对象.]Circle[Step](x,y),半径[,[颜色][,[起始角][,[终止角][,长短轴比率]]]]

【说明】

（1）"对象"指示 Circle 方法在何处产生结果，它可以是窗体、图形框或打印机，默认时为当前窗体。

（2）(x,y)为圆心坐标，关键字 Step 表示采用当前作图位置的相对值。

（3）圆弧和扇形通过起始角、终止角参数控制。当起始角、终止角取值在 $0 \sim 2\pi$ 时为圆弧，当在起始角、终止角取值前加一负号时，画出扇形，负号表示画圆心到圆弧的径向线。

（4）椭圆通过长短轴比率控制，默认值为 1 时，画出的是圆。

【注意】在 VB 坐标系中，采用逆时针方向绘圆。Circle 方法中参数前出现的负号，并不能改变坐标系中旋转的方向。

使用 Circle 方法时，如果想省掉中间的参数，逗号是不能省的。例如：画椭圆省掉了颜色、起始角、终止角三个参数，则必须加上四个连续的逗号，它表明这三个参数被省掉了，即 Circle (1000, 1000), 500, , , , 2。

【例 7.3】编写代码，实现如图 7.1.3 所示的效果。

图 7.1.3　不同参数的效果

```
Private Sub Form_Click()
    FillStyle = 0
    Circle (600, 1000), 800, , , , 3                  '画一个实心椭圆
    FillStyle = 1
    Circle (1800, 1000), 800, , , , 1 / 3             '画一个空心椭圆
    Circle (3000, 1000), 800, , -0.7, -2.1            '画扇形
    Circle (4300, 1000), 500, , -2.1, 0.7             '画出径向线
End Sub
```

3．Pset 方法

Pset 方法用于在窗体、图形框或打印机指定位置上画点，其语法格式如下：

[对象.]Pset[Step](x,y)[,颜色]

【说明】

（1）参数(x,y)为所画点的坐标。

（2）关键字 Step 表示采用当前作图位置的相对值。

（3）采用背景颜色可清除某个位置上的点。利用 Pset 方法可画任意曲线。

（4）所画点的尺寸取决于 DrawWidth 属性值。当 DrawWidth 为 1，Pset 将一个像素的点设置为指定颜色。当 DrawWidth 大于 1，则点的中心位于指定坐标。画点的方法取决于 DrawMode 和 DrawStyle 属性值。

执行 Pset 时，CurrentX 和 CurrentY 属性被设置为参数指定的点。

【例 7.4】用 Pset 方法绘制圆的渐开线，运行结果如图 7.1.4 所示。程序如下：

```
Private Sub Form_Click()
    ScaleMode = 6
    x = ScaleWidth / 2
    y = ScaleHeight / 2
    For t = 0 To 30 Step 0.01
        xt = Cos(t) + t * Sin(t)
        yt = -(Sin(t) - t * Cos(t))
        PSet (xt + x, yt + y), vbBlue
    Next t
End Sub
```

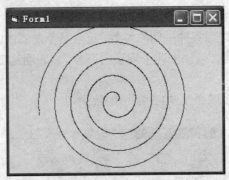

图 7.1.4　Pset 方法绘制曲线

**4. Point 方法**

Point 方法用于返回窗体或图形框上指定点的 RGB 颜色，其语法格式如下：

[对象.]Point(x,y)

如果由(x,y)坐标指定的点在对象外面，Point 方法返回-1（True）。

【例 7.5】用 Point 方法获取一个区域的信息并使用 Pset 方法进行仿真。

在窗体上放置一个 Picture 控件，在程序中设置窗体和 Picture 控件各自的坐标系。用 Print 方法在 Picture 控件上输出字符串或图形，然后用 Point 方法扫描 Picture 控件上的信息，根据返回值在窗体对应坐标位置上用 Pset 方法输出信息，达到仿真的目的。程序如下：

```
Private Sub Form_Click()
    Dim i,j As Integer,mcolor As Long
    Form1.Scale(0,0)-(100,100)
    Picture1.Scale(0,0)-(100,100)
    Picture1.Print "用 Point 方法获取信息"
    For i=1 to 100                          '按行扫描
        For j=1 To 100                      '按列扫描
            mcolor=Picture1.Point(i,j)      '返回指定点的信息
            If mcolor=False Then Pset(i,j),mcolor   '如果在对象区域内则进行仿真
        Next j
    Next i
End Sub
```

本例中窗体与图形框的坐标系设置值相同，但窗体的实际宽度和高度比图形框大，故仿真输出时放大了原来的字符，运行结果如图 7.1.5 所示。结合 DrawWidth 属性，可改变输出点的大小，图 7.1.5 中的右图为窗体的 DrawWidth 属性设置为 3 时的效果。

图 7.1.5　用 Point 方法获取区域的信息进行仿真

### 7.1.3 绘图属性

**1. 当前坐标**

窗体、图形框或打印机的 CurrentX、CurrentY 属性给出这些对象在绘图时的当前坐标。这两个属性在设计阶段不能使用。当坐标系确定后，坐标值(x,y)表示对象上的绝对坐标位置。如果坐标值前加上关键字 Step，则坐标值(x,y)表示对象上的相对坐标位置，即从当前坐标分别平移 x、y 个单位，其绝对坐标值为(CurrentX+x,CurrentY+y)。当使用 Cls 方法后，CurrentX、CurrentY 属性值为 0。

【例 7.6】用 Print 方法在窗体上随机打印 100 个 "*"，如图 7.1.6 所示。

利用 CurrentX、CurrentY 属性可指定 Print 方法在窗体上的输出位置。根据窗体的 Width 和 Height 属性，用 Rnd 函数产生 CurrentX、CurrentY 的值。程序代码如下：

```
Private Sub Form_Click()
    Dim i As Integer
    For i=l to 100
        CurrentX=Form1.Width*Rnd
        CurrentY=Form1.Height*Rnd
        Print"*"
    Next i
End Sub
```

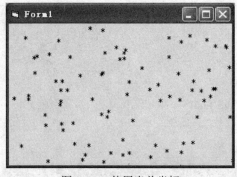

图 7.1.6　使用当前坐标

**2. 线宽与线型**

窗体、图形框或打印机的 DrawWidth 属性给出这些对象上所画线的宽度或点的大小。DrawWidth 属性以像素为单位来度量，最小值为 1。

窗体、图形框或打印机的 DrawStyle 属性给出这些对象上所画线的形状。属性设置含义见表 7.1.2。

表 7.1.2　DrawStyle 属性设置

| 设置值 | 线型 |
| --- | --- |
| 0 | 实线（默认） |
| 1 | 长划线 |
| 2 | 点线 |

| 设置值 | 线型 |
| --- | --- |
| 3 | 点划线 |
| 4 | 点点划线 |
| 5 | 透明线 |
| 6 | 内实线 |

以上线型仅当 DrawWidth 属性值为 1 时才能产生。当 DrawWidth 的值大于 1 且 DrawStyle 属性值为 1~4 时，都只能产生实线效果。当 DrawWidth 的值大于 1，而 DrawStyle 属性值为 6 时，所画的内实线仅当是封闭线时起作用。

如果使用控件，则通过 BorderWidth 属性定义线的宽度或点的大小，通过 BorderStyle 属性给出所画线的形状。

【例 7.7】本例通过改变 DrawStyle 属性值在窗体上画出不同的线型，通过改变 DrawWidth 属性值画一系列宽度递增的直线。程序运行后产生如图 7.1.7 所示效果。程序代码如下：

```
Private Sub Form_Click()
    Dim j As Integer
    CurrentX=0                        '设置直线的开始位置
    CurrentY=ScaleHeight/2
    DrawWidth=1                       '宽度为 1 时 DrawStyle 属性才能产生线型
    For j=0 To 6
        DrawStyle=j
        Line-Step(ScaleWidth/15,0)    '画线长为窗体宽度十五分之一的线段
    Next j
    For j=1 to 6
        DrawWidth=j*3
        Line-Step(ScaleWidth/15,0)
    Next j
End Sub
```

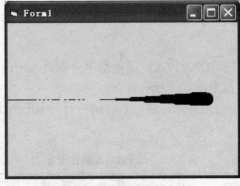

图 7.1.7　宽度递增的直线

## 7.1.4　使用颜色

由 FillStyle、FillColor 这两个属性决定封闭图形的填充方式。FillColor 指定填充图案的颜

色，默认的颜色与 ForeColor 相同。FillStyle 属性取值 0~7，用来指定填充的图案，共有 8 种内部图案，如图 7.1.8 所示。

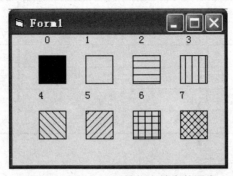

图 7.1.8　FillStyle 属性指定填充的图案

Visual Basic 默认采用对象的前景色（ForeColor 属性）绘图，也可以通过以下颜色函数指定色彩。

### 1．RGB 函数

RGB 函数通过红、绿、蓝三基色混合产生某种颜色，其语法为：

　　　RGB(红,绿,蓝)

其中：括号中红、绿、蓝三基色的成份使用 0~255 之间的整数。例如，RGB(0,0,0)返回黑色，而 RGB(255,255,255)返回白色。RGB 函数返回一个 Long 型整数，用来表示一个 RGB 颜色值。表 7.1.3 列出常见的标准颜色 RGB 值。

表 7.1.3　常见的标准颜色 RGB 值

| 颜色 | 红色值 | 绿色值 | 蓝色值 |
| --- | --- | --- | --- |
| 黑色 | 0 | 0 | 0 |
| 蓝色 | 0 | 0 | 255 |
| 绿色 | 0 | 255 | 0 |
| 青色 | 0 | 255 | 255 |
| 红色 | 255 | 0 | 0 |
| 洋红色 | 255 | 0 | 255 |
| 黄色 | 255 | 255 | 0 |
| 白色 | 255 | 255 | 255 |

### 2．QBColor 函数

QBColor 函数采用 QuickBasic 所使用的 16 种颜色，其语法格式为：

　　　QBColor(颜色码)

其中：颜色码使用 0~15 之间的整数，每个颜色码代表一种颜色，其对应关系如表 7.1.4 所示。

表 7.1.4　颜色码与颜色对应表

| 颜色码 | 颜色 | 颜色码 | 颜色 | 颜色码 | 颜色 |
|---|---|---|---|---|---|
| 0 | 黑 | 6 | 黄 | 12 | 亮红 |
| 1 | 蓝 | 7 | 白 | 13 | 亮品红 |
| 2 | 绿 | 8 | 灰 | 14 | 亮黄 |
| 3 | 青 | 9 | 亮蓝 | 15 | 亮白 |
| 4 | 红 | 10 | 亮绿 | | |
| 5 | 品红 | 11 | 亮青 | | |

### 7.1.5　图形的坐标系统

在 Visual Basic 中，每个对象定位于存放它的容器内，对象定位都要使用容器的坐标系，对象的 Left、Top 属性指示了该对象在容器内的位置。例如，窗体处于屏幕内，屏幕是窗体的容器；在窗体内绘制控件，窗体就是控件的容器；在图形框内绘制图形，该图形框就是容器。对象只能在容器界定的范围内变动。当移动容器时，容器内的对象也随着一起移动，而且与容器的相对位置保持不变。

每个容器都有一个坐标系。一个坐标系需要三个要素：坐标原点、坐标度量单位、坐标轴的长度与方向。

任何容器的缺省坐标系，都是由容器的左上角（0,0）坐标开始。ScaleTop、ScaleLeft 属性用于控制容器对象左边和顶端的坐标，根据这两个属性值可形成坐标原点。所有对象的 ScaleTop、ScaleLeft 属性的默认值均为 0，坐标原点在对象的左上角。

坐标单位即坐标的刻度，缺省的坐标系统采用 twip 为单位。属性 ScaleMode 决定对象坐标的度量单位，共有 8 种单位形式。ScaleMode 属性设置如表 7.1.5 所示。

表 7.1.5　ScaleMode 属性设置

| 属性设置 | 单位 | 属性设置 | 单位 |
|---|---|---|---|
| 0 | 用户定义（User） | 4 | 字符（默认为高 12 磅，宽 20 磅的单位） |
| 1 | twip（默认值） | 5 | 英寸（inch） |
| 2 | 磅（point，每英寸 72 磅） | 6 | 毫米（millimeter） |
| 3 | 像素（pixel，与显示器分辨率有关） | 7 | 厘米（centimeter） |

ScaleHeight 和 ScaleWidth 属性确定对象内部水平方向和垂直方向的单元数。

度量单位转换可使用 ScaleX 和 ScaleY 方法，其语法格式为：

对象.ScaleX(转换值,原坐标单位,转换坐标单位)

对象.ScaleY(转换值,原坐标单位,转换坐标单位)

改变容器对象的 ScaleMode 属性值，不会改变容器的大小或它在屏幕上的位置。当设置 ScaleMode 属性值后，它只是改变容器对象的度量单位，Visual Basic 会重新定义对象坐标度量属性 ScaleHeight 和 ScaleWidth，以便使它们与新刻度保持一致。无论采用哪一种坐标单位，默认的坐标原点为对象的左上角，横向向右为 X 轴的正向，纵向向上为 Y 轴的正向。

需要注意的是窗体的 Height 属性值包括了标题栏和水平边框宽度，同样 Width 属性值包括了垂直边框宽度。实际可用高度和宽度由 ScaleHeight 和 ScaleWidth 属性确定。

当新建一个窗体时，新窗体采用默认坐标系，坐标原点在窗体的左上角，Height=3600，Width=4800，ScaleLeft=0，ScaleTop=0，ScaleHeight=3195，ScaleWidth=4680（单位均为 twip）。窗体坐标系如图 7.1.9 所示，而窗体的 Left、Top 属性指示窗体在屏幕内的位置。

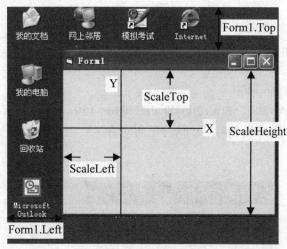

图 7.1.9　默认坐标系

使用 Scale 方法是建立用户坐标系最方便的方法，其语法如下：

　　　　[对象.]Scale[(xLeft,yTop)-(xRight,yBottom)]

其中：

对象可以是窗体、图形框或打印机。如果省略对象名，则为带有焦点的窗体对象。

(xLeft,yTop)表示对象的左上角的坐标值，(xRight,yBottom)为对象的右下角的坐标值，均为单精度数值。VB 根据给定的坐标参数计算出 ScaleLeft、ScaleTop、ScaleWidth 和 ScaleHeight 的值：

　　　　ScaleLeft=xLeft

　　　　ScaleTop=yTop

　　　　ScaleWidth=xRight-xLeft

　　　　ScaleHeight=yBottom-yTop

【例 7.8】在 Form_Paint 事件中通过 Scale 方法定义窗体 Forml 的坐标系。程序代码如下：

```
Private Sub Form_Paint()
    Cls
    Form1.Scale(-200,250)-(300,-150)
    Line(-200,0)-(300,0)                    '画 X 轴
    Line(0,250)-(0,-150)                     '画 Y 轴
    CurrentX=0:CurrentY=0:Print 0            '标记坐标原点
    CurrentX=280:CurrentY=20:Print"X"        '标记 x 轴
    CurrentX=10:CurrentY=240:Print"Y"        '标记 y 轴
End Sub
```

任何时候在程序代码中使用 Scale 方法都能有效地和自然地改变坐标系统。当 Scale 方法

不带参数时，则取消用户自定义的坐标系，而采用默认坐标系。

此外，也可通过设置对象的 ScaleTop、ScaleLeft、ScaleWidth 和 ScaleHeight 四项属性来定义坐标系。对象左上角坐标为 (ScaleTop,ScaleLeft)，右下角坐标为 (ScaleLeft+ScaleWidth,ScaleTop+ScaleHeight)。根据左上角和右下角坐标值的大小自动设置坐标轴的正向。X 轴与 Y 轴的度量单位分别为 1/ScaleWidth 和 1/ScaleHeight。例如设置窗体的四项属性为：

> Form1.ScaleLeft=-200
> Form1.ScaleTop=250
> Form1.ScaleWidth=500
> Form1.ScaleHeight=-400

ScaleLeft+ScaleWidth=300，ScaleTop+ScaleHeight=-150。窗体 Forml 的左上角坐标为 (-200,250)，右下角坐标为(300,-150)。X 轴的正向向右，Y 轴的正向向上。其效果如图 7.1.10 相同。

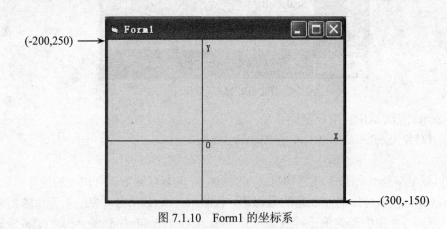

图 7.1.10　Form1 的坐标系

### 7.1.6　应用举例

1. 几何图形绘制

利用 Line 方法和 Circle 方法及 DrawWidth、DrawStyle 和 DrawMode 属性，可绘制各种几何图形。

【例 7.9】用 Circle 方法在窗体上绘制由圆环构成的艺术图案。构造图案的算法为：将一个半径为 r 的圆周等分为 n 份，以这 n 个等分点为圆心，以半径 r1 绘制 n 个圆。

在 Form_Click 事件中设定圆的半径 r 为窗体高度的四分之一，圆心在窗体的中心，在圆周上等分 20 份。所画各圆的半径 r1 为定位用的圆的半径 r 的 90%，结果如图 7.1.11 所示。

```
Private Sub Form_Click()
    Dim r,x,y,x0,y0,pi As Single
    Cls
    Pi=3.1415926
    r=Form1.ScaleHeight/4
    x0=Form1.ScaleWidth/2
```

```
    y0=Form1.ScaleHeight/2
    st=pi/10
    For i=0 To 2*pi Step st
        x=r*Cos(i)+x0
        y=r*Sin(i)+y0
        Circle(x,y),r*0.9
    Next i
End Sub
```

图 7.1.11　绘制艺术图案

## 2. 图形漫游

当图形的尺寸大于窗体时，窗体上只能显示图形的一部分，可以使用漫游的手段显示该图形保存在内存中的其他部分。所谓图形漫游就是使用鼠标或者按下箭头键滚动屏幕，让图形逐渐显示出来。下面，通过一个例子来说明如何利用 Visual Basic 的标准功能，实现图形漫游。

【例 7.10】在窗体内显示一幅荷花图，移动滚动条漫游。运行结果如图 7.1.12 所示。

图 7.1.12　图形漫游

在 Visual Basic 中，当改变图形对象的 Left 或 Top 值时，图形对象将在存放它的容器内移动位置。如果使用滚动条来控制图形对象的 Left 或 Top 值的变化，当设置 Left 或 Top 为滚动条滑块当前值时，图形对象移动方向与滚动条滑块移动的方向相同；当设置为滑块当前值的负数时，两者的移动方向正好相反，形成图形相对移动。

在窗体内放置一个已装有荷花图的图形框，一个水平滚动条，一个垂直滚动条，它们在窗体上的位置和大小在设计时可以任意设置，控件属性设置如表 7.1.6 所示。

表 7.1.6　控件属性

| 默认控件名 | 其他属性设置 |
|---|---|
| Form1 | |
| Picture1 | Picture=图形，Autosize=True |
| Hscroll1 | LargeChange=50 |
| | SmallChange=10 |
| Vscroll1 | LargeChange=50 |
| | SmallChange=10 |

图形漫游的必要条件是窗体上只能显示图形的一部分。当窗体能在水平方向或垂直方向显示该方向全部图形时，在这个方向上就不需要出现滚动条。由于窗体的大小可以变化，这就需要通过代码控制滚动条的大小和出现的位置。定义通用过程 HVScroll（放在标准模块内）控制滚动条的位置和宽度、最大、最小属性及可见性。如果窗体宽（高）度大于图形框宽（高）度时使水平滚动条不可见，否则设置滚动条在窗体的下方与右边。滚动条可卷动的区域为图形框宽（高）度与窗体宽（高）度之差。过程代码如下：

```
Sub HVScroll()
    '控制水平滚动条的位置和宽度、最大、最小属性及可见性
    Form1.HScroll1.Left = 0                                    '水平滚动条在窗体的位置
    Form1.HScroll1.Top = Form1.ScaleHeight - Form1.HScroll1.Height
    Form1.HScroll1.Width = Form1.ScaleWidth - Form1.VScroll1.Width    '水平滚动条的宽度
    Form1.HScroll1.Max = Form1.Picture1.Width - Form1.ScaleWidth      '滚动条卷动值
    '根据 Picture1.Width 是否大于 Form1.ScaleWidth 决定滚动条的可见性
    Form1.HScroll1.Visible = (Form1.Picture1.Width > Form1.ScaleWidth)
    Form1.VScroll1.Top = 0                                       '垂直滚动条
    Form1.VScroll1.Left = Form1.ScaleWidth - Form1.VScroll1.Width
    Form1.VScroll1.Height = Form1.ScaleHeight - Form1.HScroll1.Height
    Form1.VScroll1.Max = (Form1.Picture1.Height - Form1.ScaleHeight)
    Form1.VScroll1.Visible = (Form1.Picture1.Height > Form1.ScaleHeight)
End Sub
```

Form_Load 事件完成数据准备。由于在设计时图形框和滚动条的前后顺序是任意放置的，故用 ZOrder 方法将滚动条移动到图形框前面，使之可以滚动图形。程序如下：

```
Private Sub Form_Load()
    Picture1.Move 0,0              '移动图形框到坐标原点
    HVScroll                       '控制滚动条
    HScroll1.ZOrder 0              '放在图形框前
    VScroll1.ZOrder 0
End Sub
```

当窗体大小发生变化时，调用通用过程 HVScroll 重新设置滚动条的位置和大小。程序如下：

```
Private Sub Form_Resize()
    HVScroll
End Sub
```

通过移动滚动条的滑块滚动图形，只要设置图形框的 Left 或 Top 值为滑块当前值的负数，就可形成图形相对移动。程序如下：

```
Private Sub Hscroll1_Change()
    Picture1.Left=-Hscroll1.Value
End Sub
Private Sub Hscroll1_Scroll()
    Picture1.Left=-Hscroll1.Value
End Sub
Private Sub Vscroll1_Change()
    Picture1.Top=-Vscroll1.Value
End Sub
Private Sub Vscroll1_Scroll()
    Picture1.Top=-Vscroll1.Value
End Sub
```

## 7.2　多媒体应用

### 7.2.1　多媒体概述

多媒体技术是计算机处理文本（Text）、图像（Image）、图形（Graphic）、音频（Audio）、视频（Video）等多种信息的综合技术。它的出现使计算机在人类的文化娱乐活动中扮演了重要的角色，使越来越多的人和计算机交上了朋友。VB 对图像和文本提供了较为全面的处理能力，下面介绍常用的声音、动画和视频文件及多媒体设备。

#### 7.2.1.1　多媒体文件

1. 图像和图形文件

Windows 中的图像（点阵像素表示）文件有 BMP、GIF、JPEG、PCX、PSD、RLE、TIFF、JGA 等，图形（矢量表示）文件有 EPS、DRW、WMF 等。这些图像文件大多可以直接用 VB 的 LoadPicture 函数装入并显示，图形文件需要有专用控件才能显示（Windows 本身支持 WMF 文件）。

2. 声音文件

常用的有 MID、WAV、MP3、WMA 和 RA 等。

MIDI（Musical Instrument Digital Interface，乐器接口）是用做电子乐器和计算机之间的通信标准。MIDI 信息实际上是一段音乐的描述，当 MIDI 信息通过一个音乐或声音合成器（Synthesizer）进行播放时，该合成器对一系列的 MIDI 信息进行解释，然后产生出相应的一段音乐或声音，它提供了详细描述乐谱的协议（如音符、音调、使用什么乐器等）。但 MIDI 并不是数字化的声音，它仅仅是以数字形式存储的音乐的一种速记表示。MIDI 文件是用来记录音乐"动作"（如按下钢琴键，抬起踏板等）的一串与时间有关的命令。简明的 MIDI 信息可以产生复杂的声音或在乐器或乐器合成器上产生美妙的音乐，MIDI 文件比等效的（按每秒发出的声音计）数字化波形文件小得多。与 MIDI 数据相比，数字化的声音是声音的实际表示，它代表声音的瞬时幅度，因为它与设备无关，每次播放时它发出相同的声音，从这一点来看，它的一致性较好，但代价高、存储空间大。MIDI 是与设备相关的，其音乐文件所产生的声音与用来回放的特定的 MIDI 设备有关。

3. 动画文件

常见的有 FLC/FLI、动画 GIF、SWF 等。

4. 视频文件

主要有影音文件 AVI；视频文件 MOV；电影文件 MPG/MPEG、RM、RMVB；VCD 文件 DAT。

7.2.1.2  VB 操纵多媒体设备和播放多媒体文件的方法

1. 对多媒体设备的操纵

VB 对多媒体的控制有 3 个层次：最高层的是用控件来操控，使用起来极为方便，熟悉 VB 的人很快就能学会，不需要太多的知识。中间层是用设备提供的程序接口 API 函数，这可以获得对设备的较全面的控制，实现用 VB 本身不能达到的功能。最底层的方法是直接与设备驱动程序进行通信，可以发挥设备的所有功能且能对设备进行最完全的控制。

对多媒体设备进行控制的控件主要是 MCI32.OCX，API 库文件主要是 WINMM.DLL，设备的驱动程序各不相同，一般情况下，不必到最底层去直接和设备驱动程序打交道。

2. 播放多媒体文件的方法

（1）用 VB 提供的控件（如 MCI32.OCX）。这是最常用、最易用的一种方式。

（2）用 MCI 命令字符串。通过 MCI 函数发送命令字符串来控制设备，与第一种方式相比命令字符更易于阅读，可直接接受用户输入的命令。

（3）使用应用程序接口（API 函数），通过用户程序向系统的多媒体模块发送消息来执行多媒体命令，它使用起来相对复杂，但提供了较强的控制能力。

（4）采用 OLE（对象链接与嵌入）方法加入多媒体素材。OLE 控件是 VB 的基本控件，只要在窗体上放置一个 OLE 对象，会自动出现"插入对象"对话框。

### 7.2.2  多媒体控件

VB 中可使用的多媒体控件有很多，最常用的多媒体控件有如下几个：

- Microsoft Multimedia Control 6.0：用于控制多种多媒体设备和播放多种格式媒体文件。
- ShockWave Flash：用于播放 Macromedia 的 Flash 动画。
- Windows Media Player：可以播放包括 AVI、MOV、WAV、MPG、MP3、M3U、QT 等在内的多媒体视频、音频文件。如果安装了相应的插件，还可以播放 Divx（网上流行的 DVD）电影文件。

7.2.2.1  MultiMedia 控件

1. MCI 控件

MCI（媒体控制接口）是 Microsoft 公司为实现 Windows 系统下设备无关性而提供的媒体控制接口标准。用户可以方便地使用 MCI 控制标准的多媒体设备。

MCI 控件专用于控制 MCI 设备或对 MCI 设备支持的多媒体数据文件实施记录和回放，该控件通过一组按钮来发出各种设备控制命令以实现对诸如波形音频、MIDI 音序器、音频 CD 播放机、录像机等设备的控制。

在 Visual Basic 6.0 中，多媒体控件 MCI32.OCX 是作为可选用部件提供的。要使用它，首先要执行"工程→部件"菜单命令，在列表框中选中 Microsoft Multimedia Controls 6.0，就会在工具箱中出现 MCI32.OCX 图标。双击工具箱中的多媒体控件 MCI32.OCX 图标，调用 MCI32.OCX 控件，窗体 FORM 中出现一排灰色的媒体控制按钮：向前（Prev）、向后（Next）、播放（Play）、暂停（Pause）、返回（Back）、单步（Step）、停止（Stop）、记录（Record）和出带（Eject），如图 7.2.1 所示。

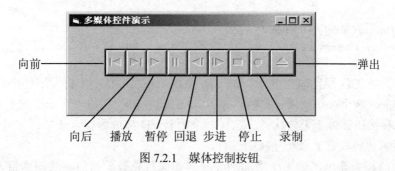

图 7.2.1　媒体控制按钮

控件上哪些按钮可用，Multimedia 控件提供哪些功能，取决于特定计算机的硬件和软件配置。一般来说，CDAudio、WaveAudio、Sequencer 在安装了声卡和光驱的多媒体机器中总是可以的，在大多数机器上，AVIVideo 也可以使用。

应用程序对 MCI32.OCX 按钮的操作非常灵活方便，可以让用户直接操作控件的按钮，也可以在程序运行过程中用代码设置 Command 属性进行控制。

2．MCI 控件的常用属性

Buttonvisible：决定该按钮在 MCI 控件中是否可见。

Command：要执行的 MCI 命令，如 Open、Close、Play、Pause、Stop、Back、Step、Prev、Next、Seek、Record、Eject、Sound 或 Save。

DeviceType：要打开的 MCI 设备类型，如动画播放设备、MIDI 序列发生器、激光视盘机、WAV 文件播放器、录相机等。

Filename：使用 Open 命令打开或 Save 命令保存的文件名。

Length：确定一个文件或 CD 唱片的长度。

Track：指定特定的轨道，供 Tracklength 和 Trackposition 使用。

Tracks：当前 MCI 设备的轨道数。

Tracklength：在当前时间格式下，传回 Track 所指轨道的时间长度。

Trackposition：在当前时间格式下，传回 Track 所指轨道的起始位置。

Visible：决定在运行时多媒体 MCI 控制是否可见。

3．MCI 控件的常用事件

Buttonclick：当用户在多媒体 MCI 控制的按钮上按下或释放鼠标时产生该事件，每一个 Buttonclick 事件缺省执行一个 MCI 命令。

Buttoncompleted：当多媒体 MCI 控制按钮激活的 MCI 命令完成后发送。

Statusupdate：这个事件可监测目前多媒体设备的状态信息，比如用滚动条来表示当前轨道的位置。

4．应用举例

【例 7.11】制作 CD 播放器。

先建立一个 Form，并在上面放置一个 MCI 控件，默认名字应是 MMControl1。

这是最简单的 CD 播放器了，程序如下：

```
Sub Form_Load()
    MMControl1.DeviceType ="CDaudio"        'MCI 设备类型为 CD 唱片
    MMControl1.Command = "open"             '打开设备
End Sub
Sub Form_Unload(Cancel As Integer)
    MMControl1.Command = "close"            '退出时关闭 MCI 设备
End Sub
```

保存文件，在 CD 驱动器中放入一张 CD 唱片，然后运行，你将发现九个按钮中 Prev、Next、Play、Eject 四个按钮变黑（有效状态），单击一下 Play 按钮，音乐出来了！若驱动器中无 CD 盘则所有按钮都处于无效状态。这样一个简易 CD 播放器就完成了，它具有四种功能，但自己动手写的代码只有上面加注释的三行。

播放器功能极为简单，如果想增加功能（例如曲目总数，当前播放的曲目和时间显示等功能，可以参考上面的属性自行编程增加）。

#### 7.2.2.2  ShockWave Flash 控件

1. Flash 控件的主要属性

- AlignMode：画面的定位方式。可取值 0~15，0 是默认位置。此属性的目的不在于制作播放器，而在于将 Flash 嵌入界面中。
- FrameNum：设置或返回当前播放的帧。
- Loop：是否循环播放。True 为循环，False 为只播放一遍。
- Menu：是否显示快捷菜单。True 为显示，False 为不显示。
- Movie：指定所播放 Flash 文件的 URL。也可以是本地 SWF 文件。
- Playing：是否正在播放状态。True 为播放中，False 为暂停中。
- ReadyState：状态字。0 为载入中，1 为未初始化，2 为已载入，3 为运行中，4 为完成。
- ScaleMode：缩放模式。
- TotalFrames：动画文件的总帧数。
- Wmode：显示模式。

2. Flash 控件的常用方法

- Back()、Forward()：跳到动画的上一帧/下一帧。
- CurrentFrame() As Long：返回影片的当前帧数，影片的第一帧为 0。
- MeLoaded(FrameNumber As Long) As Boolean：检查指定的帧是否已经装入。
- GotoFrame(FrameNum As Long)：转移到指定帧。
- Pan(x As Long,y As Long,Mode As Long)：移动窗口(x,y)个单位。
- Play()、Stop()/StopPlay：播放、停止播放动画。
- Rewind()：回到第一帧。
- Zoom(Factor As Long)：对动画进行缩放。

3. Flash 控件的基本事件

【格式】OnProgress(ByVal PercentDone As Long)

【功能】当 Flash 载入时不断激发。播放网上的 Flash 时较有用。

【格式】OnReadyStateChange(NewState As Long)

【功能】状态字改变时激发，0 为载入中，1 为未初始化，2 为已载入，3 为交互中，4 为完成。

4.　应用举例

【例 7.12】用 VB 播放 Flash 动画。

首先，打开 VB6，新建一个工程，在工具箱上单击右键，选择部件，在部件窗口的控件列表中选择 Shockwave Flash，然后确定，Flash 控件就被加到工具箱上。

然后将 Flash 控件放到窗体上，并调整至适当的大小，然后在属性窗口里设置 movie 属性为 Flash 动画文件的路径（如：c:\健康歌.swf，如图 7.2.2 所示），设置 scale model 属性为 2，quality 属性为 1。

图 7.2.2　Flash 播放器

双击窗体，在 Form_load()过程里加入：

shockwaveflash1.playing=true

按 F5 键就可以看到播放的 Flash 动画了。

7.2.2.3　Windows Media Player 控件

Media Player 控件的用法和 MCI 控件的用法大同小异，不过比 MCI 控件功能更强一些，例如可以播放网络媒体，可以在线收听广播和收看电视节目，支持全屏播放等。其 FileName 属性可以指定要播放的文件，播放控制的常用方法有 Play、Pause、Previous、Next 和 Stop 等，还有 Volume 属性以控制播放的音量。对于简单设备，它具有与 MCI 控件一样的控制功能；对于复合设备，它不仅可以采用不同编码/解码器来对音频和视频流进行解码，还可以选择语言。它的功能随着插件的增加不断加强。

Media Player 支持对几十种流行的多媒体文件的播放，且控件中自带若干控制按钮和播放进度条及音量控制，只要在外围略作修饰，就可以做成一个漂亮的媒体播放器，所以该控件的使用极为方便，只要在窗体上放置一个该控件并设置文件名即可播放。

1.　Windows Media Player 控件的属性

Windows Media Player 控件的常用属性见表 7.2.1。

表 7.2.1　Windows Media Player 控件的常用属性

| 属性 | 描述 |
|---|---|
| Autosize 属性 | 当画面超过对象大小时是否扩大以自动匹配画面原来大小 |
| Filename 属性 | 打开的多媒体文件名 |
| AutoStart 属性 | 是否自动播放已打开的文件 |
| ShowControls 属性 | 是否在运行时显示控件自身的按钮 |
| PlayCount 属性 | 重复播放多少遍，为 0 重复播放无限次 |
| AutoRewind 属性 | 设置自动回绕功能（结束时指针回到开头） |
| EnableContextMenu 属性 | 运行时是否显示控件自身的弹出式菜单 |
| CurrentPosition 属性 | 返回或指定播放位置（以秒为单位） |
| SelectionEnd 属性 | 返回播放文件的长度 |
| Rate 属性 | 设定播放速度，缺省为 1——正常速度（范围在 0～2.26 之间） |
| AllowChangeDisplaySize 属性 | 画面大小是否可以改变（为 False 时画面大小锁定） |
| ClickToplay 属性 | 运行时是否保持手形鼠标指针具有单击时暂停/播放功能 |
| Volume 属性 | 设置声音大小。取值范围为：-10000（无声）～0（最大声） |
| DisplaySize 属性 | 选择画面大小。0 为原始大小；1 为原始大小的一半；2 为随对象尺寸而自动调整；3 为全屏显示（此时 windowlessVideo 属性要为 False）；4 为缺省；5 为十六分之一屏幕；6 为四分之一屏幕；7 为二分之一屏幕 |
| SendKeyboardEvents 属性 | 是否响应键盘事件。键盘上的特殊功能键不能直接响应键盘事件（如 PageDown、PageUp 等，它们被控件生产商占用），需要和 Shift、Ctrl 或 Alt 键组合，因此一定要注意 ShiftState 参数。缺省为任意组合 |
| SendMouseMoveEvents 属性 | 是否响应鼠标移动事件 |
| SendPlayStateChangeEvents 属性 | 是否响应 PlayStateChange 事件 |
| SendOpenStateChangeEvents 属性 | 是否响应 OpenStateChange 事件 |

2．Windows Media Player 控件的事件

PlayStateChange 事件：当播放状态发生变换时产生，如由播放变成停止，它用两个参数 OldState 和 NewState 来返回变化前后的两种状态。OldState、NewState 参数的值如下：0 为停止状态；1 为暂停状态；2 为播放状态。

OpenStateChange 事件：当打开文件状态发生改变时触发此事件，参数与上相同。

PositionChange 事件：当播放位置发生改变时触发此事件。有 OldPosition（原位置）和 NewPosition（新位置）两个参数。

3．Windows Media Player 控件的方法

Open 方法：打开一个多媒体文件，如 MediaPlayer1.Open "e:\vcd\nr1.lxn"。

Play 方法：开始播放。

Pause 方法：暂停播放。

Stop 方法：停止播放。

4．播放一段多媒体文件的方法

（1）只设置它的 FileName 属性和 Play 方法即可。例如：

```
MediaPlayer1.FileName = "e:\program files\winamp3\demo.mp3"
MediaPlayer1.Play
```

（2）使用 Open 方法打开文件，同时设置 AutoStart 属性为 True。例如：

```
MediaPlayer1.Open "e:\program files\winamp3\demo.mp3"
MediaPlayer1.AutoStart = True
```

### 7.2.3　综合应用举例

【例 7.13】媒体文件浏览器。

界面如图 7.2.3 所示，其中右边是一个 Windows Media Player 控件。

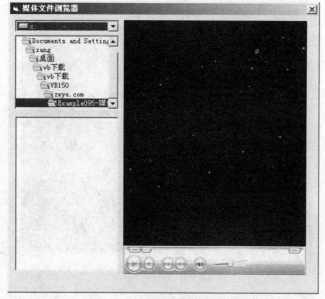

图 7.2.3　媒体文件浏览器界面

代码如下：

```
Private Sub Dir1_Change()
    File1.Path = Dir1.Path
    '关联文件列表框
End Sub
Private Sub Drive1_Change()
    On Error GoTo IFerr              '拦截错误
    Dir1.Path = Drive1.Drive         '关联目录列表框
    Exit Sub
IFerr:                              '如果磁盘错误
    MsgBox ("请确认驱动器是否准备好或者磁盘已经不可用!"), _
            vbOKOnly + vbExclamation
    '弹出注意对话框
    Drive1.Drive = Dir1.Path         '忽略驱动器改变
End Sub
Private Sub File1_Click()
    Me.WindowsMediaPlayer1.URL = Me.File1.Path + "\" + Me.File1.FileName
```

```
End Sub
Private Sub Form_Load()
    File1.Pattern = "*.AVI;*.MOV;*.DAT;*.MPG;*.WAV;*.MID;*.QT;*.MPEG;*.MP3"
    '指定 File1 中显示固定格式的文件
    Me.WindowsMediaPlayer1.settings.autoStart = False
    '不自动播放
    Me.WindowsMediaPlayer1.settings.playCount = 1
    '播放次数为 1
End Sub
```

运行效果如图 7.2.4 所示。

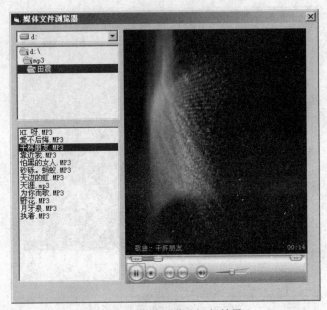

图 7.2.4　媒体浏览器运行效果

【例 7.14】利用 MMControl 控件播放多媒体文件。

界面如图 7.2.5 所示，一个 MMControl 控件、一个水平滚动条、一个 CommonDialog 控件和两个命令按钮。

代码如下：

```
Dim m_Filename As String
Private Sub Command_Open_Click()
    Me.CommonDialog1.ShowOpen
    m_Filename = Me.CommonDialog1.FileName
    If m_Filename <> "" Then
        Me.MMControl1.FileName = m_Filename
        Me.Caption = m_Filename
        Me.MMControl1.Command = "Open"
    End If
End Sub
Private Sub Command_Play_Click()
    Me.MMControl1.Command = "Play"
```

```
End Sub
Private Sub Form_Load()
    m_Filename = ""
    Me.MMControl1.AutoEnable = True
    Me.MMControl1.hWndDisplay = Me.hWnd
End Sub
Private Sub MMControl1_StatusUpdate()
    Me.HScroll1.Max = Me.MMControl1.Length
    Me.HScroll1.Min = 0
    Me.HScroll1.Value = Me.MMControl1.Position
End Sub
```

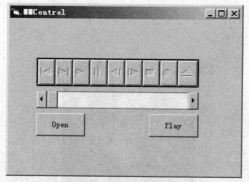

图 7.2.5　利用 MMControl 控件播放多媒体文件界面

【例 7.15】播放 Flash 动画。

界面如图 7.2.6 所示，一个 ShockwaveFlash 控件，两个命令按钮。

图 7.2.6　播放 Flash 动画界面

代码如下：

```
Private Sub Command1_Click()
    ShockwaveFlash1.Movie = App.Path & "\ball.swf"
    '读取同一目录下的 Flash 动画文件
    ShockwaveFlash1.Play
    Command1.Enabled = False
End Sub
```

```
Private Sub Command2_Click()
    If Command2.Caption = "暂停" Then
        ShockwaveFlash1.Playing = False
        '停止动画
        Command2.Caption = "继续"
    Else
        ShockwaveFlash1.Playing = True
        '继续动画
        Command2.Caption = "暂停"
    End If
End Sub
```

运行效果如图 7.2.7 所示。

图 7.2.7　播放 Flash 动画运行效果

# 习题七

## 一、简答题

1. 怎样建立用户坐标系?
2. 窗体的 ScaleHeight、ScaleWidth 和 Height、Width 属性有什么区别?
3. PictureBox 控件和 Image 控件有什么区别?
4. 程序运行时怎样在图形(像)框中装入或删除图形?
5. 当用 Line 方法画线后,CurrentX 与 CurrentY 在何处?
6. 怎样通过 Circle 方法画圆、椭圆、圆弧、扇形?
7. MCI 控件有哪些属性和方法,它可以播放什么类型的媒体文件?

## 二、编程题

1. 编写一个图片左右移动的程序,界面如图 1 所示。
2. 给你的父母或朋友制作一张贺卡。

3．编写一个模拟行星绕太阳运动的程序，如图 2 所示。

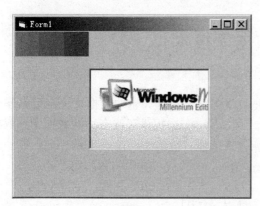

图 1

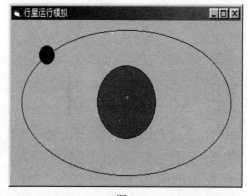

图 2

提示：

行星运动的椭圆方程为：

x=x0+rx*cos(alfa)

y=y0+ry*sin(alfa)

其中：

x0、y0 为椭圆圆心坐标；

rx 为水平半径，ry 为垂直半径；

alfa 为圆心角。

# 第8章　数据库技术

数据库技术是计算机应用技术中的一个重要组成部分，对于大量的数据，使用数据库来存储管理将比通过文件来存储管理有更高的效率。Visual Basic 提供了强有力的数据库存取能力，将 Windows 的各种先进特性与强大的数据库管理功能有机地结合在一起。

本章介绍有关数据库的基本概念，以及 Visual Basic 中访问数据库的基本方法。

## 8.1　数据库基本知识

几乎所有的应用程序都需要存放大量的数据，并将其组织成易于读取的格式。这种要求通常可以通过数据库管理系统来实现。数据库管理系统提供了数据在数据库内存放方式的管理能力，使编程人员不必像使用文件那样需要考虑数据的具体操作或数据连接关系的维护。

### 8.1.1　几个术语

我们这里介绍的数据库知识都是指关系数据库。所谓关系数据库（Relation DataBase，RDB）就是将数据表示为表的集合，通过建立简单表之间的关系来定义结构的一种数据库。关系数据库使用记录、字段、数据表和数据库等术语，如图 8.1.1 所示。

（1）记录（Record）：每一行数据为一个记录。

（2）字段（Field）：每一列为一个字段，数据表头的每一列为字段的名称。

（3）数据表（Table）：经过各个字段的分类后，每一行为一个记录，所有的记录组成的二维表格称为数据表。

（4）数据库（DataBase）：多个相关联的数据表的集合，是以一定的组织形式存放在计算机存储介质上的相互关联的数据的集合。

（5）主键（Primary Key）：关系数据库中的某个字段或某些字段的组合定义为主键。每条记录的主键值都是唯一的，这就保证了可以通过主键唯一标识一条记录。

（6）数据库管理系统（DataBase Management System，DBMS）：是操纵和管理数据库的系统软件。

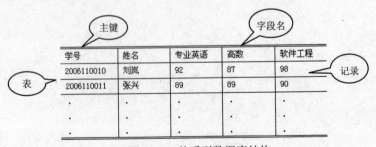

图 8.1.1　关系型数据库结构

### 8.1.2　数据库的数据模型

数据库按其结构可分为层次数据库、网状数据库和关系数据库，其中，关系数据库模型已经成为数据库设计事实上的标准。这不仅因为关系模型自身的强大功能，还由于它提供了叫做结构化查询语言（SQL）的标准接口。

VB 默认的数据库是 Access 数据库，可以在 VB 中直接创建，库文件的扩展名为.mdb。另外，VB 还可以处理各种外部数据库，例如 FoxPro、Excel、DBase、Paradox 等格式的数据库，甚至其他非关系的数据库。无论各种数据库内部格式怎样不同，VB 都会自动将其转变为关系结构的数据库。

关系数据库模型把数据用表的集合来表示。通过建立简单表之间的关系来定义结构，而不是根据数据的物理存储方式建立数据中的关系。不管表在数据库文件中的物理存储方式如何，都可以把它看作一组行和列。在关系数据库中，行被称为记录，列则被称为字段，表是有关信息的逻辑组。

例如，表 8.1.1 为一张学生基本情况表，表中每一行是一个记录，它包含了特定学生的基本情况信息，而每个记录则包含了相同类型和数量的字段，例如，学号、姓名、出生年月和专业等。每个表都应有一个主关键字（主键），主关键字可以是表的一个字段或字段的组合，且对表中的每一行都唯一。在学生基本情况表中，学号是表的主键，因为学号唯一地标识了一个学生。

表 8.1.1　学生基本情况表

| 学号 | 姓名 | 性别 | 专业 | 照片 |
|---|---|---|---|---|
| 990001 | 王　林 | 男 | 计算机 | |
| 990002 | 张　月 | 女 | 计算机 | |
| 990101 | 任保华 | 男 | 会　计 | |
| 990102 | 姜沛棋 | 女 | 会　计 | |
| 990201 | 程　玲 | 女 | 金　融 | |
| 990202 | 黎敏艳 | 女 | 金　融 | |
| 991103 | 章万京 | 男 | 保　险 | |
| 991104 | 陈友良 | 男 | 保　险 | |

一个数据库由一个或多个数据表组成，各个数据表之间可以用不同的方式相互关联。例如，学生数据库中还可以有一个学生成绩表，其结构如表 8.1.2 所示。通过学号字段就可以将两个表联系在一起。

表 8.1.2　学生成绩表

| 学号 | 课程 | 成绩 | 学期 |
|---|---|---|---|
| 990001 | 信息技术 | 90 | 11 |
| 990001 | 英语 | 86 | 11 |
| ... | ... | ... | ... |
| 991104 | C 语言 | 88 | 21 |

在 Visual Basic 中可以将一个或多个数据表中的数据构成记录集（Recordset）对象，记录集也由行和列组成，与表类似。记录集有三种类型：表、动态集和快照。

1. 表（Table）类型

表类型的 Recordset 对象是当前数据库真实的数据表。处理速度最快，但需要大量的内存开销。

2. 动态集（Dynaset）类型

动态集类型的 Recordset 对象是可以更新的数据集，它实际上是对一个或几个表中的记录的引用。动态集和产生动态集的基本表可以相互更新。如果动态集中的记录发生改变，同样的变化也将在基本表中反映出来。在多用户环境下，如果其他的用户修改了基本表，这些修改也将反映到动态集中。动态集类型是最灵活、功能最强的 Recordset 类型，不过，它的操作速度不及表类型。

3. 快照（Snapshot）类型

快照类型的 Recordset 对象是静态数据的显示。它包含的数据是固定的，记录集为只读状态，它反映了在产生快照的一瞬间数据库的状态。快照是最缺少灵活性的记录集，但它所需要的内存开销最少。如果只是浏览记录，可以用快照类型。

具体使用什么记录集，取决于需要完成的任务。例如，如果要对数据进行排序或者使用索引，可以使用表类型。如果希望能够对查询选定的一系列记录进行更新，可以使用动态集。一般来说，尽可能地使用表类型的 Recordset 对象，它的性能通常总是最好的。

### 8.1.3　使用 Access 创建数据库表

1. 创建数据库表

启动 Microsoft Access，选择"文件"→"新建"→"数据库"，接着输入数据库的名字 db1，选择合适的存放路径保存后，即会出现如图 8.1.2 所示窗口。

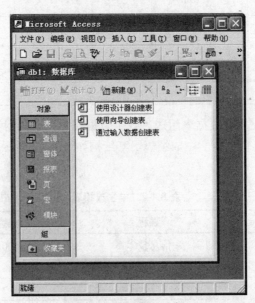

图 8.1.2　数据库 db1 窗口

**2. 建立 Microsoft Access 表结构**

双击图 8.1.2 中所示的"使用设计器创建表",创建如表 8.1.3 所示的表结构,表名为 jbxx。在创建表结构的同时可以创建索引,这样可以加快检索速度。此时在数据库 db1 的窗口中出现表 jbxx,如图 8.1.3 所示。

表 8.1.3　表结构

| 字段名 | 类型 | 长度 |
|--------|--------|------|
| 学号 | Text | 6 |
| 姓名 | Text | 10 |
| 性别 | Text | 2 |
| 专业 | Text | 10 |
| 照片 | Binary | |

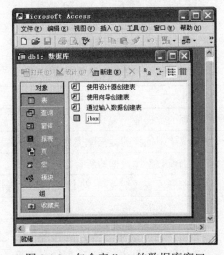

图 8.1.3　包含表 jbxx 的数据库窗口

**3. 添加表记录**

双击数据库 db1 窗口中的表名 jbxx,出现如图 8.1.4 所示窗口,输入记录即可。

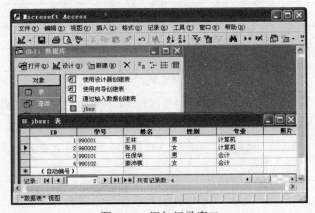

图 8.1.4　添加记录窗口

# 8.2 用 VB 操作 Access 数据库表

Visual Basic 所支持的不同类型的数据库可以通过相关的数据库管理系统来建立。例如，可以使用 Visual Basic 的数据库管理器来管理数据库。在 Visual Basic 开发环境内单击"外接程序"菜单中的"可视化数据管理器"选项或在操作系统桌面上运行 Visual Basic 系统目录中的 VisData.exe，都可打开可视化数据管理器，它的主屏幕如图 8.2.1 所示。数据管理器"文件"菜单中的选项功能描述如表 8.2.1 所示。

图 8.2.1 可视化数据管理器

表 8.2.1 "文件"菜单中的选项

| 选项 | 功能说明 |
| --- | --- |
| 打开 | 打开所选类型的数据库 |
| 新建 | 创建一个从菜单上选择的数据库类型的新数据库 |
| 关闭 | 关闭包含有当前数据库数据的所有窗体 |
| 导入/导出 | 从其他数据库导入表或把表和 SQL 查询结果导出到另一个数据库 |
| 工作空间 | 显示"登录"对话框，可以进入新的工作空间 |
| 压缩 MDB | 压缩一个 Jet 的.mdb 文件并创建一个加密或解密文件 |
| 修复 MDB | 显示一个对话框，它允许选择一个损坏的.mdb 文件来修复 |

数据管理器"实用程序"菜单中的选项功能描述如表 8.2.2 所示。

表 8.2.2 "实用程序"菜单中的选项功能

| 选项 | 功能说明 |
| --- | --- |
| 查询生成器 | 使用这个对话框来生成、查看、执行和保存 SQL 查询 |
| 数据窗体设计程序 | 创建数据窗体并把它们添加到当前的 Visual Basic 工程 |
| 全局替换 | 创建一个 SQL 更新语句来更新在所选的表中满足定义条件的所有记录的列 |
| 附加 | 列出在当前的.mdb 文件中所有附加的表及它们各自的连接串 |
| 群组/用户 | 允许查看和修改群组、用户、权限和所有者 |
| SYSTEM.MD? | 创建不同的 System.mdw 文件并为每个文件建立安全机制 |
| 首选项 | 设置超时值 |

使用可视化数据管理器"文件"菜单中的"新建"或"打开"选项，指定一个数据库文

件名（可以包括路径），出现如图 8.2.2 所示的窗口。

图 8.2.2 中左边的数据库窗口用于列出指定数据库所包含的表名及结构。数据库窗口的操作为：

（1）右击数据库窗口将弹出快捷菜单，选择对应选项可用于建立新表和查询。

（2）右击数据库窗口内的表名将弹出快捷菜单，选择对应选项可用于打开表、删除已建立的表、修改表结构和建立表间的关联等操作。

（3）双击表名或右击数据库窗口中的表名，在弹出的快捷菜单中选择"打开"选项，打开表格输入对话框，对记录进行记录编辑操作。

图 8.2.2 中右边的 SQL 语句窗口，可将 SQL 查询条件加入到数据库中。有关 SQL 的知识参见下一节。

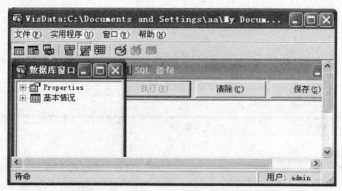

图 8.2.2　打开一个 Access 数据库文件

下面以 8.1 节中所描述的学生基本情况表来说明使用数据管理器建立 Student.mdb 数据库的过程。学生基本情况表结构如表 8.2.3 所示。

表 8.2.3　学生基本情况表结构

| 字段名 | 类型 | 宽度 | 字段名 | 类型 | 宽度 |
|---|---|---|---|---|---|
| 学号 | text | 6 | 专业 | text | 10 |
| 姓名 | text | 10 | 照片 | binary | |
| 性别 | text | 2 | | | |

【注意】由于照片是图形，字段类型应选用二进制类型 Binary。

选择数据管理器"文件"菜单，在"新建"子菜单中执行 Microsoft Access/Version 7.0 MDB 命令，输入数据库文件名，这里假定为 c:\student，由于是创建数据库，此时出现的数据库窗口内只有属性列表而没有任何数据表，即图 8.2.2 所示的窗口中只有 Properties 表。

右击数据库窗口，选择快捷菜单中的"新建表"选项即可启动如图 8.2.3 所示的"表结构"对话框。其中，"表名称"文本框用于输入数据表名，在本例中输入"基本情况"。"添加字段"按钮用于向表中增加新字段，单击"添加字段"按钮，打开如图 8.2.4 所示的"添加字段"对话框，其选项说明如表 8.2.4 所示。

在对应的文本框内输入字段名称，设置类型、大小和默认值等，单击"确定"按钮向表中加入指定的字段，当表结构设计完成后，单击"关闭"按钮返回"表结构"对话框。此时，"表结构"对话框的"字段列表"框内显示了当前表单的数据结构。如果要删除表中的字段，只要单击该字段，再单击"删除字段"按钮。对于表中字段的修改方法是先删除再重新建立。如果要为表建立索引，单击"表结构"对话框中的"添加索引"按钮，打开如图 8.2.5 所示的"添加索引 到 基本情况"对话框。通过这个交互界面可以将数据表中的某些字段设置为索引，以加快查找速度。

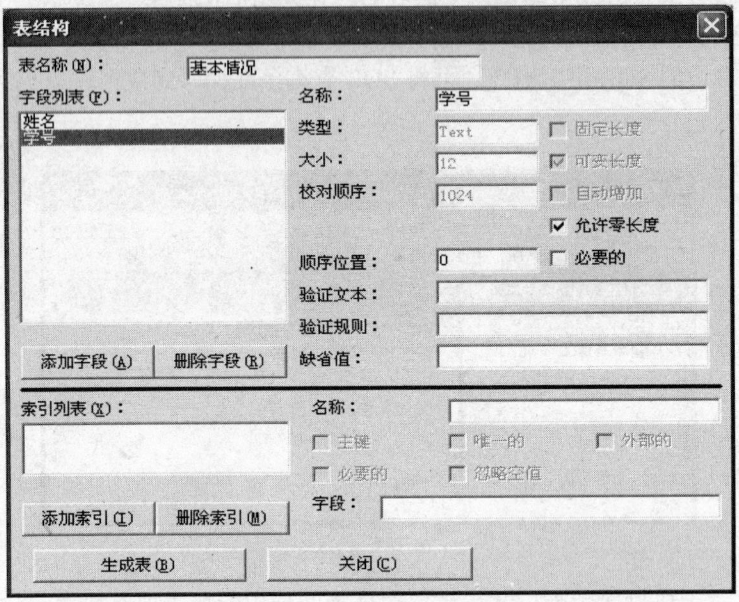

图 8.2.3 "表结构"对话框

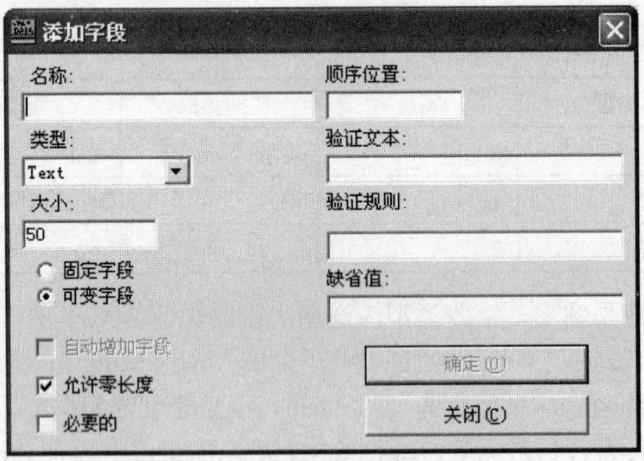

图 8.2.4 "添加字段"对话框

　　当一张表建立后，可以再建立另一张表。读者可参考表 8.1.2 再建立一个成绩表，以便后面的内容使用。成绩表中必须要有一个学号字段，使其能与基本情况表关联。

　　当表建好后，双击出现在数据库窗口中的基本情况表名，打开如图 8.2.6 所示的表格输入窗口，选择对应选项进行添加、编辑、增删记录等操作。

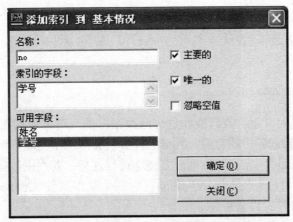

图 8.2.5　"添加索引 到 基本情况"对话框

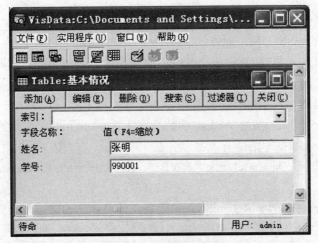

图 8.2.6　表格输入窗口

表 8.2.4　"添加字段"对话框各选项说明

| 选项名 | 描述 |
| --- | --- |
| 名称 | 字段名称 |
| 类型 | 指定字段类型 |
| 大小 | 字段宽度 |
| 固定字段 | 字段宽度固定不变 |
| 可变字段 | 字段宽度可变 |
| 允许零长度 | 表示空字符串可作为有效的字段值 |
| 必要的 | 表示该字段值不可缺少 |
| 顺序位置 | 字段在表中的顺序位置 |
| 验证文本 | 当向表输入无效值时所显示的提示 |
| 验证规则 | 验证输入字段值的简单规则 |
| 默认值 | 在输入时设置的字段初始值 |

# 8.3 数据控件与 ADO 数据访问技术

## 8.3.1 数据控件（Data）

Visual Basic 内嵌的 Data 数据控件是访问数据库的一种方便的工具，它能够利用三种 Recordset 对象来访问数据库中的数据，数据控件提供有限的不需编程而能访问现存数据库的功能，允许将 Visual Basic 的窗体与数据库方便地进行连接。要利用数据控件返回数据库中记录的集合，应先在窗体上画出控件，再通过它的三个基本属性 Connect、DatabaseName 和 RecordSource 设置要访问的数据资源。

### 8.3.1.1 数据控件属性

1. 数据控件重要属性

（1）Connect 属性。Connect 属性指定数据控件所要连接的数据库类型，Visual Basic 默认的数据库是 Access 的 mdb 文件，此外，也可连接 DBF、XLS、ODBC 等类型的数据库。

（2）DatabaseName 属性。DatabaseName 属性指定具体使用的数据库文件名，包括所有的路径名。如果连接的是单表数据库，则 DatabaseName 属性应设置为数据库文件所在的子目录名，而具体文件名放在 RecordSource 属性中。

例如，要连接一个 Microsoft Access 的数据库 c:\Student.mdb，则设置 DatabaseName="c:\Student.mdb"，Access 数据库的所有表都包含在一个.mdb 文件中。如果连接一个 FoxPro 数据库 c:\VB6\foxpro.dbf，则 DatabaseName="c:\VB6"，RecordSource="foxpro.dbf"，FoxPro 数据库只含有一个表。

（3）RecordSource 属性。RecordSource 确定具体可访问的数据，这些数据构成记录集对象 Recordset。该属性值可以是数据库中的单个表名，一个存储查询，也可以是使用 SQL 查询语言的一个查询字符串。例如，要指定 Student.mdb 数据库中的基本情况表，则 RecordSource="基本情况"；而 RecordSource="Select * From 基本情况 Where 专业="金融""，则表示要选择基本情况表中所有金融系学生的数据。

（4）RecordsetType 属性。RecordType 属性确定记录集类型，指定记录集的 Table、Dynaset、Snapshot 三种类型中的一种，如表 8.3.1 所示。

表 8.3.1 RecordType 属性取值

| 设置 | 值 | 描述 |
| --- | --- | --- |
| vbRSTypeTable | 0 | 一个表类型 Recordset |
| vbRSTypeDynaset | 1 | （缺省设置）一个 Dynaset 类型 Recordset |
| vbRSTypeSnapshot | 2 | 一个快照类型 Recordset |

（5）EOFAction 和 BOFAction 属性。当记录指针指向 Recordset 对象的开始（第一个记录前）或结束（最后一个记录后）时，数据控件的 EOFAction 和 BOFAction 属性的设置或返回值决定了数据控件要采取的操作。属性的取值如表 8.3.2 所示。

表 8.3.2　EOFAction 和 BOFAction 属性设置

| 属性 | 设置 | 值 | 描述 |
|---|---|---|---|
| BOFAction | vbBOFActionMoveFirst | 0 | MoveFirst（缺省设置）：将第一个记录设为当前记录 |
| | vbBOFActionBOF | 1 | 在 Recordset 的开头移动过去，将在第一个记录上触发 Data 控件的 Validate 事件，紧跟着是非法（BOF）记录上的 Reposition 事件。此刻禁止 Data 控件上的 Move Previous 按钮 |
| EOFAction | vbEOFActionMoveLast | 0 | MoveLast（缺省设置）：保持最后一个记录为当前记录 |
| | vbEOFActionEOF | 1 | 在 Recordset 的结尾移过去，这将在最后一个记录上触发 Data 控件的 Validate 事件，紧跟着是在非法（EOF）记录上的 Reposition 事件。此刻禁止 Data 控件上的 MoveNext 按钮 |
| | vbEOFActionAddNew | 2 | 移过最后一个记录，将在当前记录上触发 Data 控件的 Validate 事件，紧跟着是自动的 AddNew，接下来是在新记录上的 Reposition 事件 |

2. 数据绑定控件

在 Visual Basic 中，数据控件本身不能直接显示记录集中的数据，必须通过能与它绑定的控件来实现。可与数据控件绑定的控件对象有文本框、标签、图像框、图形框、列表框、组合框、复选框、网格、DB 列表框、DB 组合框、DB 网格和 OLE 容器等控件。

要使绑定控件能被数据库约束，必须在设计或运行时对这些控件的两个属性进行设置：

● DataSource 属性：通过指定一个有效的数据控件将绑定控件连接到一个数据源上。

● DataField 属性：设置数据源中有效的字段使绑定控件与其建立联系。

绑定控件、数据控件和数据库三者的关系如图 8.3.1 所示。

图 8.3.1　绑定控件、数据控件和数据库三者的关系

当上述控件与数据控件绑定后，Visual Basic 将当前记录的字段值赋给控件。如果修改了绑定控件内的数据，只要移动记录指针，修改后的数据会自动写入数据库。数据控件在装入数据库时，它把记录集的第一个记录作为当前记录。当数据控件的 EOFAction 属性值设置为 2（常量 vbEOFActionAddNew）时，使用数据控件将记录指针移到记录集结束位 EOF，数据控件会在缓冲区加入新的空记录。如果对新记录做出改变，随后又使用数据控件移动当前记录的指针，则该记录被自动追加到记录集中。如果未对新记录做出任何操作而移动记录指针，则该新记录被放弃。

【例 8.1】设计一个如图 8.3.2 所示窗体，用以显示在 8.2 节中建立的 Student.mdb 数据库中基本情况表的内容。

基本情况表包含了五个字段，故需要用五个绑定控件与之对应。这里用一个图形框显示照片，四个文本框显示学号、姓名等数据。本例中不需要编写任何代码，具体操作步骤如下：

图 8.3.2　显示数据库

（1）参考如图 8.3.2 所示窗体，在窗体上放置一个数据控件、一个图形框、四个文本框和四个标签控件。四个标签控件分别给出相关的提示说明。

（2）将数据控件 Data1 的 Connect 属性指定为 Access 类型，DatabaseName 属性连接数据库 Student.mdb，RecordSource 属性设置为基本情况表。

（3）图形框和 4 个文本框控件 Text1～Text4 的 DataSource 属性都设置成 Data1。通过单击这些绑定控件的 DataField 属性上的"…"按钮，将下拉出基本情况表所含的全部字段，分别选择与其对应的字段，使之建立约束关系。

运行该工程即可出现如图 8.3.2 所示效果。4 个文本框分别显示基本情况表内学号、姓名、性别、专业字段的内容，图形框显示每个学生的照片。

使用数据控件对象的 4 个箭头按钮可遍历整个记录集中的记录。单击最左边的按钮显示第 1 条记录；单击其旁边的按钮显示上一条记录；单击最右边的按钮显示最后一条记录；单击其旁边的按钮显示下一条记录。数据控件除了可以浏览 Recordset 对象中的记录外，同时还可以编辑数据。如果改变某个字段的值，只要移动记录，这时所作的改变便存入数据库中。

Visual Basic 6.0 提供了几个比较复杂的网格控件，几乎不用编写代码就可以实现多条记录数据显示。当把数据网格控件的 DataSource 属性设置为一个 Data 控件时，网格控件会被自动地填充，并且其列标题会用 Data 控件的记录集里的数据自动地设置。

【例 8.2】用数据网格控件 MSFlexGrid 显示 Student.mdb 数据库中基本情况表的内容。

MSFlexGrid 控件不是 Visual Basic 工具箱内的默认控件，需要在开发环境中选择"工程"→"部件"菜单命令，并在随即出现的对话框中选择"Microsoft FlexGrid Control 6.0"选项，将其添加到工具箱中。本例所用控件的属性设置如表 8.3.3 所示。请读者自行比较不可卷动列属性 FixedCols=0 与 FixedCols=1 的区别。Form 启动后自动显示如图 8.3.3 所示窗口。

表 8.3.3　控件属性

| 默认控件名 | 其他属性设置 |
| --- | --- |
| Data1 | DatabaseName="E:\Student.mdb"<br>RecordsetType=0<br>RecordSource="基本情况" |
| MSFlexGrid1 | DataSource=Data1<br>FixedCols=0 |

图 8.3.3  数据库网格控件的效果

#### 8.3.1.2  数据控件的事件

1. Reposition 事件

Reposition 事件发生在一条记录成为当前记录后。只要改变记录集的指针，使其从一条记录移到另一条记录，会产生 Reposition 事件。通常，可以在这个事件中显示当前指针的位置。例如，在例 8.1 的 Data1_Reposition 事件中加入如下代码：

```
Private Sub Data1_Reposition()
    Data1.Caption = Data1.Recordset.AbsolutePosition + 1
End Sub
```

这里，Recordset 为 Data1 控件所控制的记录集对象，AbsolutePosition 属性指示记录集当前指针值（从 0 开始）。当单击数据控件对象上的箭头按钮时，发生 Reposition 事件，数据控件的标题区会显示记录的序号，如图 8.3.4 所示。

图 8.3.4  显示当前记录号

2. Validate 事件

Validate 事件是在移动到一条不同记录之前出现。此外，当修改与删除数据表中的记录前或卸载含有数据控件的窗体时都触发 Validate 事件。Validate 事件能检查被数据控件绑定的控件内的数据是否发生变化。它通过 Save 参数（True 或 False）判断是否有数据发生变化，Action 参数判断哪一种操作触发了 Validate 事件。Action 参数可为表 8.3.4 中的值。

表 8.3.4  Validate 事件的 Action 参数

| Action 值 | 描述 | Action 值 | 描述 |
|---|---|---|---|
| 0 | 取消对数据控件的操作 | 6 | Update |
| 1 | MoveFirst | 7 | Delete |
| 2 | MovePrevious | 8 | Find |
| 3 | MoveNext | 9 | 设置 Bookmark |
| 4 | MoveLast | 10 | Close |
| 5 | AddNew | 11 | 卸载窗体 |

一般可用 Validate 事件来检查数据的有效性。例如，在例 8.1 中，如果不允许用户在数据浏览时清空性别字段的数据，可使用下列代码：

```
Private Sub Data1_Validate(Action As Integer, Save As Integer)
    If Save And Len(Trim(Text3)) = 0 Then Action = 0
End Sub
```

此代码检查被数据控件绑定的控件 Text3 内的数据是否被清空。如果 Text3 内的数据发生变化，则 Save 参数返回 True，若性别字段对应的文本框 Text3 被置空，则通过 Action=0 取消对数据控件的操作。

#### 8.3.1.3 数据控件的常用方法

数据控件的内置功能很多，可以在代码中用数据控件的方法访问数据控件属性。

1. Refresh 方法

Refresh 方法能打开或重新打开数据库并能重建控件的 Recordset 属性内的 Dynaset。如果在设计状态没有为打开数据库控件的有关属性全部赋值，或当 RecordSource 在运行时被改变后，必须使用数据控件的 Refresh 方法激活这些变化。在多用户环境下，当其他用户同时访问同一数据库和表时，Refresh 方法将使各用户对数据库的操作有效。例如，将例 8.1 中的设计参数改用代码实现，使所连接数据库所在的文件夹可随程序而变化：

```
Private Sub Form_Load()
    Dim mpath As String
    mpath = App.Path                                      '获取当前路径
    If Right(mpath, 1) <> "\" Then mpath = mpath + "\"      '判断是否在根目录
    Data1.DatabaseName = mpath + "Student.mdb"             '连接数据库
    Data1.RecordSource = "基本情况"                          '构成记录集对象
    Data1.Refresh                                          '激活数据控件
End Sub
```

2. UpdateControls 方法

UpdateControls 方法将被绑定控件的内容恢复为其原始值，等效于用户更改了数据之后决定取消更改。将代码 Data1.UpdateControls 放在一个命令按钮的 Click 事件中，就可实现放弃对记录修改的功能。

### 8.3.2 记录集对象

由 RecordSource 确定的具体可访问的数据构成的记录集 Recordset 也是一个对象，因此，它和其他对象一样具有属性和方法。下面列出记录集常用的属性和方法。

1. AbsolutePosition 属性

AbsolutePosition 返回当前指针值，如果是第一条记录，其值为 0，该属性为只读属性。

2. BOF 和 EOF 的属性

BOF 判定记录指针是否在首记录之前，若 BOF 为 True，则当前位置位于记录集的第一条记录之前。与此类似，EOF 判定记录指针是否在末记录之后。

3. Bookmark 属性

打开 Recordset 对象时，系统为当前记录生成一个称为书签的标识值，包含在 Recordset 对象的 Bookmark 属性中。每个记录都有唯一的书签（用户无法查看书签的值），Bookmark 属

性返回 Recordset 对象中当前记录的书签。要保存当前记录的书签，可将 Bookmark 属性的值赋给一个变体类型的变量。通过设置 Bookmark 属性，可将 Recordset 对象的当前记录快速移动到由有效书签所标识的记录上。

【注意】在程序中不能使用 AbsolutePosition 属性重定位记录集的指针，但可以使用 Bookmark 属性。

例如，在例 8.1 的 Form_Click 事件中用窗体级变量 mbookmark 保存某记录的书签：

```
Private Sub Form_Click()
        mbookmark = Data1.Recordset.Bookmark        '保存某记录的书签
End Sub
```

加入一个命令按钮，在 Command1_Click 事件中用变量 mbookmark 重设置 Bookmark 属性：

```
Private Sub Command1_Click()
        Data1.Recordset.Bookmark = mbookmark        '重设置 Bookmark
End Sub
```

当在浏览记录时，通过 Command1_Click 事件，就可使显示的记录页面快速返回到保存过书签的记录上。

4．NoMatch 属性

在记录集中进行查找时，如果找到相匹配的记录，则 Recordset 的 NoMatch 属性为 False，否则为 True。该属性常与 Bookmark 属性一起使用。

5．RecordCount 属性

RecordCount 属性对 Recordset 对象中的记录计数，该属性为只读属性。在多用户环境下，RecordCount 属性值可能不准确，为了获得准确值，在读取 RecordCount 属性值之前，可使用 MoveLast 方法将记录指针移至最后一条记录上。

6．Move 方法

使用 Move 方法可代替数据控件对象的 4 个箭头按钮的操作遍历整个记录集。五种 Move 方法是：

（1）MoveFirst 方法，移至第一条记录。

（2）MoveLast 方法，移至最后一条记录。

（3）MoveNext 方法，移至下一条记录。

（4）MovePrevious 方法，移至上一条记录。

（5）Move[n]方法，向前或向后移 n 条记录，n 为指定的数值。

【例 8.3】在窗体上用四个命令按钮代替例 8.1 中数据控件对象的四个箭头按钮的操作。

在例 8.1 的基础上，窗体上增加四个命令按钮，将数据控件的 Visible 属性设置为 False，如图 8.3.5 所示。通过对四个命令按钮编程代替数据控件对象的四个箭头按钮的操作。命令按钮 Command1_ Click 事件移至第一条记录。

```
Private Sub Command1_Click()
        Data1.Recordset.MoveFirst
End Sub
```

命令按钮 Command4_Click 事件移至最后一条记录。

```
Private Sub Command4_Click()
        Data1.Recordset.MoveLast
End Sub
```

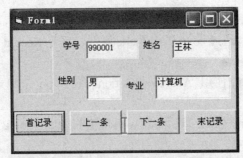

图 8.3.5　用按钮代替数据控件对象的箭头按钮

另外两个按钮的代码需要考虑 Recordset 对象的边界，可用 BOF 和 EOF 属性检测记录集的首尾，如果越界，则用 MoveFirst 方法定位到第一条记录或用 MoveLast 方法定位到最后一条记录。程序代码如下：

```
Private Sub Command2_Click()
  Data1.Recordset.MovePrevious
      If Data1.Recordset.BOF Then Data1.Recordset.MoveFirst
End Sub
Private Sub Command3_Click()
      Data1.Recordset.MoveNext
      If Data1.Recordset.EOF Then Data1.Recordset.MoveLast
End Sub
```

7. Find 方法

使用 Find 方法可在指定的 Dynaset 或 Snapshot 类型的 Recordset 对象中查找与指定条件相符的一条记录，并使之成为当前记录。四种 Find 方法是：

（1）FindFirst 方法，从记录集的开始查找满足条件的第一条记录。

（2）FindLast 方法，从记录集的尾部向前查找满足条件的第一条记录。

（3）FindNext 方法，从当前记录开始查找满足条件的下一条记录。

（4）FindPrevious 方法，从当前记录开始查找满足条件的上一条记录。

四种 Find 方法的语法格式相同：

数据集合.Find 方法　条件

搜索条件是一个指定字段与常量关系的字符串表达式。在构造表达式时，除了用普通的关系运算符外，还可以用 Like 运算符。

例如，语句 Data1.Recordset.FindFirst "专业='物理'" 表示在由 Data1 数据控件所连接的数据库 Student.mdb 的记录集内查找专业为"物理"的第 1 条记录。这里，"专业"为记录集中的字段名，在该字段中存放专业名称信息。要想查找下一条符合条件的记录，可继续使用语句：Data1.Recordset.FindNext "专业='物理'"。

以上语句中的条件部分也可以改用已赋值的字符型变量，写成如下形式：

MyCriteria="专业='物理'"

Data1.Recordset FindNext MyCriteria

如果条件部分的常数来自变量，例如，mt="物理"，则条件表达式必须按以下格式构成：

MyCriteria="专业='" & mt & "'"

这里，符号&为字符串连接运算符，它的两侧必须加空格。

又例如，要在记录集内查找专业名称中带有"建"字的专业，可用下面的语句：

Data1.Recordset.FindFirst "专业 Like '*建*'"

字符串"*建*"匹配专业字段中带有"建"字字样的所有专业名称字符串。这样就可实现模糊查询的功能。

Find 方法进行的查找在默认情况下是不区分大小写的。要改变默认查找方法，可以在窗体的声明部分或声明模块中使用下列语句：

Option Compare Text　　　　　　　'不区分大小写

Option Compare Binary　　　　　　'区分大小写

需要指出的是 Find 方法在找不到相匹配的记录时，当前记录保持在查找的始发处，NoMatch 属性为 True。如果 Find 方法找到相匹配的记录，则定位到该记录，Recordset 的 NoMatch 属性为 False。

【例 8.4】在例 8.3 的基础上加入"查找"按钮，如图 8.3.6 所示。通过 InputBox 输入学号，使用 Find 方法查找记录。

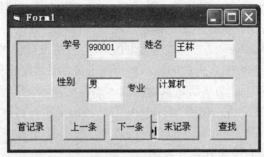

图 8.3.6　Find 方法查找

根据 InputBox 输入值，构造查找条件表达式：学号='990102'。程序代码如下：

```
Private Sub Command5_Click()
        Dim mno As String
        mno = InputBox$("请输入学号", "查找窗")
        Data1.Recordset.FindFirst "学号='" & mno & "'"
        If Data1.Recordset.NoMatch Then MsgBox "无此学号", , "提示"
End Sub
```

请读者将查找条件中的运算符改用 Like 运算符，使其具有模糊查询的功能。

8. Seek 方法

使用 Seek 方法必须打开表的索引，它只能在 Table 表中查找与指定索引规则相符的第一条记录，并使之成为当前记录。其语法格式为：

数据表对象.Seek comparison,key1,key2……

Seek 允许接受多个参数，第一个是比较运算符 comparison，该字符串确定比较的类型。Seek 方法中可用的比较运算符有=、>=、>、<>、<、<=等。

在使用 Seek 方法定位记录时，必须通过 Index 属性设置索引。若在同一个记录集中多次使用同样的 Seek 方法（参数相同），那么找到的总是同一条记录。

例如，假设数据库 Student 内基本情况表的索引字段为学号，索引名称为 No，则查找表中满足"学号"字段值大于 991102 的第一条记录可使用以下程序代码：

```
Data1.RecordsetType=0                    '设置记录集类型为 Table
Data1.RecordSource="基本情况"            '打开基本情况表
Data1.Refresh
Data1.Recordset.Index="No"               '打开名称为 No 的索引
Data1.Recordset.Seek    ">","991102"
```

### 8.3.3  数据库记录的增、删、改操作

Data 控件是浏览和编辑记录集的好工具，但怎么输入新信息或删除现有记录呢？这需要编写几行代码，否则无法在 Data 控件上完成数据输入。数据库记录的增、删、改操作需要使用 AddNew、Delete、Edit、Update 和 Refresh 方法。它们的语法格式为：

数据控件.记录集.方法名

1. 增加记录

AddNew 方法在记录集中增加新记录。增加记录的步骤为：

（1）调用 AddNew 方法。

（2）给各字段赋值。给字段赋值格式为：Recordset.Fields（"字段名"）=值。

（3）调用 Update 方法，确定所做的添加，将缓冲区内的数据写入数据库。

【注意】如果使用 AddNew 方法添加了新的记录，但是没有使用 Update 方法而移动到其他记录，或者关闭了记录集，那么所做的输入将全部丢失，而且没有任何警告。当调用 Update 方法写入记录后，记录指针自动从新记录返回到添加新记录前的位置上，而不显示新记录。为此，可在调用 Update 方法后，使用 MoveLast 方法将记录指针再次移到新记录上。

2. 删除记录

从记录集中删除记录的操作分为三步：

（1）定位被删除的记录，使之成为当前记录。

（2）调用 Delete 方法。

（3）移动记录指针。

【注意】在使用 Delete 方法时，当前记录立即删除，不加任何的警告或者提示。删除一条记录后，被数据库所约束的绑定控件仍旧显示该记录的内容。因此，必须移动记录指针刷新绑定控件，一般采用移至下一记录的处理方法。在移动记录指针后，应该检查 EOF 属性。

3. 编辑记录

数据控件自动提供了修改现有记录的能力，当直接改变被数据库所约束的绑定控件的内容后，需单击数据控件对象的任一箭头按钮来改变当前记录，确定所做的修改。也可通过程序代码来修改记录，步骤为：

（1）调用 Edit 方法。

（2）给各字段赋值。

（3）调用 Update 方法，确定所做的修改。

【注意】如果要放弃对数据的所有修改，可使用 UpdateControls 方法放弃对数据的修改，也可用 Refresh 方法，重读数据库，刷新记录集。由于没有调用 Update 方法，数据的修改没有写入数据库，所以这样的记录会在刷新记录集时丢失。

【例 8.5】在例 8.1 的基础上加入"新增"、"删除"、"修改"和"放弃"四个按钮，通过对四个按钮的编程建立增、删、改功能，如图 8.3.7 所示。

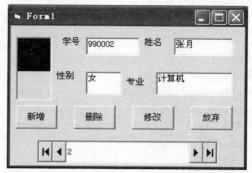

图 8.3.7　编程建立增、删、改功能

本例中，我们使 Command1_Click 事件具有两项功能：根据按钮提示文字调用 AddNew 方法或 Update 方法，并控制其他三个按钮的可用性。当按钮提示为"新增"时调用 AddNew 方法，并将提示文字改为"确认"，同时使"删除"按钮 Command2、"修改"按钮 Command3 不可用，而使"放弃"按钮 Command4 可用。新增记录后，需再次单击 Command1 调用 Update 方法确认添加的记录，再将提示文字改为"新增"，并使"删除"和"修改"按钮可用，而使"放弃"按钮不可用。

```
Private Sub Command1_Click()
    Command2.Enabled = Not Command2.Enabled          '控制按钮的可用性
    Command3.Enabled = Not Command3.Enabled
    Command4.Enabled = Not Command4.Enabled
    If Command1.Caption = "新增" Then
        Command1.Caption = "确认"                      '改变按钮提示文字
        mbookmark = Data1.Recordset.Bookmark
        Data1.Recordset.AddNew                        '调用 AddNew 方法
        Text1.SetFocus
    Else
        Command1.Caption = "新增"                      '使按钮再回到新增状态
        Data1.Recordset.Update                        '调用 Update 方法
        Data1.Recordset.MoveLast
    End If
End Sub
```

命令按钮 Command2_Click 事件调用 Delete 方法删除当前记录。当记录被删除后，必须移动记录指针，刷新显示屏。程序中出现的 On Error Resume Next 语句是 Visual Basic 提供的错误捕获语句。该语句表示在程序运行时发生错误，忽略错误行，继续执行下一语句。这是因为当记录集的记录全部被删除后，再用 Move 语句移动记录会发生错误，这时可由 On Error Resume Next 语句处理错误，忽略产生错误的语句行。

```
Private Sub Command2_Click()
    On Error Resume Next
    Data1.Recordset.Delete
    Data1.Recordset.MoveNext
    If Data1.Recordset.EOF Then Data1.Recordset.MoveLast
End Sub
```

Command3_Click 事件的编程思路与 Command1_Click 事件类似，根据按钮提示文字调用

Edit 方法进入编辑状态或调用 Update 方法将修改后的数据写入到数据库，并控制其他三个按钮的可用性。

```
Private Sub Command3_Click()
    Command1.Enabled = Not Command1.Enabled
    Command2.Enabled = Not Command2.Enabled
    Command4.Enabled = Not Command4.Enabled
    If Command3.Caption = "修改" Then
        mbookmark = Data1.Recordset.Bookmark
        Command3.Caption = "确认"
        Data1.Recordset.Edit
        Text1.SetFocus
    Else
        Command3.Caption = "修改"
        Data1.Recordset.Update
    End If
End Sub
```

Command4_Click 事件使用 UpdateControls 方法放弃操作，并通过设置 Bookmark 使当前记录返回到选择新增或修改操作时的记录位置上。

```
Private Sub Command4_Click()
    Command1.Caption = "新增": Command3.Caption = "修改"
    Command1.Enabled = True: Command2.Enabled = True
    Command3.Enabled = True: Command4.Enabled = False
    Data1.UpdateControls
    Data1.Recordset.Bookmark = mbookmark
End Sub
```

上面的代码给出了数据表内数据处理的基本方法。需要注意的是：对于一条新记录或编辑过的记录必须要保证数据的完整性，这可通过 Data1_Validate 事件过滤无效记录。例如，下面的代码对学号字段进行测试，如果学号为空则输入无效。在本例中被学号字段所约束的绑定控件是 Text1，可用 Text1.DataChanged 属性检测 Text1 控件所对应的当前记录中的字段值的内容是否发生了变化，Action=6 表示 Update 操作。此外，使用数据控件对象的任一箭头按钮来改变当前记录，也可确定添加的新记录或对已有记录的修改，Action 取值 1~4 分别对应单击其中一个箭头按钮的操作，当单击数据控件的箭头按钮时也触发 Validate 事件。

```
Private Sub Data1_Validate(Action As Integer, Save As Integer)
    If Text1.Text = "" And (Action = 6 Or Text1.DataChanged) Then
        MsgBox "数据不完整，必须要有学号!"
        Data1.UpdateControls
    End If
    If Action >= 1 And Action <= 4 Then
        Command1.Caption = "新增": Command3.Caption = "修改"
        Command1.Enabled = True: Command2.Enabled = True
        Command3.Enabled = True: Command4.Enabled = False
    End If
End Sub
```

关于照片的输入，较简单的方法是通过剪贴板将照片图片复制到 Picture1 控件。在输入照片时，事先需要用扫描仪将照片扫描到内存或形成图形文件，通过一个图片编辑程序将照片装入剪贴板，然后再从剪贴板复制到 Picture1 控件。此外，也可使用 LoadPicture 函数将照片图形文件装入到 Picture1 控件或其他图形容器内。本例通过 Picture1_DblClick 事件来完成剪贴板到 Picture1 控件的复制，当移动记录指针时，Picture1 控件内的照片存入数据库。程序如下：

```
Private Sub Picture1_DblClick()
        Picture1.Picture = Clipboard.GetData        '从剪贴板复制到 Picture1
End Sub
```

### 8.3.4　ADO 数据访问技术

#### 8.3.4.1　ADO 对象模型

在 VB 中要开发数据库程序，可以使用"数据库访问对象"。随着 Visual Basic 的发展，在 VB 6.0 中共有 3 种可以使用的数据库访问对象：

ADO（ActiveX Data Objects）　ActiveX 数据对象

RDO　（Remote Data Objects）远程数据对象

DAO　（Data Access Objects）数据访问对象

其中 ADO 数据访问接口是 Microsoft 处理数据库信息的最新技术。它是一种 ActiveX 对象，采用了被称为 OLE DB 的数据访问模式，是数据访问对象 DAO、远程数据对象 RDO 和开放数据库互连 ODBC 三种方式的扩展。ADO 对象模型定义了一个可编程的分层对象集合，主要由三个对象成员 Connection（连接）、Command（命令）和 Recordset（记录集）对象，以及几个集合对象 Error（错误）、Parameter（参数）和 Field（字段）等所组成。图 8.3.8 示意了这些对象彼此之间的关系。表 8.3.5 是这些对象的分工描述。

表 8.3.5　ADO 的可编程对象

| 对象名 | 描述 |
| --- | --- |
| Connection | 连接数据来源 |
| Command | 从数据源获取所需数据的命令信息 |
| Recordset | 所获取的一组记录组成的记录集 |
| Error | 在访问数据时，由数据源所返回的错误信息 |
| Parameter | 与命令对象相关的参数 |
| Field | 包含了记录集中某个字段的信息 |

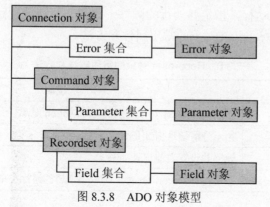

图 8.3.8　ADO 对象模型

要想在程序中使用 ADO 对象，必须先为当前工程引用 ADO 的对象库。引用方式是执行"工程"菜单的"引用"命令，启动"引用"对话框，在列表中选取"Microsoft ActiveX Data Object 2.0 Library"选项。

1. Connection（连接）对象

"连接"是交换数据所必需的环境，通过连接可使应用程序访问数据源。Connection 对象用于指定专门的提供者和任意参数。表 8.3.6 列出 Connection 对象的常用属性和方法。

表 8.3.6　Connection 对象的常用属性和方法

| 常用属性和方法 | 说明 |
| --- | --- |
| ConnectionString 属性 | 指定到数据源的连接字符串 |
| Open 方法 | 打开到数据源的连接 |
| Execute 方法 | 对连接执行各种操作 |
| Cancel 方法 | 取消 Open 或 Execute 方法的调用 |
| Close 方法 | 关闭打开的 Connection 对象 |

2. Command（命令）对象

"命令"对象描述将对数据源执行的命令。通过已建立的连接发出的命令可以某种方式来操作数据源。一般情况下，命令可以在数据源中添加、删除或更新数据，或者在表中以行的格式检索数据。表 8.3.7 列出 Command 对象的常用属性和方法。

表 8.3.7　Command 对象的常用属性和方法

| 常用属性和方法 | 说明 |
| --- | --- |
| ActiveConnection 属性 | 设置到数据源的连接信息 |
| CommandText 属性 | 定义命令（例如，SQL 语句）的可执行文本 |
| CommandType 属性 | 指定命令类型以优化性能 |
| Execute 方法 | 执行 CommandText 属性指定的操作 |
| Cancel 方法 | 取消 Execute 方法的调用 |

3. Recordset（记录集）对象

"记录集"对象描述来自数据表或命令执行结果的记录集合，其组成为记录（行）。常用于指定可以检查的行，移动行，指定移动行的顺序，添加、更改或删除行，通过更改行更新数据源等。表 8.3.8 列出 Recordset 对象的常用属性和方法。

表 8.3.8　Recordset 对象的常用属性和方法

| 常用属性和方法 | 说明 |
| --- | --- |
| ActiveConnection 属性 | 返回 Recordset 对象所属的 Connection 对象 |
| BOF 和 EOF 属性 | 指示当前记录指针是否位于首记录前、末记录后 |
| Bookmark 属性 | 返回并设置当前记录的书签 |
| CursorType 属性 | 指定打开 Recordset 对象时应该使用的游标类型 |

| 常用属性和方法 | 说明 |
| --- | --- |
| Filter 属性 | 设置 Recordset 对象中的筛选条件 |
| RecordCount 属性 | 返回 Recordset 对象中记录的数目 |
| Sort 属性 | 设置排序字段 |
| Source 属性 | 指定 Recordset 对象的数据源：Command 对象变量、SQL 语句、存储过程 |
| AddNew 方法 | 可创建和初始化新记录 |
| CancelUpdate 方法 | 可取消对当前记录所做的任何更改或放弃新添加的记录 |
| Delete 方法 | 删除当前记录或记录组 |
| Move 方法 | 移动 Recordset 对象中当前记录的位置 |
| MoveFirst、MoveLast、MoveNext 和 MovePrevious 方法 | 移动到指定 Recordset 对象中的第一个、最后一个、下一个或上一个记录并使该记录成为当前记录 |
| Requery 方法 | 重新执行对象所基于的查询，来更新 Recordset 对象中的数据 |
| Update 方法 | 保存对 Recordset 对象的当前记录所做的所有更改 |

#### 8.3.4.2　使用 ADO 数据控件

在使用 ADO 数据控件前，必须先通过"工程"→"部件"菜单命令选择"Microsoft ADO Data Control 6.0(OLE DB)"选项，将 ADO 数据控件添加到工具箱。ADO 数据控件与 Visual Basic 的内部数据控件很相似，它允许使用 ADO 数据控件的基本属性快速地创建与数据库的连接。

1. ADO 数据控件的基本属性

（1）ConnectionString 属性。ADO 控件没有 DatabaseName 属性，它使用 ConnectionString 属性与数据库建立连接。该属性包含了用于与数据源建立连接的相关信息，ConnectionString 属性带有 4 个参数，如表 8.3.9 所示。

表 8.3.9　ConnectionString 属性参数

| 参数 | 描述 |
| --- | --- |
| Provide | 指定连接提供者的名称 |
| FileName | 指定数据源所对应的文件名 |
| RemoteProvide | 在远程数据服务器打开一个客户端时所用的数据源名称 |
| Remote Server | 在远程数据服务器打开一个主机端时所用的数据源名称 |

（2）RecordSource 属性。RecordSource 确定具体可访问的数据，这些数据构成记录集对象 Recordset。该属性值可以是数据库中的单个表名，一个存储查询，也可以是使用 SQL 查询语言的一个查询字符串。

（3）ConnectionTimeout 属性。用于数据连接的超时设置，若在指定时间内连接不成功显示超时信息。

（4）MaxRecords 属性。定义从一个查询中最多能返回的记录数。

2. ADO 数据控件的方法和事件

ADO 数据控件的主要方法和事件与数据控件的方法和事件一样，可参考 8.3.1 节。

3. 设置 ADO 数据控件的属性

下面通过使用 ADO 数据控件连接 Student.mdb 数据库来说明 ADO 数据控件属性的设置过程。

步骤 1：在窗体上放置 ADO 数据控件，控件默认名为"Adodc1"。

步骤 2：单击 ADO 控件属性窗口中 ConnectionString 属性右边的"…"按钮，弹出如图 8.3.9 所示的"属性页"对话框。在该对话框中允许通过三种不同的方式连接数据源：

- "使用连接字符串"，只需要单击"生成"按钮，通过选项设置自动产生连接字符串。
- "使用 Data Link 文件"，表示通过一个连接文件来完成。
- "使用 ODBC 数据资源名称"，可以通过下拉式列表框，选择某个创建好的数据源名称（DSN），作为数据来源对远程数据库进行控制。

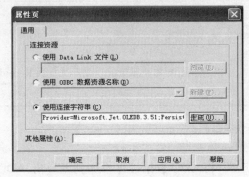

图 8.3.9　ConnectionString 属性页

步骤 3：采用"使用连接字符串"方式连接数据源。单击"生成"按钮，打开如图 8.3.10 所示的"数据链接属性"对话框。在"提供程序"选项卡内选择一个合适的 OLE DB 数据源，Student.mdb 是 Access 数据库，选择"Microsoft Jet 3.51 OLE DB Provider"选项。然后单击"下一步"按钮或打开"连接"选项卡，在对话框内指定数据库文件，这里为 Student.mdb。为保证连接有效，可单击"连接"选项卡右下方的"测试连接"按钮，如果测试成功则关闭 ConnectionString 属性页。

图 8.3.10　"数据链接属性"对话框

步骤 4：单击 ADO 控件属性窗口中 RecordSource 属性右边的 "…" 按钮，弹出记录源属性页对话框，如图 8.3.11 所示。

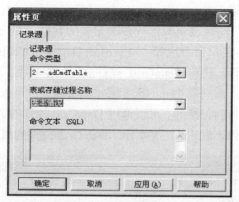

图 8.3.11 记录源属性页

在 "命令类型" 下拉式列表框中选择 "2-adCmdTable" 选项，在 "表或存储过程名称" 下拉式列表框中选择 Student.mdb 数据库中的 "基本情况" 表，关闭记录源属性页。此时，已完成了 ADO 数据控件的连接工作。

由于 ADO 控件是一个 ActiveX 控件，也可以右击 ADO 控件，在弹出的快捷菜单中选择 "ADO DC 属性" 菜单命令，打开 ADO 控件属性页对话框，如图 8.3.12 所示，一次完成步骤 1 至步骤 4 的全部设置。

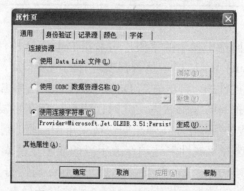

图 8.3.12 ADO 控件属性页对话框

### 8.3.4.3 ADO 控件上新增绑定控件的使用

随着 ADO 对象模型的引入，Visual Basic 6.0 除了保留以往的一些绑定控件外，又提供了一些新的成员来连接不同数据类型的数据。这些新成员主要有 DataGrid、DataCombo、DataList、DataReport、MSHFlexGrid、MSChart 和 MonthView 等控件。这些新增绑定控件必须使用 ADO 控件进行绑定。

Visual Basic 6.0 在绑定控件上不仅对 DataSource 和 DataField 属性在连接功能上作了改进，又增加了 DataMember 与 DataFormat 属性，使数据访问的队列更加完整。DataMember 属性允许处理多个数据集，DataFormat 属性用于指定数据内容的显示格式。

【例 8.6】使用 ADO 控件和 DataGrid 网格控件浏览数据库 Student.mdb，并使之具有编辑功能。

在窗体上放置 ADO 控件，并按前面刚刚介绍的 ADO 控件属性设置过程连接数据库 Student.mdb 中的基本情况表。

DataGrid 控件允许用户同时浏览或修改多个记录的数据。在使用 DataGrid 控件前也必须先通过"工程"→"部件"菜单命令选择"Microsoft DataGrid Control 6.0(OLE DB)"选项，将 DataGrid 控件添加到工具箱，再将 DataGrid 控件放置到窗体上。设置 DataGrid 网格控件的 DataSource 属性为 Adodc1，就可将 DataGrid1 绑定到数据控件 Adodc1 上。

显示在 DataGrid 网格内的记录集，可以通过 DataGrid 控件的 AllowAddNew、AllowDelete 和 AllowUpdate 属性设置控制增、删、改操作。DataGrid 控件的属性页如图 8.3.13 所示。

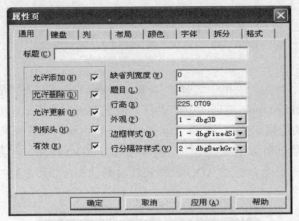

图 8.3.13　DataGrid 控件的属性页

如果要改变 DataGrid 网格上显示的字段，可右击 DataGrid 控件，在弹出的快捷菜单中选择"检索字段"选项。Visual Basic 提示是否替换现有的网格布局，单击"是"按钮就可将表中的字段装载到 DataGrid 控件中。再次右击 DataGrid 控件，在弹出的快捷菜单中选择"编辑"选项，进入数据网格字段布局的编辑状态，此时，当鼠标指在字段名上时，鼠标指针变成黑色向下箭头。右击需要修改的字段名，在弹出的快捷菜单中选择"删除"选项，就可从 DataGrid 控件中删除该字段，也可选择"属性"选项修改字段的显示宽度或字段标题。

为使 ADO 控件能控制增加记录，需要设置 EOFAction 属性为 2-adDoAddNew。图 8.3.14 所示为具有增、删、改功能的数据网格绑定。标有*号的记录行表示允许增加新记录。

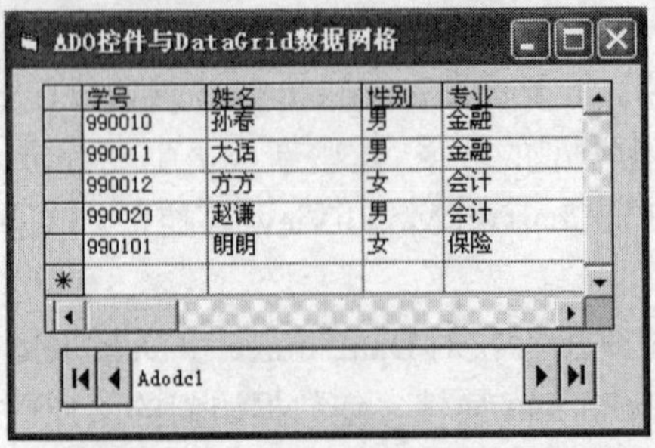

图 8.3.14　ADO 控件与网格绑定

8.3.4.4 使用数据窗体向导

Visual Basic 6.0 提供了一个功能强大的数据窗体向导，通过几个交互过程，便能创建前面介绍的 ADO 数据控件和绑定控件，构成一个访问数据的窗口。数据窗体向导属于外接程序，在使用前必须执行"外接程序"菜单中的"外接程序管理器"命令，按图 8.3.15 所示的选项将"VB 6 数据窗体向导"加载到"外接程序"菜单中。这里以 Student.mdb 数据库的基本情况表作为数据源来说明数据访问窗口建立的过程。

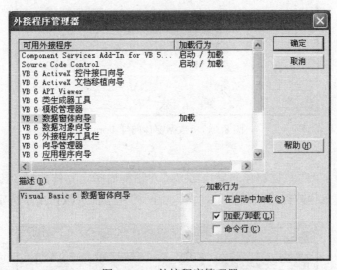

图 8.3.15 外接程序管理器

【例 8.7】执行"外接程序"菜单中的"数据窗体向导"命令，使用数据窗体向导建立如图 8.3.16 所示的数据访问对话框。

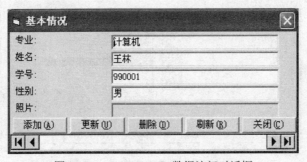

图 8.3.16 Student.mdb 数据访问对话框

1. 选择数据库类型

可以选择任何版本的 Access 数据库或任何 ODBC 兼容的用于远程访问的数据库。

2. 设置应用窗体的工作特性

工作特性设置包括窗体名、窗体布局和数据源连接方式。窗体布局设置选择数据显示形式，有单记录显示，也可用数据网格同时显示多条记录。数据源连接绑定方式可以使用 ADO 控件，也可以通过 ADO 对象程序代码访问数据。它们在图 8.3.17 所示的"数据窗体向导-Form"对话框内完成。

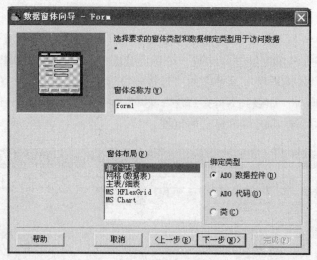

图 8.3.17　数据窗体向导-Form

3. 设置记录源

在图 8.3.18 所示的"数据窗体向导-记录源"对话框内指定具体数据和排序依据。"记录源"下拉式列表框用于选择数据库中的表单，窗口中间的 4 个箭头按钮用于选定字段。

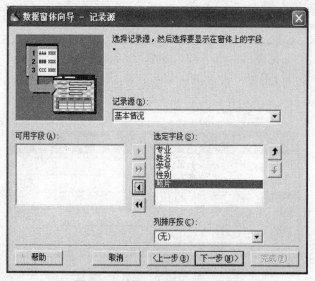

图 8.3.18　数据窗体向导-记录源

4. 建立窗体按钮

在图 8.3.19 所示的"数据窗体向导-控件选择"对话框内，选择所创建的数据访问窗体需要提供哪些操作按钮。

当选择完毕后，可以将整个操作过程保存到一个向导配置文件.rwp 中。结束数据窗体向导的交互时，向导将自动产生数据访问对话框的画面及代码。可以对产生的窗体布局形式进行调整或在此基础上加上其他控件对象。数据访问对话框运行结果如图 8.3.20 所示，各按钮的程序代码不难理解，请读者自行阅读。

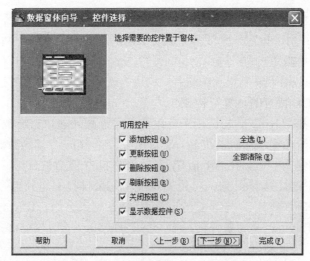

图 8.3.19 数据窗体向导-控件选择

图 8.3.20 为窗体布局选定 MSFlexGrid 数据网格形式的数据访问窗口运行结果。图 8.3.21 所示为选定主表/明细表形式，以基本情况表作为主表，学生成绩表为明细表所建立的数据访问窗口。

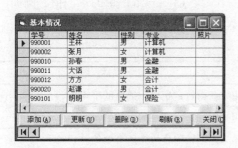

图 8.3.20 网格形式的数据访问窗口

图 8.3.21 同时访问两个表的数据窗口

# 8.4 SQL 语句简介

## 8.4.1 结构化查询语言

SQL（Structure Query Language，结构化查询语言）是操作数据库的工业标准语言。在 SQL 语言中，指定要做什么而不是怎么做。不需要告诉 SQL 如何访问数据库，只要告诉 SQL 需要数据库做什么。可以在设计或运行时对数据控件使用 SQL 语句。SQL 中最经常使用的是从数据库中获取数据，称为查询数据库。查询数据库通过使用 Select 语句来完成。常见的 Select 语句包含六部分，其语法形式为：

Select 字段表 From 表名 Where 查询条件 Group By 分组字段 Having 分组条件 Order By 字段[Asc| Desc]

其中：

（1）字段表：包含了查询结果要显示的字段清单，字段之间用逗号分开。要选择表中所有字段，可用星号"*"代替。如果所选定的字段要更名，可在该字段后用 As[新名]实现。

（2）From 子句：用于指定一个或多个表。如果所选的字段来自不同的表，则字段名前应加表名前缀，中间用小数点分隔。

（3）Where 子句：用于限制记录的选择。构造查询条件可使用大多数的 Visual Basic 内部函数和运算符以及 SQL 特有的运算符构成表达式。

（4）Group By 和 Having 子句：用于分组和分组过滤处理。它能把在指定字段列表中有相同值的记录合并成一条记录。如果在 Select 语句中含有 SQL 合计函数，例如 Sum 或 Count，那么就为每条记录创建摘要值。在 Group By 字段中的 Null 值会被分组，并不省略。但是，在任何 SQL 合计函数中都计算 Null 值。可用 Where 子句来排除不想分组的行，将记录分组后，也可用 Having 子句来筛选它们。一旦 Group By 完成了记录分组，Having 就显示由 Group By 子句分组的且满足 Having 子句条件的所有记录。Having 子句与已确定要选中哪些记录的 Where 子句类似。

（5）Order By 子句决定了查找出来的记录的排列顺序。在 Order By 子句中，可以指定一个或多个字段作为排序关键字，Asc 选项代表升序，Desc 代表降序。

在上述 SQL 语句中，Select 和 From 子句是必须要有的，它告诉 Visual Basic 从何处来找想要的数据，通过使用 Select 语句可返回一个记录集。

可在 Select 子句内使用合计函数对记录进行操作，它返回一组记录的单一值。例如，Avg 函数可以返回记录集的特定字段中所有值的平均数。表 8.4.1 列出了合计函数。

表 8.4.1  合计函数

| 合计函数 | 描述 |
| --- | --- |
| Avg | 用来获得特定字段中的值的平均数 |
| Count | 用来返回选定记录的个数 |
| Sum | 用来返回特定字段中所有值的总和 |
| Max | 用来返回指定字段中的最大值 |
| Min | 用来返回指定字段中的最小值 |

### 8.4.2  使用 Select 语句查询

Select 语句基本上是记录集的定义语句。数据控件的 RecordSource 属性不一定是数据表名，可以是数据表中的某些行或多个数据表中的数据组合。可以直接在 Data 控件和 ADO 控件的 RecordSource 属性栏中输入 SQL，也可在代码中通过 SQL 语句将选择的记录集赋给数据控件的 RecordSource 属性，也可赋予对象变量。

【例 8.8】将例 8.4 中的查找功能改用 SQL 语句处理，通过 InputBox 输入专业，显示某专业的学生记录。

使用 SQL 语句查询，只要将例 8.4 中命令按钮 Command5_Click 事件改为如下代码：

```
Dim mno As String
Dim mzy As String
mzy = InputBox$("请输入专业", "查找窗")
Data1.RecordSource = " Select * From 基本情况 Where 专业 like '" & mzy & "'"
```

```
    Data1.Refresh
    If Data1.Recordset.EOF Then
        MsgBox "无此专业!", , "提示"
        Data1.RecordSource = "基本情况"
        Data1.Refresh
    End If
```

程序中"Select *"选择表中所有字段（也可以指定选择部分列）；"From 基本情况"短语指定数据来源；"Where 专业 like '" & mzy & "'"短语构成查询条件，用于过滤表中的记录；Data1.Refresh 方法激活这些变化。此时，若 Data1.Recordset.EOF 为 True，表示记录过滤后无数据，重新打开原来的基本情况表。

【注意】代码中的两处 Refresh 语句不能合用为一句，这是因为在执行了 Select 命令后，必须激活这些变化，然后才能判断记录集内有无数据。

【例 8.9】用 SQL 语句从 Student.mdb 数据库的两个数据表中选择数据构成记录集，并通过数据控件浏览记录集。

在窗体上放置与例 8.1 类似的控件，如图 8.4.1 所示。Data 控件的 DatabaseName 属性指定数据库 Student.mdb，RecordSource 属性空缺，各文本框的 DataSource=Data1，DataField 属性分别设置为学号、姓名、课程和成绩，而照片字段绑定图形框。

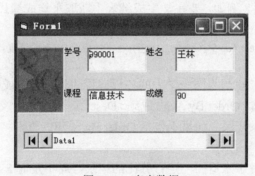

图 8.4.1　多表数据

本例要求从基本情况表中选择学生的姓名和照片数据，从学生成绩表中选择与该学生相关的课程和成绩数据构成记录集，可在 Form_Load 事件中使用 SQL 语句，通过"Where 学生成绩.学号=基本情况.学号"短语实现两表之间的连接，用 Select 命令从学生成绩表中选择课程、成绩字段，从基本情况表中选择姓名和照片字段构成记录集。

```
Data1.RecordSource = "Select 基本情况.姓名,基本情况.学号,基本情况.照片,成绩表.课程,成绩表.成绩
From 成绩表,基本情况 Where 成绩表.学号=基本情况.学号"
```

当窗体启动后，数据显示如图 8.4.1 所示，数据控件上的箭头按钮可改变记录位置。如果要求显示的记录按一定的顺序排列，可使用 Order By 子句。

【注意】当 From 子句列出多个表时，它们出现的顺序并不重要。Select 短语中字段的排列顺序决定了所产生的记录集内每一列数据的排列顺序。为了提高可读性可以重新排序表中的字段。

【例 8.10】用 SQL 指令按专业统计 Student.mdb 数据库各专业的人数，要求按图 8.4.2 所示形式输出。

图 8.4.2　输出统计值

在窗体上放置一个 Data 数据控件和一个网格控件 MSFlexGrid。Data1 的 DatabaseName 属性指定数据库 Student.mdb，网格控件的 DataSource=Data1。

为了统计各专业的人数，需要对基本情况表内的记录按专业分组。"Group By 专业"可将同一专业的记录合并成一条新记录。要记录统计结果，需要构造一个输出字段，此时可使用 SQL 的统计函数 Count 作为输出字段，它按专业分组创建摘要值。若希望按用户要求的标题显示统计摘要值，可用 As 短语命名一个别名。本例的 SQL 指令代码为：

Data1.RecordSource = "Select 专业,Count(*) As 人数 From 基本情况 Group By 专业"

有时，我们只要返回一定数量的记录，且这些记录位于 Order By 子句指定的范围的前端或尾部，可使用 TOP 谓词。例如，要在学生成绩表中获取平均成绩最好的前 5 名学生的姓名，则可用下面的查询语句：

Data1.RecordSource="Select Top 5 学号,Avg(成绩) As 平均成绩 From 成绩表 Group by 学号 Order By Avg(成绩) Desc"

这里"Group by 学号"短语将同一学生的各门课程的记录合并成一条记录，由 Avg（成绩）计算出该学生的平均成绩，"Order By Avg（成绩）Desc"短语按平均成绩的降序排列数据，"Top 5"短语返回最前面的 5 条记录。如果不包括 Order By 子句，查询将从成绩表中返回随机的 5 条记录。

还可以用 Percent 关键字来返回一定百分比的记录，而不是前 5 名的学生，则可改用下面的查询语句：

Data1.RecordSource="Select Top 10 Percent 学号,Avg(成绩) As 平均成绩 From 成绩表 Group by 学号 Order By Avg(成绩) Desc"

以上介绍的是在 Data 控件上使用 SQL 语句，如果要在 ADO 控件上使用 SQL 语句，最好通过代码配合 ADO 控件完成数据库的连接，这可给程序带来更大的灵活性。

【例 8.11】我们将例 8.9 中的 Data 控件改用 ADO 控件，用 SQL 语句从 Student.mdb 数据库的两个数据表中选择数据构成记录集。

将 Data 控件改用 ADO 控件 Adodc1，各文本框的 DataSource=Adodc1，DataField 属性分别设置为学号、姓名、课程、成绩，而照片字段绑定图形框。

ADO 控件的 ConnectionString 属性设置与数据源连接的相关信息，除了通过操作完成数据连接外（此时，可查看到 ConnectionString 属性的内容），也可通过代码完成。在使用代码时，数据源提供者的名称通过关键字 Provider 指定，对于使用 Jet 引擎的数据库，可选 Microsoft.Jet.OLEDB.3.51，Persist Security Info=False 表示对数据库的管理不使用安全信息，DataSource 指定连接的数据库文件名。将这些信息构成链接字符串赋予 ConnectionString 属性即可建立连接。当 RecordSource 采用 SQL 时，需要将记录源类型 CommandType 属性设置为 1-adCmdText 或 8-adCmdUnknown。程序代码如下：

```
Private Sub Form_Load()
Dim sql As String, mlink As String
sql = "Select 成绩表.*,基本情况.姓名,基本情况.照片 From 成绩表,基本情况 Where 成绩表.学号=基本
情况.学号"
mlink = "Provider=Microsoft.Jet.OLEDB.3.51;Persist Security Info=False;"
mlink = mlink + "DataSource=E:\第 8 章\例 8.11\student.mdb"
Adodc1.ConnectionString = mlink
Adodc1.CommandType = adCmdUnknown
Adodc1.RecordSource = sql
Adodc1.Refresh
End Sub
```

程序执行后将产生与图 8.4.1 所示相同的效果。

# 习题八

## 一、选择题

1. 在关系数据库中只有一个的是（　　）。

 A．字段　　　　　　　B．数据表　　　　　C．记录　　　　　D．主键

2. VB 默认的数据库是（　　）。

 A．Access 数据库　　　　　　　　　B．FoxPro 数据库

 C．DBase 数据库　　　　　　　　　D．SQL Server 数据库

3. 在记录集的三种类型中，处理速度最快，但需要大量的内存的是（　　）。

 A．表　　　　　　　　B．动态集　　　　　C．快照

4. 要使绑定控件能被数据库约束，必须在设计或运行时对这些控件的 DataSource 和（　　）两个属性进行设置。

 A．DataField　　　　　　　　　　　B．Connect

 C．DatabaseName　　　　　　　　　D．RecordSource

5. 发生在一条记录成为当前记录后的事件是（　　）。

 A．Reposition　　　　　　　　　　　B．Validate

 C．Refresh　　　　　　　　　　　　D．UpdateControls

## 二、填空题

1. 数据库按其结构可分为＿＿＿＿＿＿、＿＿＿＿＿＿和＿＿＿＿＿＿。

2. 在关系数据库中，＿＿＿＿＿＿被称为记录，＿＿＿＿＿＿被称为字段，＿＿＿＿＿＿是有关信息的逻辑组。

3. 记录集有三种类型，它们分别是＿＿＿＿＿＿、＿＿＿＿＿＿和＿＿＿＿＿＿。

4. 要利用数据控件返回数据库中记录的集合，应先在窗体上画出控件，再通过它的三个

基本属性_____、_____和_____设置要访问的数据资源。

5. 当记录指针指向 Recordset 对象的开始（第一个记录前）时，数据控件的_____属性的设置或返回值决定了数据控件要采取的操作；当记录指针指向结束（最后一个记录后）时，_____属性的设置或返回值决定了数据控件要采取的操作。

6. 使用_____方法可在指定的 Dynaset 或 Snapshot 类型的 Recordset 对象中查找与指定条件相符的一条记录，并使之成为当前记录。

7. 使用_____方法必须打开表的索引，它只能在 Table 表中查找与指定索引规则相符的第一条记录，并使之成为当前记录。

8. 在 VB 6.0 中共有 3 种可以使用的数据库访问对象：_____，_____，_____。

9. 结构化查询语言的英文简写是_____。

10. 在上述 SQL 语句中，_____和_____子句是必须要有的，它告诉 Visual Basic 从何处来找想要的数据。

### 三、问答题

1. 什么是关系数据库？
2. VB 可以操作什么样的数据库？
3. VB 可以使用的数据控件有哪些？
4. VB 中的三种记录集类型有何区别？
5. 要利用 Data 控件返回数据库中记录的集合，怎样设置它的属性？
6. 怎样使用数据库管理器建立或修改数据库？
7. 为什么不能用记录集的 BOF=EOF 来判定记录集为空？
8. 对数据库进行增、改操作后必须使用什么方法确认操作？
9. 用 Find 方法查找记录，如何判定查找是否成功？如果找不到该记录，当前记录指针在何处？
10. 记录集的 Bookmark 属性有什么作用？
11. 怎样准确地获得记录集的记录计数？
12. 怎样使数据窗体向导建立主表/明细形式的数据库访问窗口？

### 四、编程题

试编写一个商场家电部仓库管理系统，要求实现以下功能：创建数据库、创建表、给表添加索引、插入记录、修改记录、定位记录、删除记录。表结构及记录请自行设计。

# 高等院校计算机科学规划教材

## 本套教材特色：

(1) 充分体现了计算机教育教学第一线的需要。

(2) 充分展现了各个高校在计算机教育教学改革中取得的最新教研成果。

(3) 内容安排上既注重内容的全面性，也充分考虑了不同学科、不同专业对计算机知识的不同需求的特殊性。

(4) 充分调动学生分析问题、解决问题的积极性，锻炼学生的实际动手能力。

(5) 案例教学，实践性强，传授最急需、最实用的计算机知识。

## 21世纪智能化网络化电工电子实验系列教材

## 21世纪高等院校计算机科学与技术规划教材

## 21世纪高等院校课程设计丛书

## 21世纪电子商务与现代物流管理系列教材

本套教材是为了配合电子商务，现代物流行业人才的需要而组织编写的，共24本。

- 经验丰富的作者队伍
- 知识点突出，练习题丰富
- 案例式教学激发学生兴趣
- 配有免费的电子教案

## 高等院校规划教材

# 适应高等教育的跨越式发展　符合应用型人才的培养要求

本套丛书是由一批具备较高的学术水平、丰富的教学经验、较强的工程实践能力的学术带头人和主要从事该课程教学的骨干教师在分析研究了应用型人才与研究人才在培养目标、课程体系和内容编排上的区别，精心策划出来的。丛书共分3个层面，百余种。

## 程序设计类课程层面

强调程序设计方法和思路，引入典型程序设计案例；注重程序设计实践环节，培养程序设计项目开发技能

## 专业基础类课程层面

注重学科体系的完整性，兼顾考研学生需要；强调理论与实践相结合，注重培养专业技能

## 专业技术类应用层面

强调理论与实践相结合，注重专业技术技能的培养；引入典型工程案例，提高工程实用技术的能力

## 高等学校精品规划教材

## 本套教材特色：

（1）遴选作者为长期从事一线教学且有多年项目开发经验的骨干教师
（2）紧跟教学改革新要求，采用"任务引入，案例驱动"的编写方式
（3）精选典型工程实践案例，并将知识点融入案例中，教材实用性强
（4）注重理论与实践相结合，配套实验与实训辅导，提供丰富测试题

## 新世纪电子信息与自动化系列课程改革教材

# 名师策划　　名师主理　　教改结晶　　教材精品

**教材定位：** 各类高等院校本科教学，重点是一般本科院校的教学
**作者队伍：** 高等学校长期从事相关课程教学的教授、副教授、学科学术带头人或学术骨干，不少还是全国知名专家教授、国家级教学名师和教育部有关"教指委"专家、国家级精品课程负责人等

## 教材特色：

（1）先进性和基础性统一
（2）理论与实践紧密结合
（3）遵循"宽编窄用"内容选取原则和模块化内容组织原则
（4）贯彻素质教育与创新教育的思想，采用"问题牵引"、"任务驱动"的编写方式，融入启发式教学方法
（5）注重内容编排的科学严谨性和文字叙述的准确生动性，务求好教好学

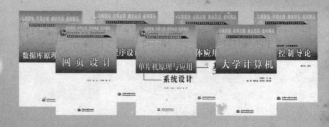